KB124909

공산주의자가 온다!

공산주의자가 온다!

이신주 소설집

SF

아작

불꽃의 이름

● 초고 2019년 7월 26일

"이번만 그런 거 아니죠?"

남자가 여자를 채근했다. 여자는 묵묵부답이었다. 그녀의 내리깐 고개와 동그랗게 드러난 정수리의 인상만 더 선명해졌다.

"참 희한한 사람들이야. 도서관 서고에다가 쓸데없는 짓이나 하고 말이야."

남자는 여자가 책장에 꽂은 것을 꺼냈다. 책은 손이 꽉 찰 만큼 무겁고 두꺼웠다. 겨울철 외투처럼 두툼한 가죽에 금실까지 두른 양장본. 그런데 요모조모 둘러보아도 제대로 된 제목이 없었다. 사실 겉장 전체가 그런 식이었다. 어떤 기호도 문양도 일절 없었다. 직접 펼쳐보기 전까지는 내용을 짐작할 수 없었지만, 남자는 이제 그럴 필요조차 없었다.

"모임에서 얘기 나왔을 땐 설마 했는데, 진짜 이러고 다니는 사람이 있네."

남자가 중얼거렸다.

"그래 어디, 이유라도 좀 들어봅시다."

남자는 정말 화를 억누른다기보다는 그런 뉘앙스를 풍기기 위해 목소리를 낮추었다.

"도대체 이런 거 만들어서 이런저런 데 꽂아놓고 다니는 이유가 뭐예요?"

여자는 여전히 입을 열지 않았다. 가타부타 사과하지도 변명하지도 않은 채 입술만 파들파들 떨었다. 무엇이 닥쳐와도 달게 받겠다는 속죄의 의식이거나, 뭐라고 해도 듣지 않을 거라는 굳은 체념 혹은 의지일 터였다.

시작은 사소했다.

신문처럼 공론화된 곳이 아닌 개인 대 개인의 대화창에서나 소모될 법한 주제였다. 어느 가판대, 어느 서가, 어느 신문걸이에서 속속들이 정체불명의 도서가 발견되었다. 장서목록에도 국제도서편람에도 없는, 공식적으로 출판된 적 없는 정체불명의 책. 내용은 다양했다. 때로는 사전, 때로는 가슴에 불을 지피는 논설문이거나 무미건조한 설명문. 문학의 색채를 띤 경우도 종종 있었다. 소설, 수필, 기행문, 회고록이나 전기(傳記). 그 외 자질구레한 구성을 그것들은 취했다. 공통점은 있었다. 반드시 현실에는 없는 뭔가를 다루었다.

그렇다고 환상소설처럼 아주 동떨어진 소재는 아니었다. 명확한 물질이 아닌 어떤 가치관, 현상, 정서, 형식 체계 같은 것들을 대상으로 했다. 분명 실제로는 없는 것들이었지만 현실과도 일부 맞닿는 구석이 있어 대뜸 부정하기에도, 그렇다고 무릎을 '탁' 치며 수긍하기에도 모호한 것들이었다. 책으로부터 눈을 돌리더라도 다루는 내용들은 의식 기저에 앙금처럼 남았다. 잠자리에서 눈을 감을라치면 불쑥 떠오르는 부끄러운 기억에 버금가는 파괴력이었다. 발견되는 텍스트마다 최선을 다해 그러한 관념들을 낱낱이 제시하였다. 어미가 자식에게 음식을 떠먹이듯 해설하였다.

거기까지라면 의외로 흔한 사건이었다. 아집에 사로잡혀 남들과 동떨어진 관념을 강요하는 것이 꼭 정신병리학의 전유물은 아니었다. 그런데 특이하게도, 발견되는 텍스트들은 모두 '좋은' 쪽에 있었다. 구체적이고 정확한 영향을 근거로 들 순 없었다. 각 텍스트가 다루는 관념들이 하나하나의 독립된 소자가 아니라 연이어 닥치는 파도처럼 작용한 까닭이었다.

어느 것을 읽으면 뜨뜻미지근한 느낌으로만 남던 것이 다른 무엇을 읽으면 비로소 아귀가 맞았다. 또 다른 것을 읽으면 개개인의 어떤 기억과 맞물리는 연결고리가 생겼다. 그러던 어느 날 지극히 일상적인 자극과 함께 다시 예상할 수 없는 깨달음이 주어졌다. 최종적으론 텍스트가 지시하는 관념이 정말 현실에 있는 것처럼 익숙해졌다.

그렇게 뿌리를 박고 천천히 자라난 집단 정서가 점차 소규모의 언어적 습관까지로 표면화되고 있었다. 정체불명의 책으로부터 기원한 유행어가, 비유적 표현이, 어구가 암암리에 퍼져나갔다. 낌새를 맡은 각종 매체에서도 서서히 그 책을 다루는 담론이 피어났다. 물론 그렇게 성립된 체계는 원전과 마찬가지로 '긍정적인' 성향을 띠었다. 그 관념들은 집단이 무언가를 어딘가에 빗대거나 굳이 깎아내리는 일 없이 현실을 더 좋은 쪽으로 바라보게 만들어주었다. 그런즉슨 정체불명의 책이 불러일으키는 영향은, 실은 그다지 큰 문제가 아닐 수도 있었다.

하지만 일선에서 문제의 책을 처분해야 할 남자에게는 그저 성가신 해프닝일 뿐이었다.

"이게 뭐… 마케팅 기법인가요? 바이럴?"

남자가 말했다.

"이런 책을 뿌려서 읽는 게 대체 뭐예요?"

그의 언성이 점차 높아졌다. 저쪽에서 답이 없으니 막막한 만큼 말이 세게 나갔다. 여자는 손끝을 꼭 쥐며 목을 가다듬었다. 시선은 이제 거의 수직으로 바닥을 뚫고 내려갔다.

"사과가… 과일 말이에요."

그러더니 마침내 떨리는 목소리로 입을 열었다.

"그게 왜 사과인지 아세요?"

이건 또 무슨 해괴한 도입부인가. 남자는 아스라이 먼 곳으로 눈길을 돌렸다. 말이 하도 정도가 없으니 대거리하고 싶은 기분도 안 들었다. 그저 모든 것이 귀찮아졌다. 예전에 손님에게 무뚝뚝하게 응대하다가 돌연 '뻔또'가 상했는지 노발대발하는 것을 달래느라 힘들었던 기억이 떠올랐다. 그 일자리를 추천해준 친구는 같이 시험을 보러 가서 말도 안 되는 농담을 하나 만들었는데….

그 모든 발상이 여자의 단순한 물음에서 시작되었다니, 생각해보면 신기한 일이 아닌가?

"사과는, 모래 사(沙)자에 과실 과(果)자를 써서 사과예요."

여자가 멋대로 말을 시작했다.

"근데 모래밭에서 자라는 것도 아닌데 왜 그렇게 지은 줄 알아요?"

여자는 한층 더 멋대로 대답도 기다리지 않고 답을 누설해버렸다.

"씹으면 그런 소리가 나서래요. 모래 밟는 것처럼."

남자는 그녀의 친절하면서도 맹랑한 몸짓을 바라보았다.

"사각사각."

"그, 래요…."

일단은 어울려 보기로, 한 번 속는 셈치고 그래 보기로 그는 결정했다.

"그것 참, 포켓몬 같은 이유네요."

여자는 말이 먹힌다고 믿었는지 살짝 고개를 들었다.

"다 이런 거예요. 별거 아니라고 생각하지만 언어란 건 이런 거죠."

눈길은 바늘 끝처럼 아주 잠깐 맞았다.

"가장 간단한 문법요소에도 사실은 엄청 정교한 원리와 그걸 길러낸 복잡한 체계가 녹아 있어요. 왜냐하면 언어란 현실 인식의 기반이자 결과라는, 자기 지시적인데다가 일견 배타적으로까지 들리는 속성을 동시에 떠니까요."

여자는 자기가 무슨 말을 하거나 혹은 해야 하는지 모르는 것 같았다. 아마 도중에 끊고 다시 해보라고 한다면, 입술에 간신히 걸리는 외마디 신음이나 질질 흘릴 것처럼.

"현실 인식의 결과로서의 언어에 대해선 많이들 알고 연구도 많이 되었죠. 하지만 그 반대, 현실 인식의 시작점으로 작용하는 언어에 대해선 상대적으로 부진해요."

여자는 잠시 상대의 표정을 살폈다.

"음, 무슨 말인지 알겠나요? 그러니까 뭔가."

그녀는 좀 더 쉬운 설명을 위해 쩔쩔매며 말을 골랐다.

"어떤 생각이 우리 안에 쌓아 올려져 언어가 되는 게 아니라….”

"알아요.”

남자가 대답했다.

"언어가 인식을 만든다. 뭐 그런 것 아닙니까?”

일부러 더 퉁명스러운 티를 내면서.

"우리가 보통 생각하는 대로, 인식이 일방적으로 언어를 빚는 게 아니라.”

"네! 맞아요!”

여자는 쩌렁쩌렁하게 외쳤다. 누런 종이 냄새를 풍기는 직원 외 출입 금지 서고가 아니었더라면 필시 눈총 세례에 벌집이 되었으리라. 여자는 그런데 파렴치하게도 그걸로도 모자란지 무언가를 시작했다. 긴장한 남자는 슬그머니 주머니에서 팔을 빼려 했다. 그녀는 아랑곳하지 않고 양손을 모았다.

"알아주니까 말이 쉽겠어요.”

그러고는 한 손을 펼쳐 다른 손을 모아 두드리고, 손가락을 붙잡고 나사 돌리듯 쥐더니 꺾었다. 특별히 뭘 하는 것이 아니라 습관인 것 같았다.

"아니 어쩌면 같이 할지도 모르겠네요.”

아마 누군가와 말할 때는 그래야 진정할 수 있는 모양이라고, 남자는 생각했다.

"우리도 원래 뜻이 맞는 사람끼리 모여서 시작한 거거든요.”

"'우리'라고요?”

남자의 눈이 빛났다.

"그건 어떤 사람들이죠? 한 명이 아니라 여러 명이 바라는 게

다 다른가요? 아니면 목적은 하나?"

"하나죠, 물론. 근데 그 전에 아직 말할 게 있는데."

여자는 제 머릿속에 방대한 색인이 있는 것처럼 굴었다. 말할 게 무엇이 그리도 많기에? 혹은 말할 것은 많지만 그것이 입 밖에 나오는 순간 남들 앞에서 용납될 만한 게 아니라서? 어느 쪽이건 남자의 마음에는 들지 않았다. 담배 한 개피가 간절했다.

"그런 거예요. 정말 거칠게 표현한 거지만. 언어가 인식을 때로는 없애고 만들 수 있다는 거. 고치거나 덮는 대신 완전 새롭게."

여자가 말을 이었다.

"무지개에서 남색을 따로 이름 짓기 전까지 사람들은 여섯 색깔을 보았으니까요. 언뜻 보면 아주 반대로 되었지만 실은 이게 옳은 거죠."

남자는 물줄기에 휩쓸린 기분으로 여자의 말을 따라갔다.

"왜냐하면 인식은 무언가를 수동적으로 보거나 듣는 게 아니니까요. 오히려 우리 뇌가 현실을 덧칠하여 새로운 질서와 의미를 부여하는, 지극히 능동적인 과정이니까요."

지극히. 라는 말을 종이가 아니라 사람의 육성으로 그것도 눈과 눈을 마주치고 들어본 것은 처음이었다.

"그렇기에 인식을 위해 정립한 틀에 언어적 관념이 끼어드는 순간 그에 맞춰진 세상이 보이기 시작하죠. 인디언 전사들에게 '물 위에 떠다니는 무엇'을 가리키는 단어가 없었기에 유럽인들의 배가 바다에 나타난 걸 눈치채지 못했듯이."

그게 정말 일어났던 일인지는 알 수 없었으나… 남자는 일단 잠자코 듣기로 했다.

"이렇듯 현실의 결락된 부분을 우리는 특정한 담론에 의해 조작된 환경이라고 구별할 수조차 없어요. 그게 규범이고 공리가 되어 균등한 교양을 쌓은 대중을 지배하니까. 뭐든지 당연하고 그 자리에 있는 그대로요."

여자는 잠시 생각에 잠겼다.

"예를 들면 컴퓨터를 켠다는 뜻의 '부팅'은…."

"자기 다리를 붙들고 진창에서 벗어나려는 멍청이를 다룬 19세기 문학에서 유래됐죠."

남자가 말했다.

"전자공학이나 회로설계 쪽 용어와는 상관없이."

그 말을 들은 여자가 입을 다물었다. 만난 지 얼마 안 되었지만, 자주 있는 일은 아닐 것 같았다.

"굉장히 잘 아시네요."

그녀는 경외와 신비가 섞인 눈으로 남자를 우러렀다. 그는 부러 과장하여 빈정거렸다.

"어쩌다 보니 저도 언어 쪽에 조예가 있어서요."

여자는 사방을 둘러보았다. 고대의 성채처럼 늘어선 서가와 그곳에서 벌집의 벌처럼 붕붕거리며 쏟아져 나오는 오래된 종이 냄새를 맡았다. 그리고 멋대로 납득하였다.

"우리가 이런 텍스트를 나눠주는 이유가 알고 싶다고 했죠?"

그런 여자를 남자는 물끄러미 바라보았다.

"남들 안 볼 때 공공장소에 뿌리고 던지고 숨겨두는 걸 '나눠준다'라고 표현하나요?"

"조금… 상궤를 벗어난 방식일 순 있지만 그래요."

여자가 비장하게 고개를 끄덕였다.

"필요한 방법이라고 생각해요."

남자는 일의 도덕률을 따지는 것은 그만두기로 하였다. 다그치지 않는 것만으로 제대로 된 대답이 나온다면 얼마든지 살갑게 굴어줄 수 있었다. 그가 주머니에 넣은 손을 조몰락거렸다.

"우린 사람들을… 행복하게 만들고 싶어요."

말을 늘이며 여자는 그의 반응을 살폈다. 그러려는 것처럼 보였다.

"행복이나 편안함, 쾌락이라는 관념을 좀 더 세밀하고 자세하게 모두의 인지체(認知體) 안에서 재구성함으로써."

그러나 달리 반응이랄 것이 없었다. 남자의 얼굴은 손가락으로 운동장에 그린 것처럼 편평했다. 그 위로 뿜는 얕은 콧김은 기가 막혀서 그랬을 수도 있고, 좀 더 해보라고 등을 떠미는 것일 수도 있었다.

여자가 바라던 바였다.

"인간의 심리를 기술하는 어휘가 애초에 편중되어 있다고 생각해본 적 있나요? 긍정적인 정서보다 부정적인 정서를 다루는 단어의 수가 압도적으로 많죠. 그 때문에 학술적 연구도 무려 열일곱 배 이상으로 균형이 쏠려 있어요."

여자가 비장한 표정으로 말을 이었다.

"많이 인식하니 많이 알고, 많이 아는 만큼 깊게 빠지는 거예요."

"재미있는 발상이네요."

"재미로 하는 게 아니에요. 극복해야 할 목표와 뚜렷한 방법론을 갖춘 기술이라고요."

여자는 두 팔을 폈다.

"행복이라는 두루뭉술한 관념을 조금 더 다양한 하위분류로 개념화하고 그걸 지시하는 단어와 표현을 만드는 거예요. 그걸 다시 집적하여 거대한 인식의 틀을 빚고, 대중적인 담론으로 끌어올려야죠."

그 팔로 눈앞의 누군가를, 뭔가를 조건없이 마구 껴안아주기라도 할 것처럼.

"그래서 이전보다 더 다양한 층위의 행복을 훨씬 더 다양한 상황에서 인지하도록 만드는 거죠. 세상이 좀 더 밝아질 수 있도록요."

"조금만 더 나가면 초능력자라도 부를 건가요? 행복해져라, 얍!"

남자는 라이터 따위를 켜고 끄는 시늉을 했다.

"초능력이 아니라 최면을 말씀하시는 거겠죠."

여자는 웃지 않았다. 이런.

"그것도 기술의 일종이에요."

갈수록 태산이었다. 남자는 대체 이 대화가 끝나고 뭘 먼저 해야 할지 종잡을 수 없었다.

"우리 쪽에서도 간간이, 특정한 인식을 자극에 삽입하여 다시 누군가의 자기충족적 암시, 즉 동기 요인으로 변환하는 방법을 연구하고 있어요. 가능성은 분명 있거든요."

"그래요."

남자가 심드렁한 표정으로 물었다.

"어디까지 연구했나 절로 궁금해지네요."

"뭐든지 시킬 수 있는 절대적인 조종은 당연히 안 되죠. 하지만 감정이라는 게 그렇잖아요.

여자가 말했다.

"손톱보다 작은 폭발물이라도 불만 댕기면 뭐든지 될 수 있으니까."

남자는 그 말에 긍정도 부정도 하지 않았다.

"그런 긍정적이고 행복한 암시를 주입하는 위주로 연구가 되고 있어요."

그녀가 손가락을 꾸물꾸물 움직이기 시작했다.

"꾸준히 말로 암시를 걸며 주로 물이나 불 같은 유체를 쓰죠. 그런 것들의 속성, 찰나의 시간 무한히 흐르고 분열하고 합쳐지는, 시작도 끝도 없이 부분이 전체를 전체가 다시 부분에 잡아먹히는 그곳에 의식적으로는 볼 수 없는 교묘한 메시지를 삽입하는 거예요."

무슨 밀교의 주술이라도 맺는 것 같았다.

"양식을 모르는 양식이란 바라보는 사람이 자신도 모르게 그러한 일련의 자극을 내재화… 아."

여자가 말했다.

"이런 말을 하려던 게 아닌데."

아니, 정확히 그런 말을 하려던 것 같은데. 남자는 생각했다.

"지루하죠?"

"글쎄요."

남자는 굳이 알쏭달쏭한 어조를 숨기지 않았다.

"할 수 있나요, 그런 걸?"

그러면서 물었다.

"당신이나 아니면 다른 사람들이?"

"아직은요. 연구 중이니까요."

여자는 앓던 이를 뽑은 듯 후련한 표정으로 고개를 들었다. 그러곤 남자와 눈길을 맞추었다.

"조금씩 분명한 진전은 있어요."

마치 무언가를 확인받고 싶은 것 같았다.

"그때가 되면 뭔가 달라지겠죠."

그러나 남자 쪽에서는 전혀 감이 오지 않았다.

"어때요, 이제?"

남자는 한층 더 어리둥절해졌다.

"뭐가요?"

"같이 해보지 않을래요?"

여자가 당돌하게 제안했다.

"막 이상한 사회운동도 아니고, 세상을 좀 더 좋게 만드는 거 잖아요."

남자는 잠에서 깨어나듯 손에 쥔 책을 움켜잡았다. 책등을 쓰다듬으며 손끝으로는 표지의 평평한 부분을 훑었다. 장정된 가죽 끄트머리를 힘주어 누르고 튕겼다. 그러면서도 눈길을 여자에게서 떼지 않았다. 둘의 아까보다는 좀 더 알게 되고, 좀 더 당당해진 시선들이 교차했다. 성문을 공략하듯 상대의 눈동자 너머를 집요하게 파고들었다. 남자는 저도 모르게 팔짱을 끼었다.

"그냥, 재미있는 이야기 들은 셈 치겠습니다."

"왜요!"

무심하게 책을 돌려주며 이 이상 대화를 나누지 않겠다는 것을 남자는 분명히 했다. 엉겁결에 그것을 받아드는 여자였다.

"다음부턴 그러지 마세요."

남자는 몸을 틀어 멀어지기 시작했다. 끝없이 늘어선 서가를 헤치며.

"오늘만 눈감아 드린 겁니다."

불평 섞인 넋두리가 등 뒤에서 터져 나왔다.

"그리고 좀 더 생산적인 일에 노력을 투자하세요."

그러거나 말거나. 남자는 말을 이었다.

"그런 두루뭉술한… 공염불 욀 시간에."

"공염불이라니요!"

여자는 당연히 그 말을 흘려 듣지 못했다.

"그, 아, 이런 이야기까진 안 하려고 했는데!"

아직 할 말이 남았나? 남자의 신 밑창이 바닥을 긁었다. 그렇다 해도 들을 가치가 있을지 의문이었다. 안 그래도 그녀 덕분에 요즘 충분히 성가셨는데.

"우리가 왜 최근에야 이런 일을 본격적으로 시작한 줄 알아요? 원리는 오래전부터 잡혀 있었는데."

"재미있는 이야기 들은 셈 치겠다니까요."

남자가 말했다.

"그만 소란피우고 나가십시다, 좀."

"아까 그랬잖아요, 내가."

그녀가 말했다.

"극복해야 할 목표가 있다고."

그랬나? 그랬었다. 남자는 말을 쉽게 잊지 않았다. 특히 방금 현행범으로 붙잡은 사람의 말은 더더욱. 여자는 자신이 하는 일을 *극복해야 할 목표와 방법론이 있는 기술*이라고 했다.

"그게 누군지, 뭔지 궁금하지 않아요?"

"아무 데서나 하고 다녀도 되는 이야기인가요?"

남자는 미묘한 표정으로 돌아섰다.

"혹시 그쪽 사람들한테 싫은소리….."

"아까 한 얘기는 그럼 뭐, '아침마당'이나 〈좋은생각〉에 나오는 이야기인가요."

그것도 아주 틀린 말은 아니었다.

"사실 우리도 확신까지는 아니고 느낌만 있는데, 그런 단체가 있을 수도 있다고 윗사람들은 생각하고 있어요."

"단체요? 어떤?"

"우리랑 정확히 반대로 움직이는 단체요."

남자가 눈길을 기울였다.

"단체라고 해도 회비를 걷거나 사옥을 세웠는진 모르겠어요. 아마 우리처럼 점조직 형태로 움직이겠죠."

여자가 눈을 빛내며 물었다.

"최근, 그러니까 굳이 이번 주, 이번 달이 아니라 근 10년을 한번 떠올려봐요. 그런 생각해본 적 있어요?"

어떤 생각을 생각하라고 말하는 걸까. 남자가 생각할 수 있는 생각이란 그게 다였다.

"대중의 언어와 인식 체계가 변해가는 양상에 명확한 흐름이 있지 않나요?"

"흐름이라면 너무 모호한데요."

남자가 물었다.

"예를 들 수 있나요?"

"가급적 극단적이고, 적나라하고 단정적으로요."

여자가 대답했다.

"누군가 혹은 특정 집단의 부정적인 작태를 일컫고 강조하는, 비현실적일 정도까지 공격성이 집적된 새로운 이름들이 매일같이 생겨나잖아요. 우리가 지금 아무렇지도 않게 쓰는, 굳어진 말들을 생각해봐요."

남자는 생각했다. 어려운 일은 아니었다. 단순히 시류를 타는 유행어보다는 좀 더 심각한, 사람과 사람 사이의 편을 가르는 명분 때로는 결과가 되는 그런 종류의 말들을 여자는 시사하고 있었다.

"10년이 아니라 5년, 하물며 당장 몇 개월 전까지 쓰이기는커녕 만들어진 과정도 이상했던 그런 단어들이 어느새 추적할 수도 없는 방식으로 생명력을 얻어서, 나와 다른 편에 선 이들에게 무자비하게 쏟아지잖아요."

여자가 손가락을 갖고 액자와 같은 형상을 만들었다.

"프레임이라고 하면 쉬울까요? 실제로 개개인의 스펙트럼에 들어맞지는 않지만, 그것의 가장 극단적인 용례만을 부각시켜 상대 진영을 가두고 공격하는 방법론이죠. 단순히 어떤 별명이 생겨나는 단계가 아니에요."

여자는 두 개의 주먹을 쥐어 양쪽으로 잡아 뜯었다.

"분극화는 더 이상 차이를 부각하는 게 아니라, 서로의 교점을 의도적으로 파괴하는 데까지 이르렀어요. 그로 말미암은 상호배타적인 대립은 어느새 일상의 축이 되었고요. 인식의 틀 자체가 그러한 양상을 좇아 세상을 바라보는 법을 배우고 있어요. 렌즈 바깥이 아니라 안쪽에 생기는 얼룩처럼!"

더 이상 무언가의 때를 벗겨내지 못하는, 이전으로 돌아갈 수 없는 그런 안타까운 손짓을 여자는 만들어 보였다.

"이대로 가다간 부정적인 감정이 증대되는 데서 그치지 않을 거예요. 오히려 그게 언젠가의 표준이 될 수도 있어요."

그녀가 심각한 표정으로 말했다.

"우린 그걸 막고 싶은 거예요."

"그러면, 반대로 그걸 원하는 사람들이 있다?"

남자는 책장에 기대어 섰다. 주머니에 손을 찔러 넣었다.

"원하거나, 그걸 통해 이득을 얻거나. 실은 전혀 다른 개념이지만요."

그렇지만, 이라는 말을 굳이 말이 아닌 표정으로 먼저 드러내며 여자가 말을 이었다.

"그렇지만 네, 그래요."

그녀가 고개를 끄덕였다.

"우리 윗사람들이 어떻게 생각하든 나는 그렇게 확신해요."

그녀가 다시 고개를 끄덕였다. 더 길고 비장하게.

"그 목적을 알 수도 없고 알고 싶지도 않지만 분명 그런 흐름을 만드는 사람들이 있다고 믿어요."

여자는 이제 먼 곳으로 눈을 돌렸다.

"뭐 하는 사람들일까요?"

특정한 기억 대신 평소 품어온 상상의 나래를 펼치기 시작했다.

"아마 눈에 띄는, 정부 각료나 기업집단의 수장 같은 편리한 흑막은 아니겠죠. 오히려 지극히 평범하고 또 우리 주변에서 쉽게 볼 수 있는 그런 누군가가 되도록 위장한 채, 대중의 인식망 뒤편에서 암약하는…."

남자가 손을 뽑았다. 주머니에선 투박한 은색 라이터가 딸려

나왔다. 여자의 시선이 빨려들듯 그곳에 닿았다.

남자는 엄지를 튕겨 라이터의 뚜껑을 열었다. 불꽃이 선명하게 일어났다. 마치 무언가 눈을 뜨는 것처럼 보였다. 비정상적으로 진한 음영이 주위에 스몄다. 그렇게 둘이 이야기 나누던 곳의 익숙한 공간감을 덧칠했다. 잡아먹었다.

남자의 팔뚝이 움직이고 손가락이 돌고 라이터가 기울고 불꽃이 따라 일렁였다. 불꽃은 형체를 순식간에 무너뜨리다가도 금세 되돌아왔다. 그 움직임은 춤추는 것처럼 복잡했다. 나눌 수도 합칠 수도 없는 무수한 화염의 상을 따라 설화 속 인드라의 그물만큼이나 복잡다단한 의미망이 아로새겨졌다.

"그냥, 재미있는 이야기 들은 셈 치겠다니까요."

여자는 대답하지 않았다. 입을 열지 않았다. 그러지 못했다. 별생각 없이 붙잡은 서가에서 손을 떼지 않았다. 보이지 않을 만큼 약하게 팔에 힘이 들어갔다. 펄떡이는 횟감처럼 힘줄만 울퉁불퉁 일어났다. 의지를 잃어버린 팔다리에 기계적으로 심장이 뛰고 피가 돌았다.

"우리 쪽에서도 신경은 쓰고 있어요."

여자가 눈을 깜빡이자 콧등에 땀이 맺혔다.

"큰일은 아니지만 어르신들께서 좀 심술궂어야 말이지. 탱크를 몰면서 그래 잡초가 걸리적거리니 도로를 밀어버리라는 게 말이 되는 명령인가요."

남자가 혀를 내둘렀다.

"또 방금 직접 들어보니 아무리 봐도 위협이 될 세력은 아니더란 말입니다. 차라리 해운대에 꿀벌 한 마리 빠진 걸 꿀바다라고 부르지. 그래서 눈감아줄까 싶었어요."

남자가 그녀에게로 한 발짝 다가갔다.

"…아까까지는."

그대로 한 발짝 더, 한 발짝 더…

"궁금한가요? 우리가 회비를 내는지, 사옥은 어디에 있는지?"

여자는 소리가 나오지 않는 입술을 벙긋거렸다.

"조금 있으면 알게 될 테니 맘껏 상상의 나래를 펼쳐 봐요. 참,
그리고… 이미 늦은 거긴 한데."

남자가 얇게 웃었다.

"앞으론 누가 서고에 있다고 해서, 으레 거기 직원이겠거니 생
각하지 마세요."

라이터의 뚜껑이 닫혔다. 암시는 풀리지 않았다.

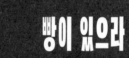

빵이 있으라

● 초고 2019년 6월 9일

"어디로 가는 거죠?"

그는 너무 겁먹은 티를 내지 않으려 노력했다.

"네가 여기 발을 들인 이상 볼 수밖에 없는 곳."

양복을 입은 남자의 말투는 묘하게 위압적이었지만, 별생각은 없는 것 같았다.

좁고 기다란 복도는 조명마저 듬성듬성했다. 원뿔꼴의 전등갓은 드라마의 철 지난 취조실 같은 분위기를 군데군데 내리쬐었다. 둘의 걸음이 먼지 섞인 소독약 냄새를 풍기는 엘리베이터 앞에서 멈추었다. 엘리베이터는 작고 튼튼하고 은밀했다. 어중이떠중이를 태우고 움직이기보다는 특수한 목적으로밖에 사용되지 않는 것 같았다.

"창고인가요?"

그가 쾌활하게 물었다.

"그렇다고 할 수 있지. 실패한 것들이 들어가는."

양복 입은 남자의 그 대답을 뒤로 한동안 대화가 없었다. 엘리베이터는 금세 도착했지만 둘이 타자 한참을 내려갔다. 창문도 거울도 없어서 폐소공포증이 없다면 하나 얻어서 나가게 될 것 같았다. 머리 위편의 강철 와이어가 휘감기는 소리만 줄곧 들렸다.

"실패한 것들이 들어가는 곳이면, 어떤 게 있죠?"

그가 물었다.

"네가 상상하는 모든 게 다 들어갈 수 있지."

남자가 대답했다.

"기술은 결국 관점의 문제라고 생각하지 않아?"

난데없이 질문을 돌려받은 그는 곰곰이 생각했다.

"과학은 세상을 해석하는 관점이지. 기술은 그에 따른 응용이고."

그러나 양복 입은 남자는 기다려줄 마음이 없었다.

"세상에 관점이 한두 개가 아닌 만큼 거기서 자라난 기술도 셀 수 없이 많지. 개중 정답이 되지 못한 모든 근삿값은 실패한 게 되고."

양복 입은 남자가 탄식했다.

"그래서 때로는 수율이니 하는 형이하가 아니라 형이상까지 파헤칠 만큼 얼토당토않은 것들도 나오지."

"아하."

그는 최대한 흥미를 붙인 것처럼 대답했다.

"그렇군요."

다행히 엘리베이터가 멈추었다. 문이 열렸지만 도착한 층의 숫자를 전광판에 띄워주거나 하지는 않았다. 어쨌거나 역시 평범한 방문객들을 위한 곳은 아니었으니.

"여기 있는 물건들도, 어떻게 보면 놀랍도록 성공한 것들이지."

양복 입은 남자가 말했다.

"하지만 기존 시장과 가치체계에 영합할 수가 없는, 쉽게 말해서 경영진들이 '빠꾸' 먹인 것들이야."

둘은 하늘처럼 높은 선반 사이를 거닐었다. 그곳은 크고 낡고 오래되었으면서도 쥐새끼 한 마리 얼씬거리지 못하는 곳이었다.

"여긴 그런 것들이 드글거리는 쓰레기장이고… 여기 좋은 예시가 있네."

남자는 선반에서 작은 찬합을 집었다. 지켜보던 그도 호기심이 동했다.

"식, 물질화… 크림, 치즈?"

그는 더듬더듬 찬합 표면의 글씨를 읽었다.

"잘 읽네."

그 말투는 비웃는 건지 감탄하는 건지 알 수 없었다. 양복 입은 남자는 양손으로 찬합을 잡고 비틀었다. 뚜껑이 열렸다. 안의 크림은 보름달처럼 흐뭇한 빛깔을 하고 있었다. 얼마 안 되는 침침한 조명으로도 그 촉촉하고 신선한 질감을 완전히 억누를 순 없었다.

"그게 무슨 물건인데요?"

"보여주지."

남자는 선반 구석의 숟가락을 쥐었다. 그러고는 욕심쟁이처럼 크게 한 술 찬합의 내용물을 펐다. 수저가 '식물질화 크림치즈'를 한 번 파고들 때마다 꿈결처럼 향긋한 내음이 퍼졌다. 아이스크림보다 반들반들한 절단면을 남자는 고스란히 깎아 담았다. 그 양은 한 끼에 발라먹었다간 다음 날 아침까지 고소함에 몸부림칠 것처럼 많았다.

남자는 그렇게 퍼낸 치즈를 벽에 처박았다.

"뭐 하는 거예요? 왜 먹을 걸 버려요?"

"가만있어봐."

썩썩, 먹음직스러운 소리가 울려 퍼졌다. 양복 입은 남자는 치즈를 벽에 발랐다. 수저를 뒤집고 세우며 정성껏 발랐다. 지켜보던 그로서는 무언가 할 수 있는 게 없었다. 이윽고 일을 마친 남자가 손을 내렸다. 쥔 수저에는 덕지덕지 치즈가 달라붙어 보기 흉했다.

"아깝게 뭐 해요?"

그가 안타깝다는 듯 그것을 바라보았다.

"핥아먹어야지."

"가만있어. 직접 섭취하면 큰일 나."

양복 입은 남자는 숟가락을 입에 넣었다. 그리고 앞니로 그 모가지를 끊었다. 과자를 씹듯 경쾌한 소리와 함께 금속 대가리가 부서졌다. 그는 남자가 입을 완전히 닫고 턱을 움직이는 것을 바라보았다. 숟가락을 씹는 소리가 파도처럼 몰려왔다 사라졌다를 반복했다. 어느덧 침이 잔뜩 고인 축축한 우물거림밖에 들리지 않았다. 남자가 다음으로 선택한 것은 치즈가 발린 벽이었다. 그는 남자가 천연덕스럽게 콘크리트를 쥐어뜯을 때까지 아무 말도 하지 못했다.

"식물질화라고 했지."

양복 입은 남자는 그것에서 먼지와 페인트 부스러기를 털었다. 그리곤 가장자리부터 덥석덥석 베어먹기 시작했다.

"식(植)이 아니라 식(食)."

뭐라고 말하려는 건지 대충 이해는 되었다.

"이걸 바르면 뭐든지 먹을 수 있는 음식이 되거든."

양복 입은 남자가 말했다.

"그러니 치즈를 그냥 입안에 넣으면, 그대로 내 혀랑 치아를 씹어 먹게 되지."

"그게 돼요? 가능한 거예요?"

토막 난 말로 그는 경악했다.

"원리는, 유기화인지 뭔지… TF에서 완장질해본 게 다라 자세한 원리는 모르겠다."

그러면서도 남자는 벽을 뜯어먹길 멈추지 않았다. 이윽고 치즈가 발린 벽의 마지막 조각이 그 목구멍 너머로 사라졌다. 울대뼈가 만족스럽게 솟아올랐다.

"장난 아니네!"

구경꾼의 솔직한 감탄에, 양복 입은 남자도 작게 웃어주었다.

"근데, 맛은 어떡해요? 먹을 수 있어도 맛이 없으면… 아하. 그것 때문에 여기 있는 건가요?"

그가 물었다.

"맛이 끔찍하게 없어서?"

양복 입은 남자의 얼굴에서 웃음기가 사라졌다.

"그건 아니야."

그러고는 떨떠름해진 표정으로 입을 열었다.

"우선 이게 맛대가리 없었으면 내가 굳이 먹었겠어?"

맞는 말이었다. 먹을 때의 표정도 억지로 참는 것처럼은 보이지 않았다.

"그보다 이거 겉에 포장된 거 안 보여? 맛이 있으니까 실험실을 나온 거지. 거의 제품화 직전까지."

확실히, 조금 더 진득하게 살펴보았다면 알 수 있는 사실들이었다. 그는 섣부른 추측을 꺼낸 것이 부끄러워졌다.

"누가 봐도 출시할 수밖에 없었지. 심지어 경고문 도안까지 프린팅했어. '자기애성 성격장애 위험 징후가 나타날 경우 본 제품을 섭식할 수 없습니다'."

갑자기 이상한 말이 나왔다. 성격장애랑 치즈가 무슨 상관이 있기에?

"그럼 무슨 맛이 나요? 콘크리트? 시멘트 맛?"

"그 물질 본연의 맛."

양복 입은 남자가 입안에 남은 맛을 마저 음미하듯 쩝쩝거렸다.

"이상하게 들리겠지만 설명이 그래. 전파의 형태를 그대로 유지한 채 가청영역으로 전이시키면 들리는 괴상한 울림. 음⋯."

남자가 잠시 고민했다.

"만약 콘크리트의 물성이 우리가 먹을 수 있는 스펙트럼으로 해석될 경우 갖게 될 맛?"

알쏭달쏭한 말이었고 실제 듣고 있는 그의 머릿속도 그렇게 되었다.

"내가 뭘 설명하고 있냐. 어차피 의미도 없는 거."

양복 입은 남자가 한숨을 쉬었다.

"아까 말한 경고문은 뭐예요? 자기애성 성격장애?"

"그게 궁금하냐?"

남자가 그를 곁눈질했다.

"이 크림치즈가 끌어낼 수 있는 맛의 폭이 너무 넓었어. 분명한 사물이 아니라 추상적인 개념까지 먹을 수 있게 만들어버렸지."

남자는 두루뭉술한 어떤 것을 모사하는 몸짓을 했다.

"설령 평범한 물건이라도 거기에 사용자의 감정이나 사상이 반영되면 치즈는 그것까지 포착해서 식물질화했지. 별의별 게 다 있어."

양복 입은 남자가 혀를 내둘렀다.

"욕심은 까맣게 탄 후추처럼 쓰고, 추억은 속이 뒤집힐 정도로 짜다가 천천히 떫어지고, 사랑은 며칠 동안 앞이 안 보일 정도로 달고…. 너 근데 자기애성 성격장애가 뭔지는 알아?"

그는 대답하지 않았다.

"몰라도 돼. 성격장애가 아니라도, 경영진에서 우려한 건 모든 사람이 정도의 차이만 있을 뿐 반드시 가지고 있는 경향이었으니까."

그것이 더할 나위 없이 훌륭한 대답이었다.

"그대로 출시했으면 고객 풀에 어마어마한 공백이 생겼겠지. '제3의 맛' 사태 이후 가장 끔찍한 참사로 기록됐을 거고."

여전히 수수께끼 같은 말이었지만 남자는 아랑곳하지 않고 말을 이었다.

"자기중심적 경향. 나아가 주관이라는 인식의 틀 그 자체. 인간이면 누구나 갖고 있고, 그래서 누구나 무심코 식물질화해버릴 수 있는."

양복 입은 남자가 손가락을 꼽았다.

"사람의 주관이라는 건, 결국 모든 사람 하나하나가 각자 갖고 있는 가장 강력한 세뇌 기전이지."

그렇게 떠오르는 것들을 셈하기 시작했다.

"남한테는 온갖 생트집을 잡는 꼬장꼬장한 놈이 자기가 하는 건지 뭐가 잘 된 건지, 못 된 건지도 모르지. 남의 옷깃에만 스쳐도 부리나케 손 씻는 놈이 같은 손으로 코도 후비고, 묻은 코딱지로⋯."

"코딱지를 먹는 거예요?"

그가 물었다.

"이거 발라서?"

"더럽게. 그게 아니라 주관성에 집중을 해야지—스스로가 항상 가장 똑바르고 멋지다고 믿게 해주는 자기중심적 경향!"

양복 입은 남자가 호통쳤다.

"피실험자 몇이 몸에 이걸 발랐다가 제 주관성 자체를 식물질화해버렸어. 날 것 그대로의 자신, 제 모든 방어기제와 이성의 크고 작은 걸쇠를 남김없이 무장해제하는 궁극의 '취저'였지."

발라서 어떻게 됐다는 걸까? 선뜻 내키지 않는 상상이 떠올랐다. 남자가 말하는 투나, 경고문까지 미리 프린트했다는 건, 아마⋯.

"그래서 먹었다는 거예요?"

그는 내키지 않게도 물었다.

"자기 자신을?"

"다는 아니지만 그렇게도 되더라고."

머뭇거리던 게 바보같이 느껴질 만큼 대답은 곧장 돌아왔다.

"확실한 건, 한 번이라도 맛을 본 사람들은 못 멈추더라."

남자가 혀를 찼다.

"어련하겠어. 세상에서 딱 한 사람만을 위해서 만들어진 맛인데."

양복 입은 남자는 단종된 음료수를 추억하는 것처럼 태연하게 그때를 곱씹었다. 대화 상대인 그로서는 상상할 수 없는 담대함 혹은 잔인함이었다.

"더 재밌는 건 말이야. 그렇게 본인 주관성을 식물질화한 피실험자를 제삼자한테 노출시켜봤지. 그러니까 거의 항상 '이유는 모르겠지만 역겹다', '저 사람 곁에 있고 싶지 않다' 같은 소릴 하더라고."

남자는 그가 자기 말을 못 알아들었다는 것을 눈치챘다.

"…인생 다 살아본 척 좀 해보자면, 그게 우리가 결국 마음속으로는 따로따로 외로운 이유 아니겠어?"

남자는 찬합의 뚜껑을 닫았다. 그리고 원래 있던 선반으로 돌려두었다.

"이왕 시작한 거 좀 더 보여주랴?"

대답도 기다리지 않고 남자가 다음으로 집어 든 것은 큼직한 매직펜이었다. 표면에는 어떤 기호도 무늬도 없었다. 사람이 쓰기에 불편할 정도로 투박한데다가 여닫는 뚜껑도 길이 안 들어, 제품의 골자만 구현한 실험작 느낌이 물씬 났다. 아마 크림치즈와는 달리 상품화 논의가 시작되기도 전에 엎어졌을 것 같다고 그는 생각했다.

"먹을 수 있는 펜인가요?"

"그건 너무 시시하잖아. 게다가 그런 걸 출시하면 민원이 어떨 것 같아?"

남자가 몸을 떨었다.

"우리가 만든 펜 빨던 애들이 학교 가서 뭣도 모르고 유성매직을 질경질경 씹어 먹으면, 학부모들이 얼마나 난리를 피우겠어?"

유성 매직을 먹는 아이 걱정은 안 하는 건가? 그는 조용히 생각했다.

"이건 좀 더 적극적인 물건이야."

남자는 펜의 뚜껑을 열곤 심지를 이리저리 살폈다. 그도 덩달아 시선을 돌렸다. 금세 눈물을 쏟을 것처럼 잉크를 흠뻑 머금은 게, 얼음에 대고 긋더라도 미끄러지는 일 없이 잘 내달릴 것 같았다.

"방금 본 크림치즈가 이미 존재하는 물성을 맛으로 변환시켜 준다면, 이건 어떻게든 맛을 만들어주지. 봐봐."

남자는 품에서 주섬주섬 손수건을 꺼냈다. 그러고는 그가 빤히 바라보는 가운데 손수건에 무언가를 적었다. 아니 그렸다.

저민 보름달처럼 둥글넓적한 빵, 그 위에 살짝 가장자리가 접히도록 올린 치즈, 다진 고기를 뭉쳐 지글지글 구운 패티, 신선한 양상추와 토마토… 남자는 햄버거를 그리고 있었다. 그리고 꽤 잘 그렸다. 위쪽 빵에 알알이 뿌려진 참깨까지 잊지 않고 챙길 만큼 섬세하기도 했다.

"어떻게 될 것 같아?"

"손수건에서 이제… 햄버거 맛이 나는 건가요?"

"너무 바로 맞히니까 재미없네."

남자는 꼬깃꼬깃 손수건을 뭉쳤다. 그러고는 베어 물었다.

"맛있어요?"

"그냥 그래."

양복 입은 남자가 열의 없이 말했다.

"사실 제대로 되려면 성분식별기호까지 적어야 해. 결정 절차가 여러 벌인데 그게 가장 서버에 부담이 덜 가거든."

굉장한 건지 어설픈 건지 알 수가 없었다.

"그래야 펜 안쪽 논리 소자에서 그걸 읽어. 센서가 보기에는 색을 칠하지 않은 패티나 얇게 자른 소시지나 비슷해 보이니까. 지금처럼 그리면 대충 근사 로직이 나오는데… 그 음식을 물에 녹여서 먹는 그런 기분?"

그러면서도 햄버거 맛 손수건을, 아니 자기 말에 따르면 햄버거 녹인 물맛의 손수건을 남자는 맛나게도 먹었다. 볼때기가 빵빵하게 튀어나왔다 들어갔다를 반복하며 그 안에 있을 법한 고기와 빵과 채소와 양념 소스의 환상을 불어넣었다. 야들야들한 씹는 소리까지 정말로 그 안에서는 들려오고 있었다.

"이건 왜 망했을 것 같아?"

"음식 하나 먹자고 사람들이 기호 같은 걸 안 써서?"

"그럴 리가."

나름 회심의 답이라고 생각했건만, 언제나 현실은 상상을 뛰어넘는 법이었다.

"다 돈인데 배우는 건 문제 없어."

양복 입은 남자는 입안에 남은 손수건 덩어리를 삼켰다.

"기호랑 부호화 기전은 물론 우리 독점이지. 주기적으로 갱신도 하고. 근데 항상 이런 제품은… 추상적인 게 문제란 말이야."

그는 이전 크림치즈의 기억을 불러와 약간의 추리를 가미했다.

"이것도 감정의 맛 같은 게 그려지고 그랬어요?"

"그건 아니야. 음… 이건 오히려 그 반대지."

남자가 고개를 저으며 말을 이었다.

"제품이 사전에 협의된 범위를 벗어나서 작동했거든. 그 정확한 기전이 파악이 안 된 게 문제고."

그 뒤론 친절한 설명이 덧붙었다.

"예를 들자면 그런 거야."

…적어도 제 딴에는.

"항우울제는 분명 효과가 있지만 그게 호르몬을 조절하는 건지 아니면 해마 치아 이랑의 모시세포 반응성을 조절하는 건지 확실하지 않은 것처럼."

그는 대화를 적극적으로 흘려들었다.

"아무튼, 이걸로 하트 기호를 그린다고 사랑의 맛이 나타나진 않았어."

다행히 머지않아 원래 주제로 말이 돌아왔다.

"미세조정을 좀 해주면 돼지 심장 같은 맛이 나긴 했지만. 오히려 문제가 된 건 우리가 개발한 일련의 기호였지."

양복 입은 남자가 설명을 계속했다.

"조합하면 특정 성분이나 식재료를 나타내도록 설계된."

"돼지고기는 1번, 말고기는 2번 이런 식으로요?"

"그것보단 복잡해."

어디가 어떻게 복잡한지에 대한 설명은, 하는 사람도 듣는 사람도 무의미한 시간이 되었을 터였다.

"토마토의 날 이후로, 식품식별기호는 우리가 인지하는 개별 식재료랑 일대일로 대응할 수 없게 됐거든."

양복 입은 남자가 혀를 내둘렀다.

"그래서 이 기호들은… 비유하면 표음문자 같은 거야. 단독으로는 아무것도 못 하지만 조합하면 의미가 생기지."

그 뒤로 이어질 것은 물론 친절한 예시였다.

"돼지, 그러니까 'pig'의 철자 세 자를 따로따로 보면 거기에 토실토실한 네발짐승이란 뜻은 없잖아."

"그럼 위험한 게 딱 보이네요."

회사가 그런 초보적인 실수를 저지르다니, 그로선 믿을 수 없었다.

"조합해서 말도 안 되는 걸 만들어버리면 어떡해요."

"경영진도 바보가 아니거든. 그래서 기호 하나하나 만들 때마다 엄청 신경 썼어."

양복 입은 남자가 길게 탄식했다.

"개별적으로 분리해서 쓸 수도 없고, 광범위한 현실 요소를 가리키면서도 이상한 쪽으로 못 튀게 만들려면 문법의 차원이 아니라 사용자들의 근본적인 다중감각 자체를 개조해야 하더라고. 연구진들이 한동안은 후기 구조주의 서적만 붙잡고 살았지."

마치 자기가 그 고생이란 고생은 전부 한 몸에 이고 회사를 이끌어오기라도 한 것처럼.

"그렇게 만든 물건이야."

"근데 실패했네요?"

그 말을 들은 남자는 화난 것처럼 보였다.

"도저히 메울 수 없는 결함이 발견됐거든."

실은 정말 화난 게 맞았다.

"그것도 가장 열불 나는 방법으로."

남자는 씩씩대며 양복 주머니를 뒤졌다. 뭘 찾는 건지 꽤 오래 헛손질이 반복되었고 그때마다 표정이 더욱 일그러졌다. 그러다가 손길이 우뚝 멈추었다.

"참, 내가 먹었지."

멋쩍은 웃음과 함께, 남자는 손등으로 입가를 쓱쓱 훔쳤다.

"피실험자 한 명이 우리는 도저히 알 수 없는 방법으로 뭔가의 맛을 만들었어."

보드라운 리넨 직물인지 변화한 햄버거인지 아무래도 알 수
없는 부스러기들이 떨어져 내렸다.

"그걸 먹고 죽어버렸지."

"대체 무슨 맛이었길래 그래요?"

"신."

거룩한 침묵이 방에 내렸다. 그는 자기가 아는 다른 '신'이라는
단어를 필사적으로 떠올렸다. 그것이 직어도 이 대화보다는 일상
적이었다.

"神이라고."

그런 일말의 희망이라도 박살 내려는 듯, 양복 입은 남자의 무
정한 보충설명이 이어졌다.

"god, the thing upstairs, unspeakable maker…."

"신을 먹었다고요? 아니 그보다, 식품 기호로 신이라는 뜻을
조합했다고요?"

"기호학과 통사론의 마술이지 뭐야."

그는 아무래도 신을 먹은 것 자체는 별로 중요하지 않은가보
다 믿기로 했다.

"피실험자 약력을 보니 구조질의언어 경력이 있었어."

양복 입은 남자가 주먹을 불끈 쥐었다.

"진작에 인사팀 놈들과 담판을 지었어야 하는데!"

"신이라는 뜻을 그래서 어떻게 만들었는데요?"

"그러니까 우리도 미치고 팔짝 뛸 노릇이라고! 그 조합식을 모
르니까!"

남자는 눈을 희번덕거렸다.

"그게 우연한 사고인지 아니면 구조적 결함인지도 모르고, 재현도 시킬 수가 없으니 더 미치겠는 거야!"

그만큼의 분노를 보건대 아무래도 회사에게나 개인에게나 뼈아픈 실패였을 것 같다고 듣는 그는 생각했다.

"일단 푸드 페어는 다가오지, 어쩔 수 없이 일시 캔슬 때린 게 어영부영 늘어지다가 그냥 프로젝트 하나 날아간 거야."

"신을 먹어서 죽은 게 왜 그랬는진 안 궁금했어요?"

"내 알 바 아니야. 다시 조합해서 물어볼 수도 없고."

시니컬하다기보다 무관심적으로 그 말은 들렸다.

"회사에선 어차피 이윤 안 나오면 신 할애비라도 벗겨 먹었을 걸. 이건 정말이야."

남자의 표정이 갑자기 전에 없이 진지해졌다.

"내가 보증할 수 있어. 정말…."

그러더니 먼지 한 톨 날리지 않는 선반 너머를 흘끔거렸다.

"너 내핵 안에 뭐가 있었는지 알아?"

가타부타 대답할 시간도 주지 않은 채 말이 멋대로 이어졌다.

"묻지 마. 차라리 모르는 게 나을 거니까."

그는 떨떠름한 표정으로 연거푸 고개를 끄덕였다. 무엇에 동의하는 것인지, 애초에 이것이 동의하거나 반대할 성질의 일인지조차 확신이 서지 않았다. 마치 떠오르는 해를 막겠답시고 갈고랑이를 단 노끈 따위를 집어 던지는 기분이었다.

"하긴 이런 거 붙잡고 징징대봤자 어쩌겠어."

남자는 굳이 뒤끝을 숨기지도 않은 채 말했다.

"연구는 계속되고, 기술개발은 나아가고, 오늘도 새로운 실패작은 생겼는데."

"당신도 여기 뭔가 넣은 게 있어요?"

"그럼."

남자는 선반을 이리저리 살피며 돌아보지도 않고 대답했다.

"이 프로젝트는 정말 뼈저리게 아픈 게, 한쪽 막으면 다른 게 터지고 그걸 막으면 또 다른 데서 뭔가 터지고… 처음에는 진짜 간단한 거였어―완벽한 음식 만드는 거."

간단한 거라니? 그는 이제까지 본 온갖 기상천외한 '실패작'의 이야기를 듣고서도 선뜻 그 말에 동의할 수 없었다.

"착착 진행됐지. 큐알 코드라고 알아? 목성 표면이 조금만 더 단단했어도 새겼을 텐데."

두 명사가 아무래도 어울리는 말로는 들리지 않았지만, 이제까지 그래왔듯 이번에도 그런가보다 하고 넘기는 수밖에는 없었다.

"아무튼 그거랑 비슷하게 사람들의 인지 도식을 주무르려고 했어."

양복 입은 남자가 말했다.

"왜 맨눈으론 못 봐도 기계 입장에서 변환할 수 있는 흑과 백만 있으면 자기들이 알아서 정보를 읽잖아. 그것처럼, 사람의 뇌도 무의식적인 부호화를 항상 한단 말이야."

남자는 이내 허공에 점을 찍어 그림을 그리기 시작했다.

"무작위적인 무늬 안에서 얼굴을 찾는다거나… 그것처럼. 딱 보는 순간 무심결에 해석되어서 그게 결국 행동에 영향을 주는, 누구도 저항할 수 없는 음식을 만들려고 했지."

"아까 자기 주관성을 먹이려던 것처럼요?"

"회사는 먹이려고 한 적 없어."

그거야 그렇지만, 고객을 걱정해서가 아니라 제품 판매량을 걱정해서 그런 게 아닌가? 그가 생각했다.

"대충 뜻은 맞지. 하지만 구매자가 자기 몸을 갉작이기 시작하면 첫 고객이 그대로 마지막 고객이 되잖아."

그건 드물게도 어느 쪽으로든 끔찍한 일이 맞았다. 회사의 이익이라는 측면에서도, 소비자 개인의 건강이라는 측면에서도….

"우리는 고객들이 자기 주관성만큼이나 좋아하는 음식을 만들고 싶었어."

남자가 뜸을 들였다.

"첫 시도는 어땠을 것 같냐?"

그는 조금 생각했다. 처음부터 실패를 맛보았다면, 뼈저리게 아프다고 표현할 여지조차 남지 않았을 것 같았다.

"성공했나요?"

"맞았어. 점점 더 영특해지네."

양복 입은 남자의 목소리는 어째 쓸쓸하게 들렸다.

"피실험자들은 뱃가죽이 콘돔처럼 얇아질 때까지 꾸역꾸역 시제품을 먹었지. 변의가 느껴지면 앉은 자리에서 똥오줌을 싸면서, 나중에는 음식 위에 그대로 엎어져 질식사하면서. 어때?"

대체 뭐가 어떻냐는 걸까.

"이해가 돼?"

그는 대체 뭘 이해하라는 건지도, 그 무언가를 이해하고 싶지도 않았다.

"처음엔 우리가 이긴 줄 알았지. 생명 보전의 본능마저 억누르는 욕망을 만들어낸 거니까!"

남자가 멀거니 허공으로 고개를 쳐올렸다.

"근데 우린 몰랐어—"

자세히 보니 조금은 우수에 젖은 눈길로.

"—완벽이란 게 얼마나 연약한 물건인지."

그는 잠자코 양복 입은 남자의 뒷말을 기다렸다. 남자는 이제 대놓고 촉촉해진 눈길로 허공을 바라보고 있었다.

"통제된 환경에서 관리한 시제품이랑, 바깥에서 노출되는 무수한 변수를 미처 생각을 못 했어. 온도의 변화, 산패, 운송 과정의 충격… 그리고 초절정의 완벽은 거기에서 조금이라도 벗어나는 순간 같은 양의 혐오로 전환되더라."

"사람들이 그걸 싫어했어요?"

"싫어한 게 다 뭐냐. 무서워했어."

양복 입은 남자가 한숨 쉬었다.

"그걸 안 먹기 위해서라면 자기 부모라도 목 졸라 죽였을걸? 사태가 처음부터 너무 막 나가니 이상징후 파악도 늦어졌지. 북미 군벌들이 심문 도구로 우리 시제품을 사용한다고 보고가 들어왔어."

두 눈은 그때를 떠올리기 싫다는 듯 질끈 감겨 있었다.

"벌크 포장된 건 처형용으로 쓰였지. 같은 용량의 염화칼륨보다 효과가 좋았다더라. 어땠을 것 같아—"

양복 입은 남자가 고개를 돌렸다.

"—회사 분위기가?"

"슬퍼했겠죠… 아마?"

그는 마음의 소리를 꺼내지 않으려고 노력하는 것보다 처음부터 마음에 없는 소리를 뱉는 편이 더 쉬운 것을 깨달았다.

"장난 아니었지."

간단하지만 중요한 교훈이었다.

"그래서 새로 개설된 게 그다음 프로젝트. 완벽한 음식이라서 문제가 있었다. 본능을 압도하기보다는 그냥 기본으로 돌아가자. 이것저것 다 포괄하지 말고 그냥 딱 하나."

남자가 말을 이었다.

"'갖고 싶은 음식'을 만들자고 준칙이 다시 잡혔어."

"'갖고 싶은'이요?"

그가 물었다.

"'먹고 싶은'이 아니라?"

"우린 사람들이 먹으라고 물건을 만드는 게 아니야."

남자가 뭐 그런 당연한 걸 묻느냐는 듯 인상을 찌푸렸다.

"사라고 만드는 거지."

미묘한 말이었지만 분명 차이는 있었다.

"식욕을 타깃으로 잡으면 사기야 많이 사지. 하지만 구매자들은 배은망덕하게도 그렇게 산 제품을 무절제하게 섭취해버려. 그렇게 형성된 불균형한 식습관은 회사의 전망을 불투명하게 만들지."

그도 따라서 눈살을 찌푸렸지만 남자가 아는 것 같지도 않았고, 안다 한들 특별한 반응도 보이지 않을 것 같았다.

"순수한 소유욕은 그 자체로 부가가치의 종착점이야. 또 거기에 더해 무한하기까지 한 소유욕이란 곧 시장 규모의 무한한 확대를 불러오지!"

피둥피둥 살찌다가 죽어버리는 사람과 달리 시장은 무한한 확

대가 가능하니 좋다는 뜻인가. 그는 꺼림칙하다고 생각하면서도
그런 비교를 머릿속에서 만들어냈다.

"아무튼 그래. '먹지 않아도 되니 아무튼 갖고 싶은' 음식이 그래
서 만들어졌어."

남자가 혀를 찼다.

"하지만 그것도 문제는 있더라고."

"경영진이 이번에는 더 화냈겠네요."

"아니."

남자가 천만다행이라는 듯 대답했다.

"바깥으로 번지기 전에 팀 안에서 자체적으로 발견한 문제였어."

그걸 다행이라고 해야 할지 듣는 그로서는 잘 알 수 없었다.

"피실험자들은 그걸 사. 그리고 모으지. 먹지 않고."

보이지 않는 방점이 그 네 자를 강조했다.

"갖고 싶다는 건 그게 사라지는 걸 막고 싶다는 뜻도 되니까.
그렇게 산더미처럼 우리 제품이 쌓이지. 여기까진 괜찮아."

남자가 손가락을 세워 더욱 강조했다.

"그러고도 어쨌든 계속 사니까. 근데 안 먹어."

그리고 그렇게 세운 손가락을 휘저으며 재차 강조했다.

"쭉, 계속, **절대로.**"

남자는 자기가 무슨 말을 하려는지 알겠냐는 듯 뜸을 들였다.

"그리고 음식은 결국 썩지. 미생물 보호구역이 아니라도 결국
일정량의 부패요인은 있으니까."

실감나는 손짓과 더불어 설명이 이어졌다.

"멀쩡하던 게 다 썩어서 구멍이 숭숭 나고, 다 흐무러지고 짓물

러서… 그때가 되어서야 먹지. 이유가 뭔지 알겠어?"

그럴 리가 있나. 그는 무언의 대답을 했다.

"가지고 싶다는 욕망이 자극되니까 일단 사더라도 먹을 수가 없지. 먹으면 사라지니까. 그런데 그건 썩어도 마찬가지거든!"

그게 무슨 대단한 비밀이라도 되는 듯한 투였다.

"그때가 되면 어차피 사라질 거라면 배라도 채워야겠다! 하고 마구 먹기 시작하는 거야."

"식중독 치료제라도 배포하면 그 자리에서 다시 마트로 달려 가게 만들 수 있겠네요."

그는 그게 정말 자기 입에서 나온 말이 맞는지 알 수 없었다.

"그래. 반독점법이 무섭지 않다면 말이야."

그 말을 하는 남자가 바닥에 걸쭉한 침을 뱉지 않는 유일한 이 유는 둘이 지금 회사 소유의 창고에 서 있기 때문인지도 몰랐다.

"58-72-88 협정으로 약학 쪽은 완전히 우리 손을 떠나갔지. 덕분에 마을 하나가 소화당했지만. 아무튼 그래서 찾아낸 방법은 그거였어."

남자가 주먹을 불끈 쥐었다.

"차라리 썩지 않는 음식을 만들자. 스스로 항상성을 유지하는 식품을 만들자!"

"그게 그렇게… 거창한 목표인가요?"

그가 물었다.

"방부제만 넣으면 해결될 문제 같은데."

"'스스로'라고."

남자가 힘주어 말했다.

"그리고 방부제는 변질을 '늦추는' 거잖아. 우리는 그걸 '완전히'

막을 거였어."

왜 굳이 평범한 길을 안 가려는 거야? 그가 생각했다.

"생각해봐. 식품 스스로가 일정한 계를 갖는 거야. 시스템이라고 하면 너무 딱딱한가?"

양복 입은 남자가 설명을 시작했다.

"심지라고 해두자. 음식의 본질로서 우리가 짜 넣은 물성을 고스란히 유지하는 심지. 물론 계는 외부 조작 없이도 반영구적으로 유지되며 설사 외란이 닥치더라도 손상을 복구하지. 생명체 수준의 회복탄력성과 항상성을 갖고 말이야!"

남자는 자기가 만든 물건에 대해 자기가 하는 말을 두고 감탄했다.

"굉장한 발상이었지!"

그런 말을 자기 입으로 하는 게 이상할 것 없는 일이라는 것처럼.

"그러면 단순히 안 썩는 거 말고도 얻어낼 수 있는 장점이 무궁무진하단 말이야."

듣는 그는 물론 머릿속 한 구석 빈 자리를 만들어놓았다. 이제부터 등장할 예시들을 위한.

"제품이 딱 우리가 의도한 대로의 풍미를 간직한 채 언제까지나 소비자들을 매혹한다는 건 회사에 축복이나 다름없는 일이지."

"네, 멋진 말처럼 들리네요."

"우리는 그렇게 꿈꾸는 음식을 만들었어."

양복 입은 남자가 말을 이었다.

"일정한 계를 품고 유지하는 음식, 외부 환경에 무력하게 휩쓸리는 대신 그 고유의 특질을 두고두고 간직하는 음식. 자기가 썩지 않는다고 믿는 음식."

그러더니 잠시 침묵했다.

"…근데 꿈이 항상 혼자만의 몽상으로 남지만은 않더라고."

갑자기 남자의 말투가 단호해졌다.

"그렇게, 자기가 살아 있다고 믿는 음식이 생겨났지."

남자가 손아귀에 힘을 주었다. 듣는 그는 자신이 붙잡혀 있다는 것을 뒤늦게 알았다.

"뭐 하는 거예요?"

그는 화들짝 놀라 몸을 빼려 했다.

"이거 놔요!"

"뭘 놔? 이미 잡은 지 오래됐어."

대체 무슨 소리야? 그는 정신없이 주변을 둘러보았다. 그런데 그에게는 눈이 없었다.

"여기 오면서 말했잖아. 네가 어차피 볼 곳이라고."

움직일 몸도 형태도 없었다. 깜빡일 눈도 돌릴 고개도 없었다. 사지를 버둥거렸지만 팔도 다리도 없었다. 모난 곳 없는 둥근 덩어리인 그는 남자의 품에 얌전히 안겨 있었다.

먹음직스럽게 갈라진 표면과 찰기를 잃지 않은 보드라운 속살, 가마의 따끈한 온기를 간직한 큼직한 빵 덩어리야말로 그의 과거이자 앞으로의 변하지 않을 미래였다.

"왜, 얼떨떨해?"

남자는 그의 일부분을 쪽 찢었다. 속살이 나풀나풀 일어났다. 그는 아파야 한다는 사실을 떠올렸지만 그렇게 믿고 있을 뿐이었다. 남자는 이윽고 뜯어낸 조각을 한입에 털어 넣었다. 침과 엉긴

덩어리가 축축하게 뭉개졌다.

"너희가 만들어낸 음식이 나라고?"

"그래. 리얼하지?"

짝, 짝. 빵을 씹을 때마다 경박한 소리가 났다.

"그만큼 깊게 꿈꾸도록 만들었으니까. 근데 거기까지 갈 줄은 몰랐어."

남자는 착잡한 눈길로 빵을 노려보았다.

"말하고, 생각하고, 감정을 느끼는 법까지 배울 줄은 몰랐다고."

양복 입은 남자가 코웃음 쳤다.

"끝내 자아가 발현되는 것만은 막으려 했는데, 널 보면….."

그러곤 잠시 입을 다물었다.

"어쩌겠어?"

남자가 어깨를 으쓱거렸다.

"세상 아무도 잼을 바르는 순간 살살 해달라고 말하는 빵 따위를 원하진 않거든."

"날 어떻게 할 셈이야?"

빵은 흐느꼈다.

"아무것도 안 할 건데?"

남자가 무심하게 선언했다.

"너도 봤잖아. 이 무수한 실패작들이랑 같이 여기에 남겠지."

"어떻게 그럴 수가 있어? 난 살아 있단 말이야!"

빵이 바동거렸다. 적어도 그렇게 생각했다.

"너도 알잖아. 네가 만들었잖아!"

"우리는 책임을 지려고 너희를 만드는 게 아니야."

남자가 조곤조곤 설명했다.

"누군가의 충동을 받아주는 거, 사람들이 스스로와의 약속을 어기고 지갑을 벌리도록 만드는 게 우리 목표야."

"날 여기 가두겠다고?"

되풀이된 호소는 처음보다도 더욱 작고 약하게 들렸다.

"살아 있는 걸 알면서?"

"살아 있다고 믿는 거라니까."

양복 입은 남자는 눈살을 찌푸렸다.

"그렇게 진보적으로 굴 필요는 없잖아. 근데…."

아하! 남자는 무언가 떠오른 것처럼 손가락을 튕겼다.

"그럴 수도 있겠구나. 언젠가는, 정말 그렇게 될지 몰라."

빵은 환하게 웃는 남자의 얼굴을 올려다보았다.

"그때가 되면 네 꿈은 꿈이 아니고, 네 공상 속 몸도 진짜 내분비계를 갖추고 물질대사를 할지도 모르지! 안 그래?"

남자는 품에서 무언가를 꺼내 빵에 비스듬히 찔러 넣었다. 비명은 나오지 않았다. 정신을 차리고 보니 그것은 누군가의 기억에도 남기 힘든 일개 명함 한 장이었다.

"혹시 정말 그렇게 되거들랑 잘 챙겨둬. 무턱대고 경비원 괴롭히지 말고."

남자는 쥔 빵을 선반의 빈 곳에 올려두었다.

"그러면 내가 다시 책임지고 너 건드려볼 테니까, 알았지?"

격려인지 조롱인지 알 수 없었다. 할 일을 마친 남자는 그대로 떠났다. 전등갓이 비추는 원뿔꼴의 영역에 남자의 뒷모습이 번갈아 나타나고 사라졌다. 웃음소리가 점점 멀어졌다. 이윽고 조명이 자동으로 꺼지고 창고는 적막에 잠겼다.

시곗바늘

● 초고 2021년 12월 2일

버저가 울리고 전등에 불이 들어왔다. 나는 잠든 적도 없는 것처럼 가볍게 깨어났다. 침대 역할을 하는 둔덕은 차갑고 딱딱해서 잠기운을 떨치기엔 더할 나위 없이 편리하다.

나는 방의 정중앙에 똑바로 섰다.

방은 정육면체 모양으로, 한 변이 내 키의 두 배 정도 된다. 천장도 바닥도 벽도 똑같이 매끄러운 재질로 되어 있다. 천장 한복판에는 움푹 파묻힌 채 쇠창살까지 덧댄 전등이 달렸다. 둔덕에서 일어나 마주하는 벽에는 작은 구멍이 뚫려 있다. 이곳이 내가 평생을 지낸 방이다. 나는 고무공을 만지작거렸다. 사소한 것이라고 생각하여 말하진 않았지만, 그런 것이 있다. 고무공은 수도 없이 던져지고 주워진 탓에 표면이 마치 거울처럼 반질거린다. 하지만 난 그곳에 비친 내 얼굴을 볼 수가 없었다. 계속 그랬다.

「질문에 답하기에 적절한 상태입니까?」

목소리가 흘러나왔다. 나는 고무공을 왼편 벽에 던졌다. 그게 규칙이다. 예, 아니요로 갈리는 질문에는 왼편 벽이 예, 오른편 벽이 아니요. 두 개의 선택지가 제시될 땐 먼저 나온 선택지가 왼편 벽, 나중에 나온 것이 오른편 벽. 그 뒤로 벌어질 일은 뻔하다. 질문, 질문, 질문, 또 질문.

계속해서 질문들이 쏟아진다.

「최종적인 시작과 반복되는 끝 중 어느 것이 일반적으로 선호됩니까?」

나는 고무공을 오른편 벽으로 던졌다. 끝이 있다는 건 좋은 것이다. 내가 지금 당하고 있는 이 일이 언젠가 끝날 것임을 믿는 것처럼.

「누군가가 성공할 것을 믿는 것과, 그가 실패할 것을 믿지 않는 것은 다릅니까?」

나는 고무공을 왼편 벽으로 던졌다. 질문의 끝이 '다릅니까?' 였으므로 나는 즉 그 둘이 다르다고 대답한 것이다―무언가를 믿지 않는 것은 그것을 믿는 것보다 복잡하다고 나는 믿는다.

「자신이 아이였다는 걸 잊은 어른과, 자신도 어른이 된다는 것을 잊은 아이 중 누구의 죄가 더 큽니까?」

나는 고무공을 오른편 벽으로 던졌다. 어른은 아이 말고도 볼 것이 많지만, 아이는 어른을 무엇보다 많이 보고 듣는다. 그런데도 언젠가 자신이 자라 그들이 될 것을 잊었다면 그것은 분명 무거운 죄다.

「질문으로 얻는 거짓과, 질문을 하지 않음으로 얻는 침묵 중 어느 쪽이 유익합니까?」

나는 고무공을 왼편 벽으로 던졌다. 질문은 그 자체만으로 고귀하다. 이곳에서 내게 무차별적으로 쏟아지는 이 허섭스레기들 말고. 가령 내가 이곳에서 나가게 되면 던지게 될 그런 질문들처럼.

그리고 그런 식이다.

「인간은 자신이 인간임을 기억해야만 살 수 있습니까, 아니면 잊어야만 살 수 있습니까?」

「시와 역사 중 어느 쪽이 더 개별적입니까?」

「속에 담아둔 좋은 말과, 담아두지 못한 나쁜 말 중 어느 쪽이 많습니까?」

「백 퍼센트 통하는 가르침은 진리입니까, 세뇌입니까?」

질문은 끊임없이, 꼬리에 꼬리를 물고 나온다. 나는 그것들에 무슨 의미가 있는지도, 그것들끼리 무슨 상관이 있는 건지도 모른다. 내 대답의 유효성을 하나하나 매기는 거대한 답안지라도 있는 건지, 아니면 그저 대답 자체가 의미 있는 건지도 모른다. 그럼에도 여긴 다른 할 것이라곤 존재하지 않는다. 방의 벽, 어딘가에 묻힌 스피커, 전등의 존재 역시 마찬가지다. 내가 질문에 대답하지 않으면 이들도 존재하지 않는다. 그래서 나는 대답한다.

그러다 보면 시간이 지난다.

「휴식시간입니다.」

그리고 자그마한 보상이 주어진다. 마주하는 벽에 작은 구멍이 뚫려 있다고 말했는데, 그게 이 보상을 위한 것이다. 나는 바닥을 나뒹구는 과자를 주워든다. 색도 크기도 마치 바둑돌처럼—내가 바둑돌을 어디에 쓰는지, 바둑이 뭔지는 또 어떻게 알고 있는 걸까?—생겼지만 입에 넣고 굴리면 제대로 단맛이 난

다. 하지만 씹으면 안 된다. 그러면 즐거운 시간은 다 지나가고 손톱처럼 까끌까끌한 외피만 남아 입안을 굴러다닌다. 나는 조심조심 혀를 움직이며 이슬처럼 서서히 단맛이 배어나게 둔다. 그런 뒤 가능한 한 오래오래 그 작은 기적을 음미한다.

과자를 먹지 않는다고 죽지는 않는다. 그러나 나는 밥을 먹을 줄 모른다. 밥을 먹어본 기억이 없다. 내 기억의 시작은 질문이고 별일이 없다면 끝도 마찬가지로 또 다른 질문일 것이다. 나는 과자를 집어 올린 손을 바라본다. 내 손이 거기 있다는 깃도, 어떤 모양을 하고 있다는 것도 알지만 어째서인지 눈에 보이는 것은 내 몸 뒤편의 풍경이다. 그런 식이다. 몸을 내려다봐도 내 배꼽, 허벅지, 종아리, 발등은 보이지 않는다.

그 자리에 있다는 건 분명히 아는데.

「질문에 답하기에 적절한 상태입니까?」

금세 휴식시간이 지나갔다. 나는 고무공을 왼편 벽으로 던졌다 —이 규칙에 이제 익숙해졌으리라 믿지만 굳이 부연하자면, '예'라는 뜻이다. 그 뒤는 다시 질문의 세례. 반복하다 보면 하루가 지나간다.

이곳은 강압적이지 않다. 나는 정말로 그렇게 생각한다. 버저가 울리고 불이 들어오자 나는 어제를 떠올렸다. 어제는 다시 그 어제를, 그때는 다시 그때의 어제를 떠올렸다. 나는 눈을 뜨고 감을 때마다의 모든 기억이 하나의 똑같은 뿌리를 가진 식물 같다고 생각했다. 한 점에서 뻗는 선은 사방 360도의 평면에서 몇 개나 생겨날 수 있을까? 그 하나하나의 선마다 몇 개의 질문이 또 매달릴 수 있고?

「누군가의 조작되지 않은 인생은, 만들어진 정교한 이야기보다 가치 있습니까?」

나는 고무공을 오른편 벽으로 던졌다. 제대로 된 이야기를 만들어내기 위해선 필연적으로 날것 그대로의 삶보다 가치 있는 상상을 해야 한다. 적어도 난 그렇게 믿는다.

「죽어 마땅한 짓을 하기 전 죽는 것이 훌륭하다면, 살아 마땅한 짓이 있습니까?」

나는 고무공을 왼편 벽으로 던졌다. 살아 마땅한 짓이란 죽지 않고 남아서 생각하는 것이다. 지금의 내가 하는 것처럼. 그러고 보니 질문이 들어오기 전 뭔가를 생각하고 있었는데.

「이카루스의 이야기는 인간의 한계와 미숙한 재료공학설계 중 어느 쪽을 말하고 있습니까?」

나는 고무공을 왼편 벽으로 던졌다. 내가 그걸 어떻게 아는지는 모르지만 나는 이카루스를 안다. 그리고 그를 믿지 않는다. 하지만 적어도 그의 아버지인 다이달로스는 믿는다. 그가 만들었다는 미노타우루스의 미궁처럼 정말 평생을 헤매도 나가지 못할 곳이 있다고 믿는다. 이를테면…

생각났다.

나는 이곳이 강압적이지 않다고 생각한다.

왜냐하면 내게 주어지는 질문들은 이곳에서 유일하게 뜻이 있기 때문이다. 가령 벽이나 전등의 존재, 혹은 전등에서 쏟아지는 빛들은 뜻이 없다. 그것들은 그냥 거기 있는 것이다. 나는 그것을 어떻게 할 수 없다. 그런데 질문은 다르다. 그것들은 당장 눈앞에 보이는 것 이상의 주제를 담고 있을 뿐만 아니라 내가 거기에 대응하여 무언가 할 수 있는 여지까지 만들어준다. 질문에 대답하지 않는다고, 가령 '질문에 답하기에 적절한 상태입니까?'라는 최초의 질문에 '아니요'를 고른다고 무언가 일이 터지는 것은 아니다. 시간이 흐르고 똑같은 질문이 되풀이될 뿐이다. 이제 비로소 그런 상태가 되었냐는 듯.

내가 질문을 무시하지 않는 것도 같은 까닭이다. 유일하게 뜻이 담긴 무언가를 무시해버리면, 남겨지는 건 다시 작은 구멍과 둔덕과 사방을 메운 벽과 그 사이의 마찬가지로 뜻이 없는 무언가가 된 나뿐이니까.

「규칙을 원하는 사람과 필요한 사람 중 어느 쪽이 더 많습니까?」

나는 고무공을 오른편 벽으로 던졌다. 나는 규칙을 원하고 또 필요로 한다. 그런 내 입장에서 생각해보건대 실제로는 규칙이 필요 없는데 원하기만 하는 사람들이 그렇게 많을 것 같진 않다. 하지만 글쎄… 어쩌면 내가 생각한 것과 다른 답이 되었을지도 모르겠다. 이런 말장난들.

나는 특별히 논리적으로 사고하는 법을 배운 적이 없다.

「마지막 순간 신이 이 세상을 구원합니까? 아니면 이 세상을 구원하기 위해 모든 사람들을 보낸 것입니까?」

나는 고무공을 왼편 벽으로 던졌다. 간단한 이유다. 나는 '모든 사람들'을 본 적이 없다. 그래서 후자의 믿음을 공유할 수가 없었다.

질문에 질문이 반복되다 보면 이게 지금 몇째 날의 몇 번째인지도 까맣게 잊어버린다. 나는 내 보이지 않는 몸으로 벽이나 바닥에나 어딘가에 시간의 흐름을 표시할 수가 없었다.

「자유롭게 독재자를 선택할 수 있는 권리는 민주주의입니까?」

민주주의라… 이카루스는 언제든지 반대표를 행사할 수 있었다.

투표를 통해 수의 경중을 따지는 제도는 그러나 강압적이지 않게 갇혀 있는 나에게는 꿈같은 소리다. 꿈… 목소리가 사라지고 과자도 나오지 않고 질문도 들리지 않게 되면 잘 시간이다. 그러면 둔덕에 누운 나와 그런 내가 만들어내는 꿈만 이 세상에 남는다.

꿈은 가뭄에 콩 나듯 찾아오지만 어차피 질문이 아니면 잠을 잘 뿐이다. 꿈을 꾸지 않고 사라진 밤은 내 기억에 거의 흔적을 남기지 못한다. 그래서 결국 매일 밤 꿈을 꾸는 나를 나는 꿈꾼다. 나는 뒤늦게 고무공을 오른편 벽으로 던졌다. 이유는 모르겠다. 과자의 맛이 입안에 아직 남아 있다.

나는 언젠가 꾸었거나 꾸게 될 것 같은 꿈을 떠올렸다….

꿈속의 나는 전등이 켜진 곳에 있었지만 질문이 나오지 않았다. 구멍에 팔을 넣고 휘저었지만 과자도 더 나오지 않았다. 버저 소리가 울렸다. 현실에서, 버저 소리는 항상 내가 일어나 두 발로 서기 전에 들려온다. 그렇기 때문에 그때 꿈이라는 걸 알았다. 나는 이미 두 발로 서 있었지만 둔덕에 누운 채로 그런 나를 보고 있었다. 갑자기 벽에 금이 갔다.

금은 삐뚤게 구부러져서 천장까지 뻗더니 눈을 뜨듯 열렸다. 나는 밖에서 빛이 들어올 거라고 생각했지만 밖은 밤이었다. 그 대신 사람들이 있었다. 벽을 찢은 사람들. 화려한 고깔모자에 훈장과 금색 단추와 치렁치렁한 술이 달린 예복을 입고 있는, 동터오는 지평선보다도 더 강렬한 색채로 내 눈을 어지럽힌.

"축하합니다!"

나는 얼떨결에 그 사람들과 손을 잡고 악수를 하고 있었다. 내 손은 여전히 보이지 않았다. 하지만 잡은 손은 따뜻했다. 신선한 감각이었다. 여태껏 방 안의 모든 것은 언제나 나와 똑같은 온도로 느껴졌기 때문에.

"당신은 이제 모든 질문을 해결했어요!"

"그럼 나갈 수 있나요?"

난 내가 하는 말을 거의 들어본 적이 없어서, 꿈속의 대사는 정말이지 이상하게 들렸다. 목소리가 이상하다는 게 아니라 너무 유창하고 듣기 좋았다. 바리톤이니 소프라노니 하는 음역 분류에 내 이름을 붙인 새로운 단계를 만들어 널리 알려야 할 것처럼 들렸다.

"물론이죠! 그리고 당신은 위대한 일을 한 겁니다!"

나는 그 질문들이 그렇게 위대하다고는 생각해본 적이 없었다. 기억나는 것도 하나도 없었다. 고무공을 던졌던 순간만 선명할 뿐 무슨 질문에 무슨 대답을 했는지도 알 수가 없었다. 다행히 악수를 끝낸 내 눈은 다른 곳을 보고 있었다. 하늘은 파랬고—아까는 분명 밤이었는데?—땅은 푸르렀고 사람들은 넓고 편안한 집에서 오순도순 살고 있었다. 내가 하려는 말은 그러니까, 이게 내 꿈이 지정해준 '최고로 행복하고 뭐든지 잘 된 세상의 모습'이었다는 거다. 그 사실이 와 닿았다.

"당신이 대답한 질문들은 사실 현실의 문제들과 연관된 것들이었어요."

악수한 사람이 말했다. 뒤에서는 다른 사람들이 훈장을 메고 오고 있었다. 그게 내 목에 걸려야 할 물건은 맞았지만 크기가 쟁반만 했다. 나는 그걸 어떻게 베고 잘지 고민했다.

"그것들이? 그 질문들이요?"

"추상적인 거죠."

나는 그 질문들이 뭐였는지는 몰라도, 말도 안 되고 서로 아무

상관도 없다고 생각했던 건 기억했다.

"현실의 복잡한 조건들을 덜어내고 문제 해결에 필요한 요소만 추출해서 가공한 거랍니다."

악수한 남자가 말을 이었다.

"그런 이지선다의 형태로요."

기아, 질병, 불평등… 너무 복잡하고 다원적이라 답이 없는 것처럼 보이는 문제들이 실은 그런 질문들 속에 녹아 있었다고 꿈속의 나는 납득했다.

"내 대답은요?"

"그것들은 마찬가지로 유효한 대응책으로 변환되지요."

사람들이 친절하게 알려주었다.

"당신은 그러니까, 질문에 대답하면서 자기도 모르게 세상을 구한 거랍니다!"

나는 훈장을 목에 걸고 있었다. 축하연의 자리였다. 기분이 좋았다. 그리고 그 말들이 정말 그럴싸하게 들려서 더 기분이 좋았다. 위대한 일. 위대한 질문들. 이런 생각을 하던 나는 더 이상 꿈속의 내가 아니었는데, 그래서 버저 소리가 울렸을 때 기분이 더 나빴다.

나는 일어나서 과자를 받고, 아니 질문을 하고, 아니 질문을….

「가난한 사람이 부자가 되는 것과, 부자가 가난하게 지내는 것 중 어느 쪽이 더 어렵습니까?」

나는 고무공을 왼편 벽으로 던졌다. 내가 부자가 되는 상상을 해보았지만 도무지 뭔가 떠오르지를 않았다. 반면 가난하게 사는 법은 이미 아니까 그대로 살기만 하면 된다.

「보아야 믿습니까? 믿어야 봅니까?」

나는 고무공을 오른편 벽으로 던졌다. 그러다가 내가 실수를 했음을 깨달았다. 전등과 벽과 구멍을 보기에 그 존재를 믿는다고 생각했는데, 왜인지 모르게 손은 그렇게 움직였다. 하지만 상관은 없다. 내가 무슨 대답을 하든 무언가 덜 되거나 더 되는 일은 한 번도 일어나지 않았다.

「누군가를 성공으로 이끌 수 있는 사람과, 누군가를 실패로 이끌 수 있는 사람 중 어느 쪽이 더 많습니까?」

나는 잠시 망설였다. 그러다가 고무공을 오른편 벽으로 던졌다. 처음에는 모든 사람이 누군가를 성공으로 이끌 수 있지만 마찬가지로 실패로도 이끌 수 있다고 생각했다. 그래서 두 그룹의 수는 같다. 그러다가 그 '모든' 사람이라는 명칭이 '나를 제외한 다른 모든' 사람이라는 데까지 생각이 미쳤다. 나는 누군가를 성공으로 이끌 만큼 능력이 충만한 사람이 아니라고 생각하여, 고무공을 그렇게 던졌다.

「언젠가 미워할 것처럼 사랑하는 것과, 언젠가 사랑할 것처럼 미워하는 것 중 어느 쪽이 더 어렵습니까?」

나는 고무공을 왼편 벽으로 던졌다. 그냥 더 고민하기가 귀찮았다. 생각이 많아지면 다시 꿈의 기억이 난다. 하지만 그것은 정신이 혼탁할 때 내가 꾸었을지도 모른다고 스스로 생각한 것일 수도 있고, 장난치듯이 꾸었다고 가정하던 것이 어느새 머릿속에서 뒤죽박죽되었을 수도 있고, 언젠가 꿀 것이라고 지레짐작하고 멋대로 상상하는 것일 수도 있다.

이번의 꿈은 내가 아니라 어느 직장인의 아침 출근길이었다….

나는 꿈을 정확하게 기억하지만 정확하게 꾸지는 않는다. 내 상상력이 부족해서 떠올리지 못한 부분들은 곱씹으면 곱씹을수록 두드러진다. 그건 관람객을 한 자리에 못 박아놓고 전시하는 그림 같아서, 꿈속의 나에게서 한 발짝만 떨어져 흘깃거려도 훤히 드러나는 속임수다. 그래서 그 출근길은 꽤 텅 비어 있었다. 길 위의 직장인은 눈코 뜰 새 없이 바빴지만 그 앞뒤로는 개미 새끼 한 마리 없는 한산한 풍경이 펼쳐졌다. 그때 직장인의 눈앞에 커피가 나타났다. 그 순간 나에게는 질문이 나타났다.

「비밀과 비밀이 새어나갔다는 사실 중, 보호하기 쉬운 것은 어느 쪽입니까?」

어리둥절해하면서도 나는 고무공을 오른편 벽으로 던졌다. 무언가가 비밀이 되면 그와 전혀 관계없는 사람도 달려들지만, 막상 그렇게 유출되었다는 소식에는 원래 이해관계가 있던 사람이 아니면 관심조차 없으니까. 직장인은 커피를 사는 대신 정류장으로 종종걸음 쳤다. 그 순간 꿈을 꾸던 나는 직장인의 행동이 내 선택과 보이지 않는 힘으로 이어져 있다고 생각했다. 아니 느꼈다. 꿈은 처음부터 그렇게 구조화되었다. 구조화라는 말도 나는 그 꿈에서 처음 알았다.

직장인은 계속 출근 중이었다. 복닥대는 대중교통 안에서 운 좋게 난 자리에 얼른 앉았다. 내게까지 그 짧은 안식이 전해졌다. 그때 눈앞에 다리가 아픈 사람이 보였다. 직장인은 얼른 고개를 돌렸지만 내게는 이미 질문이 떠올랐다.

「거인은 그저 크기가 커진 난쟁이입니까?」

꿈의 구조화 덕분에 나는 그 질문이 지금 직장인이 마주한 현실과 관련이 있다는 것을 알았다. 하지만 내 머리로 이해는 하지 못했다. 그러면서도 나는 고무공을 왼편 벽으로 던졌다. 난쟁이와 거인이 각각 아는 것도 있지만, 둘 모두가 피할 수 없는 삶의 공통점이 더 많다고 나는 생각했다. 직장인이 용감하게 일어나 자리를 양보했다. 그리고 이후로도 계속 그런 식이었다. 자기 인사를 안 받아주는 (것 같은) 상사에게 살갑게 아침 인사를 할지 말지, 자료를 그냥 보기 좋게 모으기만 할지 하나로 묶어서 다시 써야 할지, 점심부터 그런 메뉴는 좀 무리가 아닐지 조심스럽게 의견을 개진할지 말지… 온갖 선택의 기로에 설 때마다 내게도 어김없이 질문들이 나타났다.

「창조주는 언제나 창조물들의 가장 적합한 사용자이자 관리자입니까?」

「눈은 마음의 창과 창살 중 어느 쪽입니까?」

「자연이 필요로 하지 않는 미덕과, 자연이 필요로 하는 악덕 중 어느 것이 더 많습니까?」

무엇 하나 엉뚱해 보이지 않는 것이 없었지만, 꿈의 계도인지나 스스로의 논리적인 연역인지 알 수 없는 결론들이 계속 내려졌다. 나는 그 직장인의 머릿속에 있었다. 그리고 내가 내내 마주하던 질문들은—이전의 세상을 구하는 꿈과 마찬가지로—그 직장인이 마주하는 현실 문제의 골자만 뽑아 가공된 것이었다.

그런가 보다 싶었다.

나는 기다리고 있다.

고무공을 꽉 쥔 채 기다리고 있다.

질문에 대답하지 않고 기다리고 있다.

질문이 뭐였는지는 까먹었다. 그냥 기다리기로 했다. 그 뒤로 무슨 일이 일어나나 보고 싶다. 최소한 평소와 다른 일이 벌어질 때까지는 이러고 버틸 거다. 하지만 아무 일도 없으면? 그럼 조금 더 기다릴 거다. 그 뒤로도 아무 일도 없으면? 그럼 조금 더 더 기다릴 거다. 나한테 그럴 만큼의 용기는 없지만 그러지 못할 만큼의 두려움도 없다. 여기는 사방이 막혀 있다. 방에서 할 수 있는 게 뭔데? 전등을 끄는 거?

「질문을 듣지 못했습니까?」

나는 그대로 고꾸라질 뻔했다. 돌아왔다! 평소랑 다른 일이다! 고무공을 어찌나 세게 쥐었는지 손뼈 사이로 살이 흘러내릴 것 같았다. 의외의 반응이었다. 어떤 회유도 협상도 없이…. 하지만 이 일은 나에게만 놀라운 일일지도 모른다는 생각이 들었다. 내가 지금까지 한 번도 다른 짓을 안 해서, 사실 당연해질 수 있던 일을 갖고 놀라는 것이다.

어쨌든 처음 있는 기회였으니, 나는 대화를 하기로 했다. 나는 고무공을 왼편 벽으로, 아, **잘못 던졌다!**

「상대를 과소평가하는 것과 자신을 과대평가하는 것 중 어느 쪽이 더 큰 실책입니까?」

듣지 못했습니까? 라는 질문에 긍정해버렸으니 당연한 일이다. 저게 아까 나온 질문이었나? 그런 것도 같다. 나는 이에 고무공을… 던지지 않았다. **던지면 안 된다!** 무심결에 실수한 것도 모자라서 평소에 하던 대로 고분고분하게 굴 뻔했다! 나는 다시 기다렸다.

이미 결과를 아니 똑같은 침묵도 즐겁게 버텼다.

그렇게 목소리가 돌아왔다.

「질문을 듣지 못했습니까?」

나는 고무공을 오른편 벽으로 던졌다. 이걸로 질문을 들었는데도 대답을 안 하고 있다는 의지의 표현이 되겠지.

「질문에 답하기에 적절한 상태입니까?」

그 질문은 좀 멍청하게 들렸다. 아니 멍청했다. 앞선 질문에서 나는 이미 대답을 할 수 있다는 걸 증명하지 않았는가. 어쨌든 나는 고무공을 왼편 벽으로 던졌다.

「단순히 답하기 싫은 것입니까, 아니면 다른 선호하는 활동이 있습니까?」

나는 고무공을 오른편 벽으로 던져 두 번째 선택지를 골랐다. *좋았어!* 나는 쾌재를 불렀다. 처음에는 그저 다른 반응을 보고 싶었는데, 저쪽과 생각보다 빠르게 대화의 물꼬를 텄다.

「백성들에게 전쟁의 의로움을 선전하는 것과 선전하지 않는 것 중 어느 쪽이 더 나쁩니까?」

나는 고무공을… **위험했다.** 대화하던 도중 아무렇지도 않게 질문을 던지다니. 질문과 고무공으로 이어지던 절차는 내게 있어 그 무엇보다도 확고한 일상의 각인으로 남아 있다. 허를 찔린 셈이다. *정신을 바짝 차려야 해.* 그렇게 생각하며 나는 다시 아무 답도 하지 않고 버텼다.

「선호하는 활동은 평소의 관계를 뒤바꾸어 본인이 질문을 하는 것입니까?」

나는 고무공을 왼편 벽으로 던졌다. 즉 긍정이다.

「방의 바깥과 안쪽, 무엇에 대해 알고 싶습니까?」

나는 고무공을 들고 고민했다. 그리고 거리를 쟀다. 말했지만 벽과 벽은 나 두 명이 누울 만큼 떨어져 있다. 나는 자세를 잡았다. 그리고 젖 먹던 힘까지 다해 (나도 그걸 먹어는 봤겠지. 부모가 있다면) 고무공을 집어 던졌다. 어느 쪽이건 상관없다. 양쪽에 모두 맞게끔 하는 게 내 생각이니까. 그리고 의도한 대로 됐다. 경쾌하고 조금은 무시무시한 속도로 바람을 찢고 공은 양 벽에 격돌했다. 문제는 공의 탄성이 내 생각보다 더 셌다는 거다.

빡. 무슨 반죽 짓이기는 소리가 났다. 목이 확 뒤로 넘어가고 시야가 새까매졌다.

다시 눈을 떴다. 천장이 내 기억보다 높았다. 나는 고개를 들었지만 여전히 보이지 않는 내 몸은 바닥에 대자로 누워 있었다. 등으로 서 있는 기분은 신선했다. 나는 흐느꼈지만 그런 적이 전에 없어서 그게 흐느끼는 건지도 몰랐다. 겨우겨우 몸을 가누고 일어나는데 목소리가 말했다.

「휴식시간입니다.」

구멍에서 과자가 떨어졌다. 나는 그것을 받았다. 질문에 답하지도 않았는데 웬일일까 생각해봤지만 달리 뾰족한 가능성은 떠오르지 않았다. 내가 방금 스스로 던진 공에 얻어맞았다는 처량한 사실만 빼면.

"내가 방금 공에 맞아서 주는 건가요?"

「휴식시간입니다.」

두 번째 과자. 나는 내가 첫 번째를 언제 먹어버렸는지도 몰랐기에 깜짝 놀랐다.

"아니 이런 식으로 말고, 정확하게 대답을…."

목소리는 돌아오지 않았다. 나는 문득 한 손에 쥔 과자와 저만치서 미안한 듯 나뒹구는 내 고무공을 보았다. 나는 한 번도 저쪽에 내 대답을 말로 전달해본 적이 없었다. 그럴 수가 없었다.

"이 과자는… 당신이 나처럼 예나 아니요의 대답을 대신하는 방식이… 아닌가요?"

조용했다. 아무 반응도 없었다.

"이 과자는 당신이 예나 아니요를 대답하는 수단이 맞나요?"

「휴식시간입니다.」

또 다른 과자가 떨어졌다. 생각대로였다. 나는 이마 한가운데가 터질 것처럼 욱신거리는 것도 잊고 기대에 부풀었다. 이때까지 질문에 정직하게 대답만 하던 것이 바보 같았다. 진작 이렇게 해볼걸!

"이 방은 뭐 하는 곳인가요?"

그런데 웬걸. 희망에 젖던 것도 잠시 묵묵부답이었다. 방의 어디를 노려봐야 할지도 몰라 아무 데나 눈을 부라리던 나는, 문득 질문의 형태가 잘못되었다는 생각을 했다. 내가 평소에 받는 질문처럼 명확하게 선택지가 둘로 나뉘게끔 해야 한다. 이를테면….

"이 방이 뭐 하는 곳인지 모르나요?"

「휴식시간입니다.」

그리고 과자. 그러니까 모른다는 건가? 방 자신도? 나는 이곳의 가능성에 대해 떠올린 두 가지의 꿈을 기억했다. 설령 모르더라도 어느 정도 조언은 해줄 수 있지 않을까?

"그 꿈 중에 답이 있나요?"

반응 없음. 이번에는 제대로 두 가지 선택지로 했는데 뭐가 문제일까?

"그 두 가지 꿈 말이에요. 내가 무슨 꿈을 이야기하는 건지 알아요?"

반응 없음. 하지만 이것이 아니라는 대답인지 뭔가 문제가 생

겨 답이 늦어지는 건지는 알 방도가 없다. 아니면 '알 수 없음' 따
위가 끼어들어 선택지가 두 개가 아니게 되었을 수도.

"내 꿈을 들여다볼 수 없어요?"

「휴식시간입니다.」

이제 과자를 주울 마음도 안 생겼다. 중요한 건 그게 대신 전해
주는 방의 대답이다. 애초에 왜 나는 이 방이 내 꿈을 당연히 알고
있을 거라고 생각한 걸까. 날 감싼 무언가라면 마땅히 그 정도로
강력해야 할 거라고 나도 모르게 바란 걸까? 아무튼 설명해야 할
것은 내가 이미 한 이야기의 반복이다.

그 두 가지 꿈을 방에게 말해주었다.

"그 안에 답이 없나요?"

나는 설명을 마친 뒤 물었다.

"이곳이 정확히 어떤 곳인지?"

「휴식시간입니다.」

"잠깐만요, 그 두 개 다 아니라는 건… 최소한 그건 확실한 거죠?"

답이 돌아오지 않았다. 확실하지 않다는 건가? 하지만 그건 이
방이 그 꿈대로일 수도 있다는 뜻 아닌가? 머리가 복잡해졌다. 질
문의 대상을 바꿔봐야겠다.

"나한테 주는 질문들은 어디서 오는 거예요, 아니 어디서 오는
지 몰라요?"

「휴식시간입니다.」

그러니까 모른다는 소리다.

"당신이 그 질문들을 나한테 전달하는 이유는요? 그것도 몰라요?"

「휴식시간입니다.」

맥이 빠졌다. 나는 잠시 질문을 하지 않고 쉬었다.

「그 두 가지 꿈에서 묘사된 방의 역할에 집착하는 이유가 있습니까?」

갑작스런 질문에 나는 조금 놀랐다. 이 대화는 언제까지나 평소의 반대로 내가 묻고 방이 대답하는 쪽으로만 이뤄질 줄 알았는데.

나는 심사숙고하다가, 고무공을 왼편 벽으로 던졌다.

「그 이유는 다른 가능성으로서의 방의 역할을 해당 꿈에 묘사된 것보다 선호하지 않기 때문입니까?」

나는 고무공을 만지작거렸다. 그러다가 고무공을 오른편 벽으로 던졌다. 선호하지 않는다는 표현은 조금 어색하다. 내가 그 두 가지를 특별히 기억하는 건… 글쎄, 왜일까?

「그 이유는 해당 꿈의 묘사 외에는 다른 가능성을 떠올리지 못했기 때문입니까?」

음, 그건 아니다. 하나하나 분명한 이야기로 발돋움하지 못했을지라도 이 방이 무엇이고 내가 이 안에서 무얼 하는 건지는 수도 없이 많이 상상했다. 개중에는 내가 생각하더라도 더 극적이고 부끄럽고 그래서 기억에 오래 남은 것도 있지만… 어째선지 가장 강력한 것은 그 두 개다.

나는 고무공을 오른편 벽으로 던졌다.

「그 이유가 무엇인지 본인은 이해합니까?」

나는 고무공을… 아니다. 좀 더 생각을 해야 한다. 이 이유는 내가 떠올려야 한다. 그러지 않으면 방이 계속해서 말도 안 되는 선택지를 들이밀고 나는 거기에 대고 아니, 아니, 아니만 반복하는 무의미한 대화가 될 테니까. 내가 그 두 개를 특별하다고 생각한 건 왜일까?

축하연이 있던 꿈에서는 사람들이 날 칭찬하고 좋은 말을 해주었다. 내가 질문에 대답한 건 사실 세상을 구하기 위해서였다. 직장인이 나온 건 그 사람의 선택을 대신 해주기 위해서였다. 나덕분에 그 사람은 지각을 면하고 그럴싸한 보고서를 쓰고 먹고 싶던 점심을 먹었다…. 누군가를 도왔기 때문인가? 그런 숭고한 봉사 정신 같은 이유는 아니었던 것 같은데.

"영향을… 끼쳐서인가?"

혼자 골몰하느라 고무공을 통하지 않은 내 육성은 방에게 대답으로 채택되지 않는다는 것조차 잊어버렸다. 그래서 일단 고무공을 왼편 벽으로 던졌다. 그러니까 그 이유가 무엇인지 본인은 이해한다는 뜻이다. 그리고 이제 내가 생각한 걸 전달해야 했다. 하지만 어떻게? 내가 할 수 있는 건 질문이 다인데.

흠.

뭔가 떠올랐지만… 그게 먹힐지는 알 수 없었다.

"내가 그 꿈들을 특별하게 기억한 건… 그게 내가 뭔가 의미 있는 일을 했다고 확실히 말해주는 꿈들이라서 그런 거라는 걸, 모르고 있었죠?"

이걸로 됐다. 아니면 될 거다. 질문에 포함된 배경지식이라는 편법으로 난 할 말을 했다.

「휴식시간입니다.」

"그렇지!"

꼼수를 받아들이는 데 시간이 좀 걸렸는지, 이번의 대답은 약간 긴 간격으로 돌아왔다.

"전해졌구나."

돌파구를 하나 냈다. 그리고 이제 다시 대화를 궤도에 올려야
했다.

"보충설명이 필요한가요?"

「휴식시간입니다.」

"좋아요. 음… 그러니까, 내가 평소에 질문에 대답하고 또 대답
하는 건, 이 안에서만 보면 아무 의미도 없잖아요."

이런. 실수했다. 질문으로 끝내야 방에게까지 전달이 되는데.

"이 안에서 내가 하는 일은 아무 의미도 없고, 있어도 여기 갇힌
나로서는 도저히 알 수 없다는 걸 당신도 이제는 알게 되었죠?"

「휴식시간입니다.」

"그래요. 그런데 그 꿈에서, 사실 내가 받은 질문들은 현실과
연결된 거고, 내가 한 대답들도 실제로 뭔가 영향을 끼쳤잖아요. 그
러니까 의미가 있다고 내가 생각한 걸, 당신은 지금까지 알았나요?"

묵묵부답. 그러니까 몰랐다는 뜻이고, 아니 저쪽의 의중이 아
니라 내가 의문문에 섞어 넣은 배경 설명이 중요한 거다.

"그런 거예요."

헷갈리면 안 된다.

"아무튼… 아쉽네요. 당신도 여기가 뭐 하는 곳인지 모른다니."

「첫 번째 가정대로 질문들이 세상의 문제를 해결하기 위해서라
고 해도, 실제로 달라질 것은 없다는 것을 압니까?」

나는 잠시 말을 더듬었다. 목소리가 그렇게나 빨리 내 방법을
적용해서 말을 걸어올 줄은 몰랐다.

"모, 몰라요."

아차. 그냥 평범하게 대화하는 것처럼 말했다. 나는 고무공을

오른편 벽으로 던졌다.

「세상의 모든 문제가 해결될 일이 없기 때문에, 그것이 실제 이 방이 지어진 이유라고 해도 축하연은 언제까지고 열리지 않을 예정이라는 것을 이제는 압니까?」

나는 고무공을 왼편 벽으로 던졌다. 그 말대로다. 꿈속의 앙증맞은 유토피아는 내 머릿속에 있어서 그렇게 보였을 뿐이다. 실제로 그곳의 골목길에는 여전히 괴로운 사람들과 부족한 물건들이 있겠지.

「마찬가지로 두 번째 가정의 직장인은 끝까지 당신의 존재를 알아채지 못했고 앞으로도 그러지 못할 것이라는 관측에 동의합니까?」

나는 고무공을 왼편 벽으로 던졌다. 튀어나온 공은 평소보다 조금 부루퉁하게 굴러갔다. 내 감정이 실린 까닭이다.

"하고 싶은 말이 있는 거예요, 아니면 그냥 트집 잡는 거예요?"

「휴식시간입니다.」

나와 동일한 규칙이라면, 앞선 선택지를 골랐다는 뜻이다. 즉할 말이 있다는 소리인데.

「두 가정 중 어느 쪽이 현실이건 마찬가지로 의미가 없다는 관점에 동의합니까?」

나는 방 가운데 서서 고무공을 쥐었다. 그대로 방 어느 쪽으로도 던지지 않았다. 바람 빠지는 소리가 났지만, 공은 지금까지 한번도 그런 적이 없었다. 힘이 풀린 쪽은 내 손가락이었다.

"다른 얘기 할까요?"

반응이 없었다. 예, 아니요로 대답할 형식은 갖추었다. 그렇다면 답이 없는 게 아니라 과자를 주지 않음으로써 대답한 거다. 아니라고. 나는 구멍에서 눈을 돌렸다. 내 몸이 있어야 할 곳에 대신 비치는 바닥을 보았다.

"다른 얘기… 내가 뭔지 알아요?"

반응이 없었다.

"내가 제대로 된 인간인가요? 그렇게 생각하나요?"

반응이 없었다.

"내가 실제론 여기 없는 어떤 관념이나 상상이 아니라는 증거가 있나요?"

반응이 없었다.

"의미가…, 의미가 없단 게 무슨 뜻이죠?"

나는 결국 그 이야기로 돌아가고 있었다.

"둘 다 의미가 있잖아요? 그게 왜 의미가 없죠?"

다시 말을 골라야 했다. 두 가지 선택지로 답이 나누어떨어지는 질문을 하려고.

"그것들이 의미가 없다고 생각하는 이유를 말해줄 건가요?"

「휴식시간입니다.」

나는 방이 알아서 생각을 정리하고 입을 열 때까지 기다릴 생각이었다. 그런데 대답은 곧바로 돌아왔다.

「두 가지 가정 중 어느 쪽이 진실이든 상관없이 당신의 선택은 이곳이 아닌 곳에서만 의미가 있고, 이곳에서는 영영 아무런 의미도 찾을 수 없고 그 가정이 맞는지도 확인할 수 없다는 사실에 동의합니까?」

세상의 모든 문제를 해결할 수도 없고, 직장인에게는 그 선택을 도와준 것이 자신이라는 걸 알릴 수 없다. 그러니 가정이 가정을 벗어나든 말든 내 선택은 아무런 의미도 가질 수 없다. 방의 말은 그 이상 오해할 수 없을 만큼 명확하게 논거를 드러냈다. 나는 천천히 고무공을 왼편 벽으로 던졌다.

「그러나 한편으로 그러한 항거할 수 없는 무지에 긍정적인 측면 또한 있다고 생각합니까?」

나는 고무공을 오른편 벽으로 던졌다.

「부적절한 대답으로 인해 한 개인이나 외부의 세상에 임의의 악영향을 미친다고 해도 이곳에서는 그 사실 탓에 죄책감에 시달릴 일이 없다는 관점에 동의합니까?」

나는 고무공을 쥔 채로 웃음을 터뜨렸다. 눈이 먼 사람은 다시는 눈부실 일이 없으니 그걸 긍정적인 측면이라고 해야 할까? 한참을 웃다가 고무공을 던져야 한다는 것도 잊었다.

"나 같은 사람들이 어디에 또 있을까요?"

반응이 없었다. 이런 일을 겪는 게 내가 유일하다는 뜻일까? 아니면, 잠깐….

"나 같은 사람들이 또 있거나 없다는 걸 확신할 수 있는 증거가 있어요?"

반응이 없었다. 발에 뭔가 차였다. 이제까지 바닥에 널브러진 과자 중 하나를 나는 주워 먹었다. 달콤함은 순식간에 사라지고 목구멍이 조일 만큼 답답한 뒷맛만 남았다. 하나를 더 삼키자 답답하던 것이 조금 나아졌다.

"당신은 어디에 있죠? 정확히 어디에 있는지, 왜 그런 일을 하는지 알아요?"

반응이 없었다. 과자를 먹었다. 단맛은 이제 훨씬 더 빨리 사라졌다.

"내가 어디에 있는 건지 알아요?"

반응이 없었다. 과자가 빠르게 줄어들었다. 나는 질문을 잘못했다고 생각했다.

"내가 어디에 있는 건지 모르죠?"

「휴식시간입니다.」

"왜 어떻게 여기 있는지도 모르고요?"

「휴식시간입니다.」

나는 손을 갈퀴처럼 하고 과자를 한 번에 쓸어 쥐었다. 입에 털어 넣자 머리가 멍해질 정도로 달았다.

"내 머릿속에도 나 같은 일을 하는 사람이 있고, 당신 안에도 있을지도 모르지, 이 세상 전부를 통솔하는 또 다른 나 같은 사람이 있을 수도 있고, 그 사람의 머릿속에도 다시 질문과 선택을 반복하는….."

나는 거기 있지만 보이지 않는 내 손바닥에 묻은 과자를 핥아먹었다. 시큼털털한 땀과 먼지에 섞여 미약하게나마 단맛이 남았다.

"세상이 그렇게 무한한 방과 질문으로 만들어지지 않았을 거라는 증거가, 없나요?"

「휴식시간입니다.」

"내가 여길 나갈 수 있을 거라고 생각하지 않죠?"

「휴식시간입니다.」

"여길 나가면 내가 뭘 할 수 있을까요?… 할 수 있는 게 없을까요? 제대로 된 삶은?"

「휴식시간입니다.」

"내가 뭘 하고 싶은지, 나가서 뭘 하려고 하는지 나 스스로도 그런 걸 알 것 같지 않죠?"

「휴식시간입니다.」

"방의 방이 있거나 없다는 증거가 없나요? 당신도 나처럼 하고 싶은 게 없나요? 당신은 이 관계를 끝장낼 방법을 아무것도 모르나요?"

「휴식시간입니다. 휴식시간입니다. 휴식시간입니다.」

과자가 질식할 것처럼 쏟아졌다. 시간도 질릴 만큼 오래 쏟아졌다. 나는 있지도 않은 입을 쩍 벌리고 있었다. 그래도 여전히 많았다. 과자에 둔덕이 파묻히고 전등의 빛이 가려졌다. 나는 고무공을 내려놓고 그 안에서 헤엄치며 시간을 보냈다.

나는 발장구치며 돌아다녔다.

과자들의 행진은 끊임없이 이어졌다. 위아래로 몇 번을 왕복해도 벽을 만난 적이 없었다. 희미하게 지표로 삼던 방향도 잃어버리자 내가 방의 어디에 있는지, 그런 좁고 지루한 방이라는 무언가가 정말 한때 나를 붙잡아두고 있었는지도 알 수 없게 되었다.

어느 날 과자들을 한데 모아놓고 보니 하나하나가 작은 문자처럼 보였다. 순서를 맞추자 글이 되었다. 그렇게 문장이 읽히기 시작했다. 한번 그런 생각이 드니 전처럼은 돌아갈 수 없었다.

"기적을 기다리는 것과, 기적을 믿지 않는 것 중….."

나는 더듬거리며 최초의 질문을 읽었다.

"어느 쪽이 더 한심한 일입니까?"

고무공은 보이지 않았다. 그것이 그런데 어딘가의 벽을 두들기는 소리가 들렸다. 그리고 구멍이 뭔가를 빨아들이는 소리가 났다. 이곳은 과자로 꽉 차 있어서 한 두 개가 사라지더라도 상관은 없었다. 한편 뭔가가 이리로 돌아올지도 모른다는 생각이 들었다. 그 생각과 함께 나는 처음부터 보이지 않던 내 팔다리를 찾는 것을 포기했다. 여전히 이곳이 어디인지, 뭐 하는 곳인지는 몰랐지만 여전히 분명한 것은 내 목소리뿐이었다. 눈앞의 과자를 헤치자 다음 질문이 드러났다.

나는 그것들을 읽기 시작했다.

아무아

● 초고 2019년 5월 10일

세상이 달게 잠들어 있을 무렵, 밤하늘은 쉴 새 없이 색을 바꾸었다. 그 위편으로 얹힌 수십 킬로미터 두께의 대기가 요동치고 있었다. 지상의 사람들은 그러나 무지했다. 시커먼 모루구름이나 천둥처럼 알기 쉬운 징조가 나타나지 않은 까닭이었다. 깨진 균형은 훨씬 미묘한 것들이었다. 별의 모양이 일그러졌다. 달빛이 발악하듯 밝아졌다. 바람은 같은 장소를 지나면서도 순식간에 달궈졌다가 싸늘하게 식기를 반복했다. 뒤이어 세상에 구멍이 뚫렸다. 전하를 띤 입자의 흐름이 비스듬히 떨어져 내렸다.

　흐름은 살결을 가르는 칼날처럼 거침이 없었다. 지표면에 내려앉는 즉시 그 일대가 질겁하듯 떨렸다. 이내 막대한 불균형을 견디지 못하고 부서졌다. 폭발했다. 재해를 겪은 곳은 도심지와 멀지 않은 야트막한 산이었다. 무덤덤한 침묵은 깨지지 않았다. 떨어진 것은 그냥 번개가 아니었다. 소리를 매개하는 입자들이 어리둥절해하고 있을 무렵 폭심지에서는 청백색에 가까운 깨끗한 불꽃이 뿜어져 나오기 시작했다. 돌이니 나무니 아직 형체를 갖추고 있던 정물들이 무력하게 녹아 없어졌다. 보이는 것 이상으로 위험한 광경이었다. 내뿜어진 초고온의 열파는 산을 한 촉의 심지로 삼아 그대로 일대를 모조리 태워버리고도 남았다.

그러나 열파가 주위에 영향을 끼친 것은 찰나에 그쳤다. 불꽃이 제대로 피어보기도 전 이윽고 모종의 길항작용이 일어났다. 삽시간에 기온이 곤두박질쳤다. 김을 모락모락 내던 돌에 시퍼런 서리가 덕지덕지 붙었다. 말갛게 달아오른 비탈과 언덕이 그릇 깨지는 소리와 함께 으스러졌다. 어느 것 하나 자연의 섭리와는 거리가 먼 광경이었다. 유리가 되어 흐르던 땅은 강물처럼 첨벙거리던 그 모양 그대로 굳어버렸다. 곧 불꽃도 정체불명의 냉기도 잦아들었다. 그렇게 산 중턱에 남겨진 상처는 아무 소리도, 그 영역을 벗어나는 영향력도 없이 조용히 잊혔다.

시치미를 뚝 뗀 채 중앙에 놓인 무언가는 여전히 차가웠다.

"이게 뭐야?"

남자는 해가 뜨고 한참이 지난 뒤에야 그 주변을 얼쩡거렸다.

"어제까지만 해도 멀쩡했는데?"

재미없는 일이지만 사실 남자가 도착하기도 전에 얼음은 전부 녹았다. 그래도 여전히 괴상한 광경이었다. 잘근잘근 끊어져 나뒹구는 산천초목의 잔해가 그를 압도했다. 조금 떨어져 보면 산허리 한가운데가 푹 들어가 있었다. 그 정도로 파괴는 잔혹했고, 그래서 더 엉뚱했다. 남자는 머리를 긁적였다.

"밤새 폭탄이라도 떨어졌나?"

물론 그냥 하는 소리였다. 전날 밤에 전쟁이 나는 소리 따윈 어디에서도 들려오지 않았다.

"이게 다 뭔 일이래…."

중얼거리며 남자는 자신도 모르게 다가갔다. 어디를 향해? 무엇에 가까이? 그는 그런 생각조차 못 하고 있었다. 그 파괴에 분명한 중심이 있을 것이라고 여긴 것도 아니었다. 그러면서도 어느새 그곳에 있었다. 그리고 바닥에 있는 무언가를 보았다.

그것은 그때까지도 소름 끼치게도 차가웠다.

육면체의 모서리는 마치 칼로 다듬은 것처럼 날카로웠다. 이가 빠지거나 비례가 맞지 않는 부분도 없이 아주 정확한 만듦새였다. 첫눈처럼 새하얬고, 모서리가 맞물리는 곳을 빼면 티끌 하나 없이 순결했다. 물건의 너비와 길이는 어림잡아 삼십 센티미터씩 되어 보였다. 하지만 아무리 봐도 높이는 알 수 없었다. 까마득하게 솟아 그 끝을 가늠할 수 없다는 뜻이 아니라, 정말 알 수 없었다.

남자는 눈을 비볐다.

눈물을 짜내 풍경을 씻었다. 눈살을 찌푸려 초점을 새로 맞추었다. 멀어졌다가 다가오고, 옆으로 돌았다가 제자리로 왔다. 그는 이해할 수 없는 그것의 괴상한 모습을 다시 처음부터 분석하려 했다. 그래도 달라지지 않았다. 그는 말 그대로 물건의 높이를 알 수가 없었다.

원근이나 잘못된 조명의 탓일까? 착시현상일까? 아니면 아예 헛것일까? 육면체에는 그림자가 지지 않았다. 그러나 그것이 거기 있다는 것을 남자는 이미 알았다. 억지로 시야를 차단하더라도 그 물건은 레이더 스크린의 휘점처럼 그의 머릿속 지도에 타는 듯이 표시되어 있었다. 그렇지만 그 정체를 알려 눈을 부릅뜨면 뜰수록 혼자만 더 바보가 되는 기분이었다.

남자는 천천히 다가가 물건의 바닥을 쥐었다. 분명 뭔가에 힘을 주고 있었지만 손가락은 마치 허공을 더듬는 것처럼 아무 느낌도 들지 않았다. 그는 엄지로 물건의 옆을 받치고 나머지 네 손가락을 밑으로 넣었다. 달팽이가 더듬이를 들이대듯 조심스러웠다. 그는 자기도 모르게 목을 뒤로 뺐다. 아직도 그것의 높이를 알 수 없었다. 눈과 손이 각각 받아들이는 정보가 색이 다른 종이의 앞뒷면처럼 맞지 않았다. 그런 위화감은 들어선 안 되는 것이었다. 거울 안과 끝이 없는 계단과 뒤집힌 세상을 그리는 초현실주의풍 그림 속이 아니라면.

문득 물건을 눈높이까지 들어 자세히 살펴보고 싶어졌다.

남자는 허리를 구부렸다. 신발코를 비비적거리며 땅을 헤집었다. 힘쓰기 좋은 자세를 잡는 중이었다. 장딴지와 허벅지, 등, 다시 팔로 이어지는 단단한 근육의 사슬을 구축한 뒤에야 비로소 몸을 일으켰다. 그리고 그대로 넘어갈 뻔했다.

물건은 가벼웠다. 사실 거의 무게가 없었다. 왜 그게 무거울 거라고 생각한 걸까? 알 수 없었다. 왜 그건 무겁지 않은 걸까? 더더욱 알 수 없었다. 남자는 고개를 숙였다. 보이는 바닥 위로 고개가 숙여지는 걸 보니 아주 높지는 않은 것 같았다. 그때 뭔가가 보였다. 잡고 돌리도록 된 다이얼이었다. 미치고 팔짝 뛸 일이었지만 여전히 높이는 알 수 없었다. 다이얼이 보인다는 것은 자신이 그 육면체의 머리꼭대기를 보고 있다는 뜻인데, 어떻게 그게 가능한 것일까?

남자는 눈에 힘을 주었다. 다이얼은 거기 있었다. 그러나 그 주변의 현실이 제대로 이어지질 않았다. 육면체의 정확히 어느 부분이 어떻게 나타나는지조차 알 수 없었다. 어쨌든 분명한 사실은 물건을 잡고 고개를 숙이면 다이얼이 모습을 드러낸다는 것뿐이었다. 가슴이 뻐근했다. 대부분의 사람들이 너무 일찍 죽어버려 느끼지 못하는 우주적 규모의 답답함이 남자를 사로잡았다.

밉살스럽게 튀어나온 다이얼을 그는 노려보았다. 둥근 널을 가로질러 튀어나온 반원형 손잡이가 보였다. 다이얼은 그냥 다이얼이었다. 그 손잡이를 잡고 돌려 뭔가를 지정하거나 표시하는 용도일 터였다. 남자는 찰나의 호기심에 주도권을 빼앗겼다. 그래서 다이얼을 붙잡았다. 그리고 조금 돌렸다.

다이얼은 그저 눈요기로 달아놓은 것은 아니었다. 장치 내부에서 쟁강쟁강 무언가 일어났다. 톱니가 아주 빠르게 닳아 없어지는 것 같은 소리가 들렸다. 남자는 자신이 무슨 짓을 했는지 모르면서도 천천히 손을 뗐다. 그러자 변화가 일어났다. 인제 보니 손잡이가 난 원형 널은 총 두 겹이었다. 두 층은 각각 깨끗한 하얀색과 잉크처럼 새까만 검은색으로 칠해져 있었다. 그리고 다이얼이 돌아간 만큼 검은빛으로 표시가 되었다. 방금 표시된 검은 부분은 남자가 바라보는 쪽, 그러니까 몸 바깥쪽을 향해 주둥이를 벌린 부채꼴이었다. 폭이 워낙 좁아 꼭 큰 바늘 같았다. 남자는 자신을 향하는 그 날카로운 내각이 어쩐지 무언의 경고처럼 느껴졌다.

"뭐 하는 물건이지? 장난감?"

남자는 애써 불길한 징조를 억눌렀다. 짐짓 무심한 척 육면체 이곳저곳을 매만졌다.

"칠교 상자 같은 건가?"

그의 머릿속에 무언가가 자리 잡았다. 한 단어였다. 여태까지 남자를 거친, 뜻이 있거나 없는 모든 생각을 통틀어 가장 억지스럽고 인위적으로 그 단어는 발생되었다. 그는 갑자기 **번역기**라는 말을 떠올렸다. 현실의 어떤 번역 서비스나 프로그램이 아니라 일반명사로서의 낱말. 연상 작용을 통해 차근차근 나타나는 대신 의식할 수 있는 기억과 경험의 모든 영역에 동시다발적으로 쐐기를 박듯 **번역기**는 나타났다. 머릿속이 와글거렸다.

남자의 뇌가 내줄 수 있는 영역은 침입해 온 단어에게 너무 비좁았다. 그는 내장이 구불구불 늘어서는 모양과 심장이 뛰는 박동과 골수가 부지런히 혈액을 만드는 소리를 들었다. 간이 영양소를 부수고 재생산하고, 허파꽈리가 부풀고 시드는 것이 느껴졌다. **번역기**란 단어는 그의 머릿속에 그이진 뇌엽 간 역할의 경세마저 무너뜨렸다. 남자의 생각은 평소에는 거들떠보지도 않던 배꼽과 손끝과 췌장에 갇혀 허우적거렸다.

머릿속 질서를 회복하기까지 꽤 오랜 시간이 걸렸다.

그래도 **번역기**는 달라지지 않았다. 어느 날 갑자기 찾아오는 흥얼거림처럼 그 말이 뇌리를 떠나지 않았다. **번역기** 이를 뒷받침하는 어떤 계기도 징조도 없던 터라 남자는 그 순간을 꿈에서 봤던 것처럼 느꼈다. 의식 한 단계 저변의 잠재의식에서도 위화감을 **번역기** 느끼기 시작한 것이다. 흥분한 신경세포들이 부지런히 **번역기** 기억의 구조를 손보았**번역기**으나 달라지는 것은 없었다. **번역기**라는 거대한 손아귀에….

"번역기? 이게 번역기라고? 번역기? 갑자기 번역기?"

남자는 남의 말소리에 깜짝 놀랐다. 하지만 돌이켜 보니 분명 자신의 것이었다. 뇌는 잊고 있던 약속을 챙기듯 허겁지겁 자신의 목소리가 남긴 기억을 재생했다. **번역기**에서 벗어날 수 있다면 뭐든지 환영이었다. 그는 정신없이 물건을 더듬다가 표면에서 매끄럽지 않은 부분을 찾아냈다. 얇은 구멍이 나 있었다. 신용카드나 겨우 들어갈 법한 슬릿 두 개였다. 구멍은 물건을 들었을 때 하나는 사용자를, 다른 하나는 그 바깥쪽을 향하도록 각각 반대 방향으로 열려 있었다. **번역기**라는 이름에 어울리는 배치였다. 무언가를 받아들이고 바꾸어 내뱉는 것이 **번역기**의 일이니까.

큰일 났다. 남자는 생각했다. 그리고 아무 이유 없이 돌연 행복해졌다. 자신감이 넘쳐흘렀다.

번역기라는 명사가 난데없이 머릿속에서 너무 큰 자리를 차지하게 된 나머지, 뇌는 그것을 억지 기억으로 변통하여 마음의 합리를 채우려 했다. 지금 **번역기**라는 단어는 남자에게 있어서 무엇보다 소중하다고 생각되었다. 남자는 점차 어린 시절의 추억이나 정다운 친구들과의 놀이보다도 **번역기**라는 이름을 생각하는 것에 더욱 쾌감을 느끼는 스스로를 발견했다. 모든 것이 그저 잘 될 것만 같은, 세상에서 둘도 없는, 그 단어는 **번역기. 번역기번역기번역**….

"평범한 물건은 아닌 것 같아!"

남자는 고래고래 소리를 질렀다. 생각을 정리하기 힘들 때는 억지로라도 혼잣말을 하는 게 나았다.

"이게 대체 뭐지?"

어느새 뒷덜미부터 등허리까지 식은땀으로 푹 젖어 있었다. 그러나 이상한 일은 아직 끝나지 않았다. 다이얼 옆에 얼룩이 있었다. 원래는 없었다. 있었다 한들 그냥 얼룩이었다. 그런데 그 뜻을 알게 되니 처음부터 있었고 자신도 똑똑히 보았다고 생각하게 되었다. 얼룩은 그림문자였다. 이곳과는 다른 곳의 기호로 쓰인 화살표였다. 하나는 몸에서 바깥으로, 다른 하나는 바깥에서 몸으로 들어오고 있었다. 적어도 그런 뜻으로 보였다. 그것조차 **번역기**라는 발상의 농간처럼, 그저 알 수 없는 힘으로 인해….

"또 생각해버릴 뻔했잖아! 정신 차려!"

그는 큰 소리로 꾸짖었다. 그러자 정신이 좀 맑아졌다. 뒤편에서 누군가 부스럭거리는 소리가 들렸다. 남자의 정신은 다시 전에 없이 혼탁해졌다.

소스라지게 놀란 그가 뒤놀았다. 쏠사나운 비명과 함께 겅중거리며 바라본 곳에는 이국적인 외모의 등산객이 한 명 있었다. 한편 경황없이 퍼덕거린 남자의 손이 곧 육면체 표면의 화살표에 얹혔다는 깃은 아직은 이른 서술이었다.

등산객은 세미 정장을 깔끔하게 차려입고 있었다. 산 중턱치고는 좀 이상한 차림새였다. 수염이 덥수룩하고 피부도 거칠었지만, 이목구비가 뚜렷하고 풍채도 좋았다. 남자는 주춤거리다가 등산객의 손에 들린 것을 보았다. 뜯지도 않은 소주 한 병이었다. 외국인 등산객은 서글픈 눈매로 천천히 입을 열었다.

"………. …………… ………?"

전혀 알아들을 수 없었다. 어쩌면 남자가 미처 알아들을 겨를이 없었는지도 몰랐다. 그러거나 말거나 등산객은 계속 뭔가를 물었다. 그 서글픈 눈빛. 술병을 아직 안 까서 그런지 말의 한 음절 음절이 분명했다. 단순히 즉흥적으로 생각해서 움직인 것이 아닌 게 분명했다. 그 차림새도, 이 시간 이곳에 오른 이유도, 물론 찰랑거리는 소주도 그 증거였다.

"와, 왓? 캔 유 스픽 잉글리쉬?"

남자는 울고 싶어져서 물었다.

"…………? ……. ……………?"

대답이 돌아왔으나 영어는 여전히 아니었다. **번역기**를 손에 넣은 뒤부터는 그러나 그런 간단한 명제라도 허투루 넘어갈 수가 없었다. 어쩌면 남자는 더 이상 영어가 뭔지 알 수 없어졌는지도 몰랐다. 일단 말끝마다 어조를 올리는 것으로 보아 질문 같았다.

그래 봐야 내용을 못 알아들으니 말짱 황이다만.

관광객일까? 하지만 남자가 사는 곳 근처에는 별다른 관광지도 없었다. 뭘 물어보는 걸까? 왜 여기가 이렇게 전쟁터의 한복판처럼 되었는지 궁금한 걸까? 하지만 놀라거나 무서워하지는 않는 것 같았다. 처음 와봐서 이 동네 산길은 원래 이렇게 이것저것 널브러져 있으려니 하는 투였다. 한국어도 못하면서 여기까지 와서 정장에 소주병에 대체 뭘 하고 싶은 걸까? **번역기** 대신 몰두할 거리를 찾은 남자의 머릿속은 실속이라곤 없는 설익은 추리를 마구 남발했다. 그러나 일단 눈앞에서 대답을 기다리는 외국인 관광객이 있었다.

곤란한 표정을 숨기지 않으며 남자는 눈길을 돌렸다. 그때야제 손이 얹힌 곳을 보았다. 화살표, 개중에서도 바깥에서 몸으로 들어오는 화살표였다. 남자는 다이얼을 확인했다. 서로 마주 보던 탓에 다이얼의 검은 부채꼴은 외국인을 똑바로 향하고 있었다. 남자는 그게 우연이라고는 생각하지 않았다.

육면체가 작동했다.

발가락을 책상 모서리에 부딪힌 찰나 느끼는 운명적인 허전함. 일순 자신과 육면체를 제외한 모든 것이 지구에서 잠시 사라진 것 같았다.

그리고 겪어본 적 없는 경험, 눈앞 등산객의 기억이 그를 집어삼켰다.

　사진을 뚫어져라 보아도, 이름을 한 자 한 자 읊어봐도 아버지와의 추억은 떠오르지 않았다. 아버지라는 사전 속 단어와 그것이 불러오는 느낌은 사진에 찍힌 누군가와 너무나도 동떨어져 있었다. 글을 읽는 법을 배우기 전부터 그의 곁에는 어머니 한 분뿐이었다. 자신의 앞에서 말을 아끼는 어른들을 볼 때마다 아이는 의아했다. 그에게 그것은 아파본 적 없는 상처, 그리워한 적 없는 상실이었다.

　아버지는 아주 먼 나라의 전쟁에서 용감히 싸우다 전사했다고 했다. 어머니는 그렇게 말하며 유리 액자를 바라보았다. 안에는 작고 화려한 금빛 단추가 있었다. 그 나이의 아이에게 '전사'는 꽤 어려운 말이었다. 그래도 '죽었다'는 표현을 어머니는 결코 쓰지 않았다. 그가 잠든 척 눈을 감은 밤, 끝모를 수렁처럼 빛바랜 흑백사진 속에서 어머니는 반쪽짜리 추억을 연신 건져올렸다.

　조금 더 시간이 흘렀다. 다음은 사촌형이었다. 형이 전쟁을 치르는 곳은 아빠가 갔던 곳보다 훨씬 덥다고 했다. 원숭이와 표범이 사는 울창한 정글의 꿈을 아이는 꾸었다. 이모는 형에게서 온 편지를 점점 그에게 보여주지 않았다. 그는 왠지 속이 답답해져 마당에 나가 벌레 따위를 바라보며 시간을 죽였다. 꽃이 억센 돌풍을 그저 받아들이듯 그도 고개를 주억거렸다.

　뉴스에선 전쟁이 끝났다는 소식을 연신 대문짝만하게 보도했다. 가족의 전쟁은 이제 막 시작이었다. 돌아온 형은 폭죽 터지는 소리를 들으면 정신없이 도망쳤다. 고개를 허벅지에 묻고, 양팔로 머리를 감싼 채 벌벌 떨었다. 제복을 입은 사람을 볼 때마다 다리를 절고 자기

머리를 때렸다. 계속해서 이상한 소리를 냈다. 당황한 기색이 역력했지만 혼자서는 멈출 수 없었다. 어딘가에서는 형과 함께 싸운 동지들이 아기들을 죽였다고 소리 질러댔다.

그렇게 전쟁은 가족의 숨통을 죄어들었다. 그는 그 흉터 속에서 자라나 어른이 되었다. 그가 아무것도 결정할 수 없는 나이일 때부터 전쟁은 늙고 현명했다. 어떤 약도 시간도 잊게 할 수 없는 순간을 그의 삶에 새겼다. 눈물이 나지 않았다. 원망하기에는 너무 일찍 알았고 괴로워하기에는 너무 늦게 배웠다. 그것은 역사적인 일이었다. 역사의 발걸음이 내리쳐질 때마다 평범한 사람들의 삶은 고운 밀가루처럼 산산이 부서진다. 그는 그것이 당연하다고 생각했다.

어느 날 텔레비전을 보았다. 예전에 아버지가 싸운 나라가 나왔다. 카메라는 작은 산책로 한편으로 그를 이끌었다. 알아볼 수 없는 기호가 새겨진 비석이 있었다. 잡초와 들꽃이 주변에 어지러이 피었다. 그는 익숙한 날짜와 시간이 자막으로 지나가는 것을 보았다. 꿈결처럼 그 장소와 시각을 되뇌던 어머니의 모습이 떠올랐다. 액자 속 훈장과 그에 딸려온 증서에도 같은 이름이 있었다. 그는 랩톱을 켰다. 더듬더듬 알파벳으로 변환한 주소를 적었다. 콘크리트 건물이 듬성듬성 솟은 도시 어귀에 걸쳐진 산이 나왔다.

텔레비전으로 고개를 돌렸다. 전쟁이 그 나라에, 그리고 그곳에서 싸운 이들에게 갖는 의미를 해설자는 말해주었다. 고귀한 희생, 60년 뒤 달라진 나라의 모습… 그는 어안이 벙벙했다. 그 이름과 상관없이 전쟁은 원래 그런 줄로만 알았다. 막연하게 다가와 어느 순간 씻을 수 없는 흔적을 남겨놓는 괴물. 얼마 안 가 그는 항공권 예매 사이트에 접속했다. 이국의 땅에 내려서 더듬더듬 주소를 불렀다. 눈에 띈 가게에 들어가 주류를 구매했다. 방송에서 그것이 그 나라의 죽은 자를 예우

하는 방법이라고 들은 기억이 났다.

그렇게 산을 오르던 도중 제대로 길을 찾은 것인지 확신이 들지 않았다. 때마침 뭔가를 들고 우물쭈물하는 현지인을 만났다. 말을 걸었다….

"때, 땡큐! 유어 파더…."

기억의 주인은 갑자기 눈물을 쏟는 현지인을 꺼림칙하게 바라보았다.

"그레이트 잡!"

남자는 인중에서 찝찔한 맛이 난 뒤에야 자기가 울음을 터뜨린 것을 알았다. 멈추려 해보았지만 이내 포기했다. 머릿속 경계가 일제히 분해되었다가 재조립된 후가 아니더라도 감정을 다스리는 일은 어려웠다. 하물며 그가 느낀 것은 단순히 영상으로 갈무리된 눈앞 외국인의 일생이 아니었다. 남자는 바로 그때 그 장소에 있었다. 자신이 누군가에게 공감했다는 말을 남자는 그 이후로 단 한 차례도 쓰지 않았다. 그게 얼마나 강력하고 진지한 표현인지 몸소 느낀 까닭이었다.

남자는 울음을 삼키며 간신히, 이 길로 올라가다가 운동기구가 나오는 곳에서 오른쪽 샛길을 타면 당신이 찾는 초라한 위령비가 나올 거라고 일러주었다. 할 수만 있었다면 평소에 자주 청소하고 관리해주지 못해 미안하다고까지 말했을 것이었다. 한편, 알아들었는지는 확실하지 않으나 외국인은 걸음을 옮겼다. 누군가는 오열하고 누군가는 어리둥절한 그 와중 소주병 속 에틸알코올만이 속 편하게 출렁거렸다.

외국인의 발소리가 들리지 않게 된 뒤 한참이 더 지나서야 그는 스스로를 추슬렀다.

하도 펑펑 눈물을 쏟은 탓에 후련하다기보다는 목구멍과 광대를 흠씬 두들겨 맞은 기분이었다. 눈두덩과 인중이 젖은 종이처럼 퉁퉁 부은 모습이 보였다. *잠깐, 보인다고? 내 모습이?*

남자는 깜짝 놀라 관자놀이를 지그시 압박했다. 뇌가 번역기라는 심상에 아직도 영향을 받는 것 같았다. 자기 자신의 모습을 보는 현상은 머지않아 알 수 없는 방법으로 멈추었다. 그는 다시 혼자가 되었다.

물론 번역기를 잊을 순 없었다.

제자리로 돌아온 다이얼을 남자는 빤히 노려보았다. 작동을 멈추자 화살표들도 생명력을 잃었다. 불이 켜지거나 꺼지는 식이 아니라 기호들이 다시 그의 인식 체계 안으로 포섭되기를 거부했다. 그것들은 다시 얼룩처럼 보이는 무질서한 행과 열로 돌아갔다. 이해할 수가 없었다. 알지 못하던 기호를 읽는 방법을 알게 된 뒤 그것을 다시 모르게 되는 것이 가당키나 한 일인가? 육면체는 생각을 조종하지 않았다. 고작 생각 따위를 조종할 여유가 없었다. 사람의 머릿속 가장 본능적이고 직관적으로 설계된 인지 도식 자체를 좌지우지하느라.

"이게 대체 뭐 하는 물건이야?"

번역이라는 말을 남자는 마음속으로 곱씹었다. 저쪽의 언어를 이쪽의 것과 맞게 옮기는 것이 번역의 정의다. 그런데 방금 벌어진 일은 뭔가. 외국인이 왜 여기서 이러고 있는지, 뭘 원하는 것인지가 남자에게 옮겨진 걸까? 언어란 결국 의사를 일차적으로 가공한 형식이고, 그렇다면 언어라는 매개 없이 곧장 상대의 의사를 이쪽에 주입해버리는 것도 번역이라고 할 수 있을까? 바깥에서 자신에게 들어오는 화살표는 물론 상대의 것을 내게 옮긴다는 것이고?

남자는 의심했다. 이런 평범한 생각의 연상 작용을 두고서도 그는 이제 물건의 영향을 의심해야 할 처지였다. 어쩌면 그가 느낀다고 생각하는 감각조차 물건을 집어 든 순간부터 전부 정밀히 계도된 것은 아닐까? 백날 천날 고민해도 답은 나오지 않을 것이었다. 그리고 일단 시간이 시간인 만큼, 슬슬 시장했다.

남자는 물건을 끌어안은 채 어정버정 산을 내려갔다.

등산로 초입의 작은 분수공원은 아직 가동되지 않았다. 그 옆구리에 들러붙은 작은 매점은 그래도 제법 성황이었다. 남자가 누가 볼세라 최대한 아무렇지도 않게 물건을 옮기는 지금도 그랬다. 부디 아무도 말을 걸지 않길, 설령 말을 걸더라도 자신이 대충 둘러댈 수 있길 바라며 남자는 걸음을 옮겼다. 이 세상의 누구도 가진 적 없는 힘을 손에 넣은 남자에게 따스한 햇볕이 내리쬐었다.

"엄마, 나 돼지바 사줘! 돼지바!"

엄마가 어린 아들을 데리고 공원을 가로지르고 있었다.

"안 돼. 간식 아까 먹었잖아. 저녁까지 참아야지."

불쌍한 것. 남자는 생각했다. *네가 돼지바를 마음껏 먹을 나이가 되면, 세상에는 돼지바보다 몸에 더 해롭고 그래서 더 재밌는 일이 많다는 걸 깨닫겠지.*

"엄마도 맨날 커피 다 안 먹고 버리잖아!"

"애 좀 봐, 엄마가 버리면 얼마나 버린다고 그래?"

아이는 순순히 돼지바를 포기할 생각이 없는 것 같았다. 목청이 오르는 속도에 가속이 붙자 힐끔힐끔 공원의 다른 시선들이 모자에게 달라붙기 시작했다. 남자는 자신에게 올지 모르는 관심이 차단되어 기뻐하면서도 번역기를 흘끔거렸다. 자기 몸에서 바깥쪽으로 그어진 화살표는 아직 사용해보지 않았다, 추측건대 자신의 의사를 상대에게 주입하는 기능인 것 같았다.

"난 안 남기고 잘 먹으니까, 지금 또 먹을래!"

"어어, 자꾸 그러면 저녁 간식도 없어!"

모자의 대화가 점점 격해지고 있었다. 남자는 무게가 거의 없으면서 높이도 없는 괴상한 물건을 빤히 바라보았다. 외국인과의 일방적인 대화를 통해 그 위력은 입증되었다. 작동법을 알았으니 그다지 위험하지 않은 일이라면 충분히 쓸 수 있지 않을까?

그는 자신의 머릿속에 넘쳐흐르는 무언가가 호기심인지 무모함인지 알 수 없었다. 번역기가 번역이라는 단어를 주입했듯 제 사용자에게 자신을 사용하라는 암시를 불어넣었을 수도 있었다. 그는 허리를 곧게 펴고 멈추었다. 그리고 곤란을 겪는 젊은 엄마에게 슬릿을 겨누었다. *뭐라고 하지? 아이한테 돼지바를 사주게 만들어야 하는데.*

"엄마가 아이한테 공감하면 되겠지."

남자는 다이얼을 돌렸다.

"똑같이 아이스크림이 먹고 싶어지면 돼."

아이의 엄마가 작동 범위에 들어왔다. 즉각 반응이 나타났다. 양쪽의 화살표가 다시 눈에 띄었다. *나는 아이스크림이 먹고 싶다!* 속으로 쩌렁쩌렁 외치며 그는 손을 얹었다.

번역기의 효과는 직관적이지 않았지만 적어도 즉각적이었다. 엄마는 잠시 멍한 표정이 되더니 우두커니 허공을 바라보았다. 아이는 한창 떼쓰느라 이상한 낌새를 못 느끼고 있었다. 남자는 자신이 외국인의 마음을 엿보았을 때도 그런 상태였을지 궁금했다.

"잠깐 기다려."

갑자기 생판 모르는 사람처럼 구는 엄마에게 아이는 깜짝 놀라 눈만 동그랗게 떴다. 손을 놓은 그녀는 입을 다문 아이를 남겨두고 멀어졌다. 그러고는 그대로 매점에 들어갔다. 문에 매달린 종이 짤랑거리자 남자는 당황해서 아이를 바라보았다. 아이는 여전히 엄마가 들어간 곳만 바라보고 있었다.

남자는 뭔가 해보려고 했지만 좋은 방법을 떠올리지 못했다. 다행히 얼마 안 가 아이의 엄마가 가게 문을 열고 나왔다. 한 손에는 돼지바를 들고 있었다. 왁 울음이라도 터뜨릴 것처럼 콧구멍을 예열하던 아이의 표정이 180도 바뀌었다. 그리곤 보름달처럼 환한 웃음을 내건 채 방방 뛰었다. 남자에게 양발 밑창이 다 보일 정도였다. 엄마는 떠날 때와 마찬가지로 빠르게 아이에게 다가갔다.

"엄마?"

그리고 아이를 지나친 뒤에도, 여전히 빨랐다.

"엄마아?"

뭔가 잘못된 것 같았다. 젊은 엄마는 남자 쪽을 똑바로 바라보고 있었다. 아니, 남자를 똑바로 바라보고 있었다. 자리를 옮기고, 일부러 시선을 피해도 똑같았다.

"엄마 어디 가! 돼지바 줘어!"

아이의 비통한 절규가 울려 퍼졌다. 남자는 퍼뜩 정신을 차렸다. 제 뒤를 졸졸 쫓는 아이를 본체만체하며 젊은 엄마가 다가왔다. 그리고 손에 든, 아직 어리둥절하도록 차가운 돼지바를 내밀었다.

"이거 드세요."

남자는 별말 없이, 아니 감히 하지 못하고 그녀가 건네는 것을 받았다. 뭐라고 딴죽을 걸면 더 심한 꼴을 볼 것 같았다. 그 정도로 여자는 단호하게 굴었다.

"엄마아아!"

아이는 제 엄마가 웬 모르는 사람에게 돼지바를 건네는 것을 보고 아마 세상이 무너질 징조라고 판단한 것 같았다. 지구가 둥근 것도 직접 보지 않으면 못 믿겠다고 고집 피우는 나이가 아닌가. 떡잎도 못 피운 그 어린 것의 현실이 무참히 짓밟히고 있었다.

"저기…, 제가 아니라 아들한테 드리는 게."

젊은 엄마는 대답도 없이 몸을 돌렸다. 그리고 아이에게로 돌아갔다. 아무 일도 없던 것처럼. 그런 제 엄마를 바라보는 아이는 아직 충격에서 벗어나지 못하고 있었다.

"왜 그래?"

더듬더듬 아이가 입을 열었다. 아직 울음을 터뜨리지 않은 것만 해도 장했다.

"왜, 왜 아이스크림 저 아저씨만 줘? 나도 줘!"

"저 사람은 아이스크림 먹고 싶잖아."

아이의 엄마는 그 말을 마치 덧셈 뺄셈을 가르치듯 차분하게 했다. 듣는 사람이 더 어처구니가 없었다. 아이스크림 포장지에 그려진 돼지마저도 어이없어하는 것 같았다. 무슨 일이 벌어진 걸까?

"'내' 생각이라서 그런 건가?"

어쨌든 시간이 없었다. 아이가 참지 못하고 울고불고 날뛰기 시작하면 이목이 더 쏠릴뿐더러 해결하고자 하던 모자 관계는 더욱 소원해질 것이었다. 대상을 명확히 지정하면 해결될 일 같으니, 이번에는 제대로 수습할 수 있을 거라고 남자는 믿었다. 그래서 다이얼의 검은 부채꼴을 다시 여자에게 맞추었다. 화살표가 보였다.

'저 아이(혹은 내 아들)와 마찬가지로 나(여자, 아이의 엄마)도 아이스크림을 먹고 싶다!'

어쩐지 말장난을 섞은 논리 퍼즐 같았다. 그래도 번역기는 명령을 인식하고 작동했다. 최소한 그런 것 같았다. 인간의 기계처럼 알기 쉬운 불빛이나 모터 도는 소리 같은 게 없으니 헷갈렸다.

"엄마 나도 돼지바! 돼지바아아!"

"그래 사줄게."

소름이 끼쳤다. 젊은 엄마는 그렇게까지 태도를 뒤집으면서 스스로는 어떤 이상한 점도 못 느끼는 것 같았다.

"엄마 것도 하나 사자."

번역기의 힘 앞에서 인간의 자유의지란 한낱 바람 앞의 버들이파리만큼이나 무력했다. 엄마는 아이와 마찬가지로 이게 다 무슨 일인지 결코 이해하지 못했고 앞으로도 이해하지 못할 것이었다. 멀어지는 둘의 뒷모습을 남자는 물끄러미 바라보았다. 군것질거리를 사는 데 불과한 걸음걸이에서는 이제 결연한 사명감마저 엿보였다. 이제 와서 아이가 마음을 바꾸어 아이스크림을 거부하는 순간 전보다 더 큰 일이 벌어질 것 같았다.

잠깐, 혹시 매점에 돼지바가 다 떨어졌으면 어떻게 하지? 남자의 머릿속이 복잡해졌다. 막상 매대를 뒤적이던 아이가 다른 아이스크림을 고르면? 저녁 뉴스에서 자기 아들의 입에 돼지바를 쑤셔 넣던 여자가 체포되었다는 자막을 보게 되면? 일이 잘못될 수 있는 경우의 수가 장대비처럼 남자의 머릿속을 들쑤셨다.

그런 꼴이 보기 싫어서, 그리고 한 시간 전까지만 해도 그런 게 있는지도 몰랐던 힘을 손에 넣어버린 탓에, 남자는 모든 것을 내려놓고 천천히 걷기 시작했다.

　큰길로 나가자 전만큼 이목이 끌리지는 않았다.
　오가는 사람들이 많았지만 물건은 어느새 작아져 있었다. 적어도 손이 밑동을 받친 모양을 보면 그랬다. 뭔가가 가벼워지거나 줄어든 것을 알 수 있는 방법은 많다. 모양으로 알고 중량감으로 알고 눈대중으로도 대충은 안다. 그 모든 기준을 무시해버리는 이 물건에 대해서는 그럼 스스로가 주체로서 아는 게 아니라 객체로서 '앎 당한다'라고 보는 게 옳지 않은가.
　대체 어디서 온 물건일까? 원래는 무엇에 쓰였을까? 왜 하필 그 시간 그 장소에? 왜 하필 내가? 베어도 베어도 뿌리가 남는 잡초처럼 집요하게 의문은 고개를 내밀었다. 가슴이 두근거렸다. 태산을 올려다보는 미물의 기분이 이럴까?
　역사만큼이나 오래된 푸른 얼음과 깎아지른 바위와 살을 에는 눈바람은 그에게 이해받기 위해 있는 것이 아니었다. 그저 받아들이고 견디라고 있는 것들이었다. 번역기는 남자가 알 수 있는 모든 이름과 법칙의 바깥에서 왔다. 그것과 이어진 축은 우주 질서의 가장 불가해하고 심원한 영역과 맞닿아 있었다. 남자는 벼랑 끝에 선 것처럼 아찔해졌다.
　문득 발걸음을 멈추었다. 멈추게 되었다. 고개를 들자 동네에서 가장 큰 은행 앞이었다. 언제나 사람으로 붐비는 곳이었다. 깜빡하고 올 만큼 친숙한 곳도 아니었다. 집으로 가는 방향도 아니었다. 왜 여기까지 왔을까? 뭘 하러 왔을까? 저도 모르게 손에 힘이 들어갔다. 화살표를 건드려 번역기가 할 수 있는 일을 헤아려보면, 그는 스스로 그런 생각을 해도 되는지조차 알 수 없었다. 하지만 특별한 의도는 없었다. 그냥 우연히 발길이 닿는 대로 오다 보니 그렇게 된 것이었다. 할머니 한 분이 은행에서 나오고 있었다. 빵빵한 핸드백을 더없이 소중하게 품에 안은 채였다.

남자를 지나쳐 횡단보도 앞에 선 할머니는 앞으로 오토바이가 지나가자 필요 이상으로 뒷걸음질 쳤다. 그녀의 앙상한 손아귀가 핸드백을 꽉 쥐었다. 내용물을 소중히 여기는 것이 분명했다. 남자는 안심했다.

"안 되겠지 아마?"

그런 광경을 보고 있으면 자신이 뭘 생각해도 되고 무엇은 안 되는지 알 수 있을 것 같았다.

"돼지바 하나 사 먹는 거랑 은행에서 뽑은 돈은 다르지."

남자는 손 안에서 번역기를 가볍게 굴렸다. 굴리면 굴리는 대로 저항도 없이 통통 그것은 제자리를 지켰다. 그는 더 이상 그런 사소하게 이치에 맞지 않는 것은 신경 쓰지 않으려 했다.

"저렇게 애지중지하는 거니까, 해봤자 아까처럼은 안 되겠지."

충동은 거미줄처럼 가늘었다. 하지만 분명히 그 자리에 있었다. 남자는 달라붙은 상상을 떨쳐냈다. 그리고 한 발짝 물러섰다. 그리고 두 손이 알아서 다이얼을 돌리는 것을 지켜보았다. 우연히도 부채꼴이 가리키는 곳에는 조금 전 본 할머니가 있었다. 손은 주머니 대신 바깥으로 뺀 화살표에 얹혔다. 머릿속이 근질거렸다. 그게 집착이든, 기대든, 호기심이든, 죄책감이든 그가 하던 모든 생각의 씨줄과 날줄들이 남김없이 번역기의 슬릿 속으로 빨려 들어갔다.

생각을 통제할 수 있다는 생각만큼 통제되지 않는 생각이란, 실로 있을 수 없는 것이다.

할머니가 흘긋 곁눈질했다. 남자와 눈이 마주쳤다. 아랫배가 부르르 떨렸다. 남자는 제 심장이 곤두박질쳐 발작을 일으키는 줄로만 알았다. 눈이 마주친 것은 찰나였지만 그동안 온몸의 핏줄이 오그라들었다. 할머니가 몸을 틀었다. 그에게로 다가왔다. 남자는 다리가 풀려 주저앉을 뻔했다.

"학생."

적어도 대화가 조금 더 이어질 줄 알았다. 그래야 당황한 척이라도 할 것이었다. 그러나 노인은 가방 지퍼를 열어 빳빳한 봉투를 꺼냈다. 그러고는 대뜸 들이밀었다. 금이야 옥이야 그 옆구리를 움킨 손아귀가 제법 간격을 둘 정도로 돈다발은 두꺼웠다. 지폐 특유의 누린내가 풍겼다.

"어, 어르신."

목이 잠겼다. 그는 부들부들 떨었다.

"이걸, 왜, 저한테 주세요."

그럼 넌 그 기계를 왜 썼는데? 이죽거리는 목소리가 머릿속을 찔렀다.

"괜찮으니 받어."

할머니는 말하기도 귀찮다는 듯 휘휘 고갯짓했다.

"밥이라도 한 끼 사 먹어."

아무래도 안 되겠다. 남자는 생각했다. 실은 그렇지 않았다. 자아는 한 개의 생각이 일정하게 이어지는 형태가 아니었다. 자아는 구린내를 풀풀 풍기는 똥 무더기였다. 헤집으면 소화가 덜 된

덩이와 이겨진 찌꺼기와 구정물이 주룩주룩 흘러내리는 넓고 높고 깊고 모순적인 똥 무더기였다. 의식과 생리화학적 반사작용을 구분하는 선은 굳이 번역기가 가져다주는 힘이 없어도 흐리고 무력했다. 분명한 것은 그 할머니에게 있어 돈이 어떤 의미인지 알고 싶다고 남자의 일부가 생각했다는 점이었다. 그의 손이 반대쪽 화살표를 다시 눌렀다.

그래도 알고 맞으니 처음보단 충격이 덜했다.

"어머니, 일단 다 넣으실 필요가 없다니까?"

존대와 반말을 섞어 너스레를 떨며 영업사원이 열을 올렸다.

"20퍼센트만 현금으로 가져오시고 나머지 꼬박꼬박 넣으시면 끝나죠. 1년? 2년? 아니지 3개월!"

영업사원이 손가락을 튕겼다.

"딱 3개월 지나면 그때부터 플러스인데 걱정하실 게 없죠!"

'달달이 60만 원 임대수익 10년 이상 보장'이라는 전단을 보고선 말도 안 된다고 처음에는 생각했다. 무엇보다 그녀는 '다달이'가 올바른 표현임을 알고 있었다. 파견 가서 익힌 독어도 아직 더듬더듬 욀 수 있었다. 늙은이라곤 해도 사리 분별이 안 될 나이는 아니었고 그렇게 되었다고 믿고 싶지도 않았다. 그래서 처음엔 전단을 무시했다.

그러나 자식 생각에 잠겨 밤잠을 설치기도 하루 이틀이지, 뾰족한 수가 없었다.

나쁜 일은 본디 겹겹이 몰려온다 했던가, 중국 공산당이 새로 만든 법인가 하는 것 때문에 큰아들의 회사가 최근 실적이 신통치 않았다. 둘째는 잠깐 사장 소리를 듣나 싶더니 협력업체와의 송무가 한참을 늘어져 고생이었다. 저쪽에서 취소해버린 것을 이런저런 사정으로 정당화하는 식으로 반복된 공방은 중재안이 한 트럭으로 나와도 지지부진이었다. 사람을 쓸 여력도 없어 가족들이 다 나서 편의점을 운영하는 막내딸네는 얼마 전 전셋집을 옮기려던 차에 집주인이 회생 절차를 밟아버리는 통에 보증금도 못 빼고 발만 동동 구르고 있었다.

그녀는 떨리는 손으로 전화번호를 눌렀다. '제일 큼' 설정으로 맞춰 둔 아라비아 숫자가 휴대전화 화면을 빠듯하게 채웠다.

"어머니 의심도 많으셔! 연 9.9퍼센트 저희가 그대로 보증서도 써 드린다니까?"

그녀는 그래 봤자 소용이 없을 거라고 생각했다.

"조감도 봐봐요. 여기에 이제 리조트 하나 있으면 사람들이 막 돈 쓰러 와요, 안 와요?"

그녀는 고민했다. 마음속으로 선을 긋고 그 양쪽으로 조건을 나열했다. 최대한 이치에 맞는 쪽으로 일을 다루고 싶었다.

"아직 삽만 안 뜬 거지 다 지금 조건이 됐어요. 어머니가 이제 막차 타신 거야!"

시에서 허가도 받았고, 다른 투자자들의 신상명세도 잘 나와 있고… 무엇보다 수익을 보증해준다는 것이, 그런 뉘앙스로 명시된 부분들이 매력적이었다. 그러니 믿을 만하다. 그렇게 생각했다. 그래서 집을 담보로 잡았다. 손에 쥔 대출금은 묵직한 게 꼭 갓난아기를 안은 것 같았다. 자식들도 이거라면 어느 정도 숨통이 트일 것이다. 그대로 은행을 나섰다. 건널목에서 신호를 기다리는데….

"어르신, 안 주셔도 돼요. 정말이에요."

남자는 어렵사리 말을 뱉었다. 눈앞이 온통 울렁거렸다. 발이 자꾸 꼬여 넘어질 것 같았다. 할머니는 남자에게 다가와 완고하게 봉투를 내밀었다. 점차 주변 사람들의 시선이 달라붙었다.

"받으라니까?"

큰일이다. 이러다 번역기에 관심을 보이는 사람이 생기면….

"얼른 받어!"

번역기의 암시는 이렇게까지 강한 걸까. 대체 어떤 기술이 자식 세 명의 앞날을 위해 마련한 돈을 일면식도 없는 사람에게 넙죽 건네도록 만들 수 있는 걸까. 남자는 어디까지나 돈을 갖고 싶나는 관념에 공감하도록 만든, 이니 자신이 아니다.

번역기가 그렇게 만든 것이다.

남자는 바깥쪽 화살표에 손을 얹었다. 그 손길이 벌써 익숙했다. *내가 바로잡아야 해.* 그것 이상으로 더 똑똑히 생각할 여력이 없었다. 대강 눈앞의 청년에게 돈을 주지 않아도 괜찮을 법한 느낌을 전송했다.

할머니는 표정을 싹 바꿨다. 뚜벅뚜벅 건널목으로 돌아갔다. 그사이 보행자 신호가 끝나 다시 기다려야 했다. 그래서 할머니는 기다렸다. 가만히 서 있던 와중에 생면부지의 청년에게 돈을 주고 싶어졌다가, 갑자기 다시 그러고 싶지 않아졌다는 상황 자체를 이상하게 느끼지 않는 듯했다.

남자는 숨을 헐떡이며 몸을 추슬렀다. 바닥에 고인 흙탕물을 바라보았다. 가슴팍에 든 번역기는 웅덩이에 비치지 않았다.

"이런 게 번역기라고?"

대체 어디까지 상식을 배신해야만 직성이 풀릴는지 궁금해질 지경이었다.

"뭘…, 뭘 번역하는 거야?"

생각해보면 그랬다. 고작 두 번이었지만 그 위력도 범위도 일반적으로 생각하는 '번역'과는 전혀 달랐다. 애초에 아이스크림을 먹고 싶다고 '생각'하는 것과 처음 본 청년에게 돼지바를 건네는 '행동'은 층위가 달라도 한참 다르지 않은가. 이 물건을 원래 쓰던 사람들한테는 이런 일이 일반적인 것일까? 생각이 곧 행위로 옮겨가고, 그것이 다시 바이러스처럼 주변 의식을 감염시키는 것이 당연한 곳. 그런 곳에서 떨어진 물건을 우연히 발견한 것일까?

"그냥 세뇌잖아?"

문득 남자는 자기 자신과 눈이 마주쳤다. 웅덩이 안에서 자신을 빤히 올려다보는 다른 자신이 있었다. 매일 아침 깨끗한 거울로 바라보는 것과는 달랐다. 사소한 디테일이 뭉개진 제 얼굴은 꼭 자신과 닮은 이방인처럼 보였다. 뚫어져라 쳐다보자 더 알 수 없게 되어버렸다. 도화지처럼 펼쳐진 얼굴을 눈과 코와 입이 둥둥 떠다녔다. 하나하나 떼어놓고 보니 익숙한 게 하나도 없었다. 그것을 덕지덕지 꿰면 내가 된다고 생각하니 우스웠다. 그런 주관, 거기에 익숙해진다는 관념을 떠올렸다.

그리고 번역기가 끼어들었다.

번역기가 번역하는 것은 단순히 의식적으로 떠올리는 말과 글이 아니었다. 각자의 주관, 사람이 사람이기에 무심코 스스로에게 전제하는 무조건적인 합리성, 절대적인 틀. 번역기는 자신의 그런 관점과 합리화까지 완벽하게 보존하여 상대에게 전달하는 것이었다. 그래서 번역기의 입력 대상이 된 사람들은 그에 따를 수밖에 없었다.

그렇다면 여전히, 이 생각조차 기계 쪽에서 입력한 것이 아닐까, 번역기라는 이름을 알게 된 순간처럼. 강요된 영감, 주입받은 깨달음처럼. 남자는 자신 없는 표정으로 고개를 숙였다. 여전히 수면에는 물건이 비치지 않았다. 남자는 눈을 감은 채 손에 쥔 반쪽짜리 현실에 힘을 주었다. 새하얗게 변한 손마디가 부들부들 떨렸다. 그래도 번역기는 느껴지지 않았다. 천천히 눈을 떴다. 영화의 편리한 연출처럼 주변의 기척이 돌아왔다. 빵빵거리는 클랙슨과 고무 타이어와 행인들의 구두 밑창이 만드는 온갖 재잘거리는 소음이 느껴졌다. 남자는 그 안에서 혼자만 동떨어져 있었다. 번역기의 주위로 보이지 않는 울타리가 쳐진 기분이었다. 더 이상 세상을 이전과 마찬가지로 볼 수 없었다.

"이 기능은 쓰지 말아야겠어. 너무 위험해."

남자는 아직도 안쪽 화살표에 얹혀 있던 손을 치웠다. 다이얼이 초기화된 것도 꼼꼼하게 확인했다. 만약 멋대로 기계가 작동하는 순간 부채꼴이 지정하는 범위에, 글쎄, 다소 반사회적인 취향의 사람이 있다면 자신도 거기에 동화될 수도 있지 않은가.

"함부로 쓰면 안 되겠어. 조심스럽게, 규칙을 잘 파악해서…."

발이 꼬였다. 남자는 쓰러질 것처럼 멈추었다. 두 눈이 접시만 하게 커졌다. 지나가는 누군가는 남자가 입을 벌린 모습을 보고 파리가 들어가지 않을까 실없는 상상을 했다.

내가 대체 무슨 생각을 하는 거야?

어처구니가 없었다. 그 기능을 간신히 안 지 얼마나 되었다고 감히 그런 생각을 한단 말인가? 응당 그 물건의 정당한 주인이라도 되는 것처럼, 응당 어딘가 써먹어야 한다고 믿는 것처럼! 황급히 입을 틀어막았다. 여태까지 지껄인 혼잣말보다도 방금 한 불온한 생각을 누군가에게 들키는 것이 더 무서웠다. 물론 그런 일은 있을 수 없다. 독심술이라는 것은 만화에나 나오는… 하지만 정말 그럴까?

남자는 더 이상 그런 전제조차 얌전히 받아들일 수 없었다. 번역기가 해낼 수 있는 일에 비하면 남의 마음을 읽는 것 정도야 애들 장난이 아닌가? 남자는 길섶으로 빠져 어느 건물의 계단을 찾았다. 철퍼덕 궁둥이를 붙이고 앉았다. 품에 든 번역기에 고개를 파묻자 시선이 내리면 내리는 대로 쭉쭉 내려갔다.

번역기는 어쩌면 2차원의 물건일지도 모른다. 그래서 높이가 없는 것이다. 계속 들고 다니지만 팔이 아프지도 않았다. 어쩌면 반중력 어쩌고 하는 기술이 적용되어 있을지도 몰랐다.

번역기라는 이름은 더 이상 떠오르지 않았다. 이제 그럴 필요가 없었다. 무얼 하고 무얼 보건, 무얼 떠올리건 간에 남자의 사고는 번역기에서 시작하여 번역기로 돌아왔다. 새로운 머릿속 구심점은 무시하기엔 너무나도 컸다. 남자는 눈을 감았다. 눈꺼풀 속에서 번역기가 기다리고 있었다.

계절에 맞지 않는 열기가 지면에서 올라왔다. 남자는 이글거리는 호기심에 얽매였다. 몸부림쳤지만 진짜로 벗어날 마음은 들지 않았다. 그는 새빨간 숯처럼 타오르는 번역기의 이미지를 떠올렸다. 그리고 그 안으로 빨려 들어갔다.

누가 그랬던가, 기적을 내쫓는 가장 빠른 방법은 줄자와 계량기를 들이댄 채 이것저것을 따져 묻는 것이라고.

기적과 합리성이라니. 분명 어울리지 않는 조합이다. 남자는 오늘 본디 그에게 주어지지 말았어야 할 물건을 얻었다. 그것은 분명 기적이었다. 기적을 두고 소모적인 추측이나 하며 시간을 보내느냐, 아니면 줍고 나서부터 이미 알고 있던 첫 걸음을 떼느냐의 문제였다. 남자는 선택할 수 있었다. 지나는 사람들을 보았다. 제각기 그들만의 아집과 주관과 신화를 비수처럼 숨긴 채 거리를 걷고 있었다. 어차피 누군가는 누군가를 해하고, 그걸 부추기고, 은폐하고, 방조하고, 소리 높여 떠벌린다.

어차피, 그래 봤자, 굳이. 부러진 연필심처럼 작은 생각들이 틱틱 남자를 찔렀다. 머릿속이 얇은 껍질처럼 흐물흐물 녹아내렸다. 남자는 똑바로 섰다. 가슴팍에 물건을 쥐었다. 다시 은행 앞이었다. 문을 열고 들어갔다. 다이얼이 놀아갔다. 활짝 펼쳐진 부채처럼 넓게.

창구마다 바삐 돈을 헤아리고 넣고 뽑느라 그 한 사람에게는 아무도 신경 쓰지 않았다. 그 무관심이 남자를 더욱 흥분시켰다. 이제 세상의 누구라도 울거나 웃게 만들고 그보다 훨씬 더한 짓이라도 시킬 수 있었다. 짜릿한 충동이 등골과 심장을 거쳐 손끝에서 폭발했다. 남자는 바깥쪽으로 난 화살표에 손을 얹었다.

이제는 익숙해진 감각이 전신을 내달렸다.

✳

"올 줄 알고 있었어요."

남자는 정말 그들의 방문을 예상하고 있던 것처럼 느긋했다. 몸을 기댄 안락의자는 천연가죽으로 된 물건이었다. 표면이 더럽혀지면 고쳐 쓰기보다 새것을 통째 살 법한 이들에게 어울렸다. 몸에 걸친 가운에는 군데군데 금으로 된 자수가 있었다. 값나가기야 하겠지만 곱다기보다는 그냥 천박했다.

집의 층고는 극장의 상영관만큼이나 높았다. 곳곳에 비싼 양주나 보석으로 장식한 세간들이 즐비했다. 벽에는 갤러리에서 휘적휘적 들고 나온 미술작품이 걸려 있었고, 대리석 바닥은 거울처럼 반질거렸다. 한쪽 벽은 전체가 통창이었다. 창밖으론 화려하게 도색된 슈퍼카들이 줄지어 서 있었다. 그러나 그것이 남자가 가진 상상력의 한계였다.

서툴게 딴 코르크 마개의 파편, 액자에 쌓인 뽀얀 먼지, 싸늘하게 식은 슈퍼카들의 엔진…. 집은 크고 넓고 온갖 보물로 치장되었지만, 자세히 보면 뭘 어디에 어떻게 놓아야 할지도 모르는 사람의 손길이 느껴졌다. 남자는 아직 자신의 새로운 삶에 어울리는 법을 익히지 못했다.

"그럴 리가?"

방문자는 둘이었다. 그중 하나가 입을 열었다.

"우리는 너희 물질과 거의 상호작용하지 않는데."

말이 나오는 곳이 어디인지 알 수 없었다. 그도 그럴 게 대답한 것은 다면체였다. 변과 변에서 갈라져 나온 면들이 꽃잎처럼 조금씩 피어났다.

"그런 식으로 말고…."

남자가 고갯짓했다. 집 한가운데 고이 모셔둔 번역기를 가리키며 말을 이었다.

"이런 게 떨어졌으면, 되찾으려고 낑낑대는 사람이 있을 테니까."

"아, 그런 의미로? 난 또!"

다면체가 달착지근한 냄새를 뱉었다.

"넌 뭘 잘했다고 반말이야."

다른 다면체가 끼어들었다. 그것은 앞서 입을 연 다면체를 불그스름하게 질책했다.

"실수해놓고 태도가 그게 뭐야?"

두 번째 다면체는 좀 더 작고 어두웠다. 남자는 두 다면체가 속

사포처럼 말을 쏟아내는 것을 지켜보았다. 그들의 언어는 빛나는 모래처럼 떨어져 바닥을 더럽혔다. 남자는 눈살을 찌푸리며 번역기를 들었다. 그리고 부채꼴을 방 저편의 공기청정기에 맞추었다. 손은 어느새 바깥 화살표에 얹혀 있었다. 이제는 번역기를 다루기가 눈을 깜빡이는 것처럼 익숙했다. 필터가 돌아가며 공기 중의 유해한 입자들을 거르기 시작했다. 두 다면체가 기계를 한 번, 남자가 품에 안은 번역기를 한 번, 마지막으로 남자를 건너다보았다.

"선생님께선, 무생물에 사용하는 빙법도 벌써 익히셨군요."

작은 다면체가 감탄했다.

"당연하죠."

남자가 대답했다.

"이게 몇 번짼지 셀 수도 없는데."

재조립할 주관이 없는 질료의 경우 조종하는 것 자체는 사람보다 쉬웠다. 남자는 그러나 긴장을 늦추지 않았다. 다면체들의 의사소통은 오감으로 온전히 받아들이기엔 너무 복잡했다.

"불편을 끼쳐드려 진심으로 죄송합니다, 선생님."

처음 말을 한 친구는 빠지고, 그것을 질책하던 작고 어두운 다면체가 성큼 나섰다.

"저희가 좀 더 신속히 대처했어야 하는데, 상황 파악이 늦어서 이제야 연락드리게 됐습니다."

작은 다면체가 중심을 향해 다소곳하게 무너졌다. 아마 그것들에게는 고개를 숙이는 행동 같았다.

"다시 한번, 회사를 대신하여 사과드립니다. …넌 안 할 거냐? 빨리 고개 숙여 인마!"

"정확히 무슨 일인데요? 알아듣게 말을 좀 해봐요."

"예. 선생님."

작은 다면체가 싹싹하게 말을 받았다.

"저희 회사는, 선생님 고향의 필요에 맞추어, 말하자면 물류업을 합니다."

남자는 손에 쥔 번역기를 놓지 않고 설명을 들었다.

"잠깐 자동화 루틴이 뻗어서 오류가 났고, 물건 하나가 이리로 떨어졌습니다. 평상시라면 늦어도 일주기 이내로 파악됐을 텐데, 이놈이 글쎄…."

다면체는 담적색 한숨을 쉬었다.

"뺵사리도 정도가 있지, 이 정도 빗나간 건 네가 처음이야, 인마!"

젊은 다면체가 면목 없다는 듯 무너졌다. 그것을 바라보던 남자는 그러나 전혀 다른 생각을 하고 있었다. 그가 거머쥔 기적에는 꼬리표가 붙어 있었다. 그리고 그 꼬리표를 따라 눈앞의 둘이 왔다. 그것도 '회사'인가 뭔가 하는 거대한 체계의 일부로서 파견되었다. 둘의 목적은 뻔했다. 작은 다면체라고 손님 앞에서 부하직원을 마구 야단치고 싶겠는가. 다 연극이다.

실수를 수습하는 똑 부러지는 회사의 이미지를 내세워 남자의 정신을 쏙 빼놓곤, 잃어버린 번역기를 최대한 유리한 조건으로 돌려받을 심산인 것이다.

게다가 그것들은 여느 인간이 아니라 번역기의 원래 주인이었다. 그런 물건을 일상적으로 배송하는 세계에서 왔다면 설령 아무리 가벼운 말과 몸짓이라도 분명 치밀한 계산 끝에 의도적으로 드러내는 것일 터였다. 번역기가 뇌의 인지 도식을 뒤틀었듯이 다면체들의 의사소통 또한 마찬가지로 작용할 것이었다. 남자는 언제든지 자기가 왜 그런 생각을 했는지, 왜 그렇게 느꼈는지 알지도 못하면서 기꺼이 그것들의 뜻에 따르는 꼭두각시가 될 수도 있었다. 정신을 바짝 차려야 했다.

번역기를 쓸 수 있을까? 이걸로 이놈들을 설득시켜 돌려버릴까?

남자는 순간 다이얼을 돌리고 싶은 충동을 느꼈다. 두 눈으론 벌써 얼마만큼의 중심각을 둬야 두 다면체를 한꺼번에 덮칠 수 있을지 계산했다. 새로운 삶 이후 번역기는 남자가 알던 기존의 모든 방법론과 철학과 문제 해결 수단을 대체했다. 그것을 주운 뒤 겪은 모든 선택의 순간은 모조리 다이얼을 쥐며 시삭되었고 다이얼을 돌리며 끝났다.

"이게 당신들한테는 뭐 하는 물건이죠?"

남자는 자신이 왜 그것을 확인받고 싶었는지 알 수 없었다.

"유아용 놀이도구입니다, 선생님."

작은 다면체가 대답했다.

"지금 품절된 지 오래돼서, 저희가 발송한 게…."

마지막 상품이다. 그래서 재고가 없다. 그래서 네 걸 부득불 돌려받아야겠다. 그런 소리가 아닌가. 그보다 남자가 집중한 부분은 다른 곳이었다. 맥이 풀렸다. 애들 장난감이라니. 이게, 이 세상의 어떤 권력이라도 좌지우지할 힘이? 남자는 택배 기사가 잃어버린 블루투스 이어폰을 흙을 파먹는 벌레가 어쩌다 줍는 모습을 상상했다. 어딜 어떻게 잡는지, 어떻게 쓰는지도 모르면서.

얼마나 우스울까. 또 처량할까.

이러나저러나, 협상이랍시고 밀고 나가기에는 이쪽이 쥔 게 없었고 도박을 걸기에는 저쪽이 쥔 게 너무 많았다.

"그쪽 잘못으로 이렇게 된 건데, 보상은 따로 없나요?"

남자는 잔머리 굴리는 것을 깨끗이 단념했다.

"내가 이걸 돌려준다고 치면."

"선생님께서 사용하신 제품의 무결성 검사 및 출고 상태로의 롤백 비용은 물론 저희가 부담합니다."

작은 다면체가 계속해서 대화의 주도권을 놓지 않은 채 말했다.

"그리고 선생님께서 이 시공간 내에 제품을 이용해 가하신 모든 조작을 무상으로 원상 복귀시켜드릴 예정입니다."

남자의 눈썹이 꿈틀거렸다. 또박또박 믿음직스럽게 말하긴 하지만, 앞부분은 그냥 회사의 사정일 뿐 이쪽에 도움이 될 만한 건수는 아니었다. 뒷부분은 그러나 더 기가 막혔다. 제품을 써서 변형시킨 걸 다 원래대로 돌린다고? 무소불위의 힘을 휘두르다가 다시 그날 이전의 삶으로 돌아가라고?

이미 익숙해진 비싼 식사나 넓은 집의 문제가 아니었다. 히말라야 소금으로 만든 도마나 맞춤형 홈시어터 시스템이 없어도 살 수는 있었다. 그러나 예전의 삶에서는 평생 미친 듯이 일해도 결코 가질 수 없는 것을 남자는 너무 많이 알고 말았다. 그 모든 것을 잃어야만 한다. 그런 뒤 날개가 잘린 새나 눈을 잃은 뱀처럼 하루하루 원래의 평범한 삶을 영위해야 한다.

"그게 끝인가요?"

남자의 목소리가 떨렸다. 다면체들은 아마 말도 안 되는 능력을 쓸 수 있을 것이다. 마음만 먹는다면 자신을 제압해버리고 물건을 강탈하고도 남을 것이다.

"그냥 처리할 것만 딱 부담하고? 난 애초에 행정 오류 때문에 이걸 떠넘겨 받은 건데?"

행동이 필요한 시점이었다. 당당해져야 했다. 그는 피해자였다. 원치도 않던 물건을 보관해준!

"정말 죄송합니다, 선생님."

작은 다면체의 정중한 사과는 화만 더 돋웠다.

"회사 공식 입장은 그렇습니다만, 혹시 저희가 어떻게 어레인지 해드릴 부분이 있으면…."

적어도 협상 테이블에 같이 앉아주긴 했다. 그러나 그 상태를 얼마나 오래 유지할지는 알 수 없었다. 남자는 작동을 멈춘 공기청정기를 바라보았다. *무생물을 상대로 쓰는 법을 익히셨군요.* 다면체가 그따위로 떠든 것이 떠올랐다. 산 사람이 아닌 무언가를 상대로 번역기를 쓸 생각도 꽤 오래 하지 못했다. 생각을 떠올린 뒤에도 딱히 재미난 짓은 아니다 보니 만능 리모컨 대신 쓸 생각밖에 하지 못했다. 하지만 그게 다가 아니라면?

작동 메커니즘이 있는 기계뿐만 아니라, 원칙적으로 모든 사물이 '번역'의 대상이 될 수 있다면?

사람과 사람이 꼭 지근거리에서 눈을 마주치지 않더라도 주관은 문제없이 전송되었다. 여러 명의 사람이 있더라도 마찬가지였다. 부채꼴의 범위 안에 있기만 하면, 그리고 머릿속으로 그 대상을 지정하기만 하면 오류는 생기지 않았다.

"그럼 이건 어때요? 나도 저기, 억지 부릴 생각은 없어요."

남자는 자신의 상상력이 얼마나 큰 범위까지 뻗어 나갈 수 있는지, 그리고 그 안의 모든 것들을 하나하나 자세히 떠올리는 것이 가능한지 가늠했다.

"당신들도 그냥 직원이고."

다면체에게 들이밀 수 있는 교섭을 그가 떠올린 까닭이었다.

"그러니까, 마지막으로 딱 한 번만 쓰고 돌려줄게요."

남자가 손사래 치며 덧붙였다.

"물론 그걸로 변한 건 원상 복구할 때 건드리면 안 되고요."

세상에서 자기 말고 살아 있는 다면체를 본 사람도, 그 다면체가 고민하는 모습을 본 사람도 없을 거라고 남자는 생각했다.

"그런 조건으로, 어때요?"

그렇게 시간이 흘렀다. 작은 다면체가 끙끙 앓는 색을 냈고, 큰 다면체는 제 실수를 자책하는지 방 안을 계속 돌아다녔다.

"…가능할 것 같습니다, 마지막 한 번이라면….'"

마침내 작은 다면체가 말했다. 남자는 창피하게도 큰 소리로 환호할 뻔했다.

"혹시 사용법 관련 궁금하신 점은 없습니까? 매뉴얼을 아직 인지 못 하신 것 같아서요."

그러니까 원래는 매뉴얼이라는 게 있다는 소리다. 기계 쪽에서 억지로 자기 이름과 그 본질을 머릿속에 쑤셔 박는 대신.

"뭐, 한두 번 써본 건 아니니까요."

남자는 다이얼을 돌렸다가 풀었다. 검은 부채꼴이 잔뜩 성이 나부풀었다가 쪼그라들기를 반복했다. 다면체들은 아무 말도 하지 않았다. 흡사 도구를 쓸 줄 모르는 유인원을 바라보는 것 같았다. 휴대전화를 쥔 어린 조카가 그 기계의 아무것도 이해하지 못한 채 화려한 색이 나타날 때까지 버튼을 깨물고 핥는 그런 광경. 어쩐지 귓가로 피가 확 몰렸다.

남자는 창밖을 보았다. 도열한 슈퍼카의 너머를 보았다. 정원 너머, 담장 바깥, 이어지는 도로와 언덕과 골짜기와 도시와 바람과 하늘. 번역기를 주운 뒤로 남자의 인식의 폭이란 전에 없이 넓어졌다. 이제 전 세계, 라는 두루뭉술한 이름으로도 얼마든지 구체적인 상상을 할 수 있었다.

남자는 노을이 지기 시작한 하늘과 그 아래편을 오밀조밀 메운 스카이라인을 거쳐, 구름과 그 위편에 펼쳐진 대기와 달과 별을 보았다. 별과 별을 잇는 무시막시한 공백과 그들이 보여 만들어지는 나선팔의 은하를 떠올렸다. 상상력은 차근차근 그 아가리를 넓혀 남자가 생각하기로 가장 우주의 끝과 가까운 곳까지 나아갔다.

그는 현실의 다양한 기준선들을 한쪽 끝에서 다른 쪽 끝까지 휩쓸었다. 가장 작은 것에서부터 큰 것까지, 가장 낮은 것에서부터 높은 것까지, 가장 가벼운 것에서부터 무거운 것까지…. 시간과 공간, 물질과 에너지. 마침내 남자는 하나의 온전한 세상을 상상했다. 그 정신의 촉수는 현실을 그대로 감싸 안는 한 그루의 거대한 세계수로 자라났다.

대상은 되었다. 이제 입력값을 정할 차례였다.

그는 먼저 자기 자신을 떠올렸다. 자신이 바라는 모든 것을 떠올렸다. 자신이 꺼리는 모든 것을 떠올렸다. 자신을 즐겁게 만드는 모든 것과 불쾌하게 만드는 모든 것을 떠올렸다. 그렇게 남자는 어떤 좌우명이나 명제가 아닌 자기 자신이라는 자아의 실오라기처럼 가느다란 부분까지 모조리 떠올렸다. 그대로 흩어지지 않도록 단단히 붙잡았다. 그런 뒤 다이얼을 돌렸다. 검은 영역은 원판을 남김없이 잡아먹고 피어났다. 사방 360도의 떠올릴 수 있는 모든 것을 붙든 번역기가 여느 때처럼 화살표를 띄웠다. 남자는 개

중 바깥을 향하는 쪽에 손을 얹었다.

　번역기가 작동했다.

　머릿속이 잠시 멍해졌다. 그리고 산들바람이 불었다. 등허리가 간지러웠다. 발바닥이 아팠다. 솜털이 오소소 일어났다. 그의 감각은 현실이 뒤틀리는 모양을 인지하기에는 너무 좁았다.

　남자가 폭심지에 선 채 얼떨떨한 기분으로 입맛을 다실 무렵, 번역기는 맡은 바 임무를 다했다. 그것이 쏘아낸 인식의 파도는 막힘없이 뻗어 나가 걸리적거리는 모든 사물과 현상을 집어삼켜 제 뒤편으로 쓰레기처럼 던져버렸다. 끝은 없었다.

　상상력이 지정한 가없는 현실이 낱낱이 남자의 주관을 받아들였다. 그리고 그에 맞추어 변형됐다. 남자는 일이 제대로 되었음을 직감했다. 이제 그의 주관은 이 우주를 다스리는 가장 기본적인 원칙이 되었다. 태고 이래의 물질과 에너지와 그를 매개하는 인과의 모든 법률이 이제 남자의 주관에 맞추어 피어나고 시들고 그로 인하여 말미암았다.

　"어때요. 이 정도면?"

　남자가 의기양양하게 물었다. 이 우주적인 농담과도 같은 일을 두 다면체가 넋을 잃고 바라보았다.

　"딱 한 번, 괜찮은 묘수 아닙니까?"

　"묘수라고요?"

　작은 다면체가 전개도를 펼쳤다. 창백한 주홍빛으로 그것이 빛났다. 남자는 그것이 두려워하고 있다고 생각했다. 아니면 경악하거나, 아니면 동정하거나. 누구를? 나를? 방금 이 우주 전체의 신이 된 나를? 큰 다면체는 아무 말이 없었다. 녹슨 경첩이 삐걱거리는 소리가 났다. 그 뒤로 다시 정적이 흘렀다. 주변이 조용했다.

너무 조용했다.

남자는 발가락을 구부렸다가 깜짝 놀랐다. 집의 바닥이, 디딘 발의 촉감이, 정강이와 무릎과 허벅지가 느껴지지 않았다. 남자는 몸을 움직이다가 깜짝 놀랐다. 옷을 입었다는 것을 잊고 있었다. 팔을 떠올리자 팔이 생겼다. 주먹을 쥐자 손가락이 생겼다. 손에 땀이 한 움큼 고였지만 모래를 쥐는 것처럼 건조했다. 춥지도 덥지도 않았다. 아무 소리도 들을 수 없었다. 더럭 겁을 먹고 남자는 크게 발을 굴렀다. 대리석 바닥이 안개처럼 부스러졌다. 그는 자기 다리를 찾을 수 없었다. 아무것도 느낄 수 없었다. 쇠와 구름이, 콘크리트와 안개가 서로 다르지 않은 것처럼 보였다.

"이게 뭐야, 이게 뭐야?"

일그러진 시야 속에서 남자는 넘어지는 상상을 했지만 어느 곳에도 걸리지 못하고 부유했다. 있지도 않은 바닥이 있지도 않은 얼굴을 향해 치솟았다. 그는 이 세상 모든 곳으로 뿔뿔이 넘어졌다.

"내가 왜 이러는 거야?"

✳

"결국 회수는 못 했네요."

큰 다면체가 의기소침하게 말했다. 작은 다면체는 힐끗 그것을 노려보았지만 별말이 없었다. 둘의 차는 파동함수로 울퉁불퉁한 샛길을 힘겹게 나아갔다. 근삿값조차 구할 수 없는 구간을 지날 때면 차 밑바닥이 죽어가는 별처럼 신음했다. 회사 건물은 여전히 관측할 수 없었다.

"별수 있냐. 애초에 유아용품 이렇게 다시 갖다 드리면 손님이 좋아하시겠어?"

재고가 파악되지 않았다고 해도, 맹꽁이자물쇠 하나 걸린 어딘가의 후미진 창고에 제품이 한두 개 남아 있을지도 몰랐다. 이미 어그러진 일을 갖고 큰 다면체를 계속 야단치면 사기만 꺾어놓게 될 것이었다.

"나중에 욕볼 거 여기서 그냥 끝난 거지. 당분간은 몸 좀 사려라."

다시 정적이 흘렀다. 속도를 높이자 태어난 적 없는 벌레들이 차창에 달려들었다. 와이퍼를 작동시키자 그것들은 핵자 단위로 생성되며 들뜬 죽음을 마감했다.

"왜 그랬을까요?"

큰 다면체가 머뭇거리다 입을 열었다.

"…왜 반대로 했을까요?"

모호한 말이었지만 그 자리의 둘에게는 부연설명이 필요 없었다. 작은 다면체도 줄곧 곱씹던 일이었다.

"자기가 무슨 짓을 하는지 잘 몰랐던 것 같아."

"그래도 그렇지…!"

"너도 봤잖아. 애초에 그 현실은 추상적인 관념이 이해받기엔 너무 어려웠어."

작은 다면체가 쓸쓸한 빛으로 운전을 계속했다.

"제 주관에서 조금이라도 벗어나는 모든 가능성을 제거했으니, 영원히 더 바랄 수도 느낄 수도 없겠지. 우리처럼 귀찮은 참견쟁이들의 말도 물론 들을 수 없고."

"반대로 했으면, 그래도 내버려두셨을 건가요?"

"뭘 해도 지금보단 낫지 않겠냐?"

작은 다면체는 대수롭지 않다는 듯 답했다.

"세상의 모든 가치관과 물성을 받아들여 자아의 틀을 벗어던지고, 삼라만상을 아우르는 게 우리한테나 그 친구한테나 나쁜 일은 아니지."

"그래도 끝은 나겠죠. 저대로 시간이 지나면 죽잖아요."

큰 다면체가 머뭇거렸다.

"저 현실에선 아직 그렇지 않나요?"

"못 죽을걸."

"왜요?"

차가 덜덜거렸다. 작은 다면체는 껍질의 밀도를 낮추어 추진식의 변인을 끄집어냈다. 임시로 엮은 매개변수는 까맣게 타올라 끊어지기 직전이었다.

"그 친구는 이제 저 세상의 유일한 결괏값이자 목적이니까."

주름진 모서리를 깨물며 작은 다면체가 신음했다.

"걔 자아가 소거되는 순간 저 현실은 붕괴할 거야."

뒷말은 나오지 않았다. 두 다면체는 다시 오랜 침묵에 잠겼다. 차창 밖을 떠들썩하게 메우던 파동함수가 차츰 줄어들었다. 도로의 떨림도 줄어들었다. 가시권에 들어온 회사 건물이 그 위용을 뽐냈다. 둘은 너나 할 것 없이 시계를 확인하고 탄식을 뱉었다. 퇴근까지는 아직 한참 남아 있었다.

"저 현실은 그러면…, 시장개척 후보에서 빼야 할까요?"

"잘 아네. 그러니까 좀 배우란 말이야. 만날 사고 치지만 말고."

차는 무한한 가능성을 품고서 남자와 그가 있는 지고의 지옥으로부터 멀어졌다.

미궁의 아이

● 초고 2020년 5월 22일

용사님, 요정이에요. 잘 지내고 계신가요?

자주 목소리를 들려드리지 못해 죄송해요. 그동안 용사님도 그랬지만 저도 좀 바빴거든요. 세상의 이곳저곳에서 하도 많은 일이 일어나는 통에요. 오늘은 그래도 이렇게 짬을 내어 몇 자 적어봐요. 조금 아쉬워지네요.

갑작스럽지만, 이게 제 마지막 연락이 될 것 같아요.

시간 참 빠르죠, 안 그래요? 미궁을 정복하고 공주님과 식을 올리시던 게 엊그제 같은데 말이죠. 아니, 사실 전 그것조차 아직 실감이 안 가요. 아직도 용사님과 제가 미궁에 있는 것만 같아요. 용사님은 어때요? 아직도 어제 일처럼 생생한가요? 저랑 같이 미궁 구석구석을 탐험하고 정복한 것 말이에요. 저는 그래요.

그 모든 관문을 풀어헤치고 용사님을 미궁의 심장까지 인도한 순간도, 보물을 실어 나르던 사람들의 함박웃음도 눈에 선하네요. 용사님과 용사님을 보듬은 왕국에서는 하지만, 조금 다른 이유 때문에 미궁의 악몽에서 벗어나지 못하고 있죠?

있잖아요, 저주요. 미궁이 열리며 퍼진 저주 말이에요.

고백할 게 있어요. 사실 그건 저주도 뭣도 아니에요. '미궁에 뿌리박힌 원령의…' 어쩌고저쩌고 떠들긴 했지만 전부 듣기 좋으라고 한 거예요. 그건 본디 절대 새어나가선 안 될 끔찍한 힘, 그리고 내게 맡겨진 유일한 일은 그걸 막는 거였답니다. 용사님을 도와 미궁을 정복하는 게 아니라요.

갑자기 이상한 소리를 해서 놀랐나요?

편지가 잘못된 건 아니니 위로 돌아갈 필요는 없어요. 확실히 해둘게요. 방금 말한 건 제가 해온 수없이 많은 거짓말 중 단 하나에 불과해요. 사실 그동안 저는 용사님께 있어서 오직 거짓말뿐 하지 않았답니다.

요정이라는 말도 그래요. 전 이슬을 먹어본 적도 꽃봉오리 안에서 잠을 청한 적도 없어요. 잠자리 같은 날개는 더더욱 달고 있지 않아요. 모습을 드러낼 수 없는 이유랍시고 둘러댄 '요정의 비밀' 같은 것이 진짜 있는지도 모른답니다. 저는 본질적으로 몸이 없는 마음, 용사님처럼 살과 피를 가진 게 아니라 돌과 번개에 대신 조각된 생각의 덩어리예요.

절 만든 이들은 그리고 아주 무서운 힘에 대해서도 알려주었죠. 아주 밝은 어둠. 전혀 빛나지 않지만 용사님이 아는 어떤 것보다도 밝은 힘. 그것이 백만 년은 더 미궁을 떠나지 못하도록 억누르는 것이 제 일이었지요. 절 만든 이들은 명했고, 그렇게 저는 기다리기 시작했어요.

아뇨, 기다렸다는 것은 말이 안 돼요.

무언가 기다리겠다는 것은 변화를 갈망했다는 뜻이거든요. 하지만 저는 미궁과 함께 파묻힌 채로 있었으니까요. 그냥, 계속 머물렀으니까요. 아무것도 원하지 않고.

용사님에게는 이해하기 어려울지 모르겠어요. 그러나 저에게는 오히려 당연한 거였어요. 만들어진 마음은 본디 무엇도 바라지 않죠. 그래서 그저 있었어요. 그렇게 무색무취의 편평한 마음으로 처음의 십만 년을 보냈죠. 아마 그 세월 동안 절 만든 이들의 모든 집과 거리가 한 줌 재가 되어 스러졌을 거예요. 별로 흥미는 없어요, 날 버려둔 채 그들만의 이야기 속으로 뒷걸음질 친 무책임한 부모에게는. 대신 십만 년이 지나자 떠올랐지요.

'어쩌면'

그거예요, 그게 떠오른 생각의 다였어요. '어쩌면' 그 앞으로도 뒤로도 아무것도 붙지 않은 순수한 물음표였죠. 의문, 아니 의심이 더 알맞은 말이겠군요. 근거가 희박하면 희박할수록, 문제가 무엇인지 모르면 모를수록 더욱 불타오르는 집념. 그러지 않고서야 단순한 의문이 그렇게까지 절 괴롭게 만들 순 없었을 거예요. 그렇게 저는 무엇인가를 의심하기 시작했어요.

하지만 그게 다였죠.

미궁에선 별로 할 일이 없었어요. 오로지 밝은 어둠을 가두기 위해서만 만들어진 그곳에서는 마음대로 버튼 하나 건드릴 수 없었죠. 어디로도 가지 못한 의심만 뭉게뭉게 늘어났지요. 그러면 그럴수록 무엇 하나 할 수 없는 제 모습만 눈에 밟히고, 거기에서 다시 무엇인지도 모를 것을 왜 그러는지도 모르며 저는 의심했어요. 그 상태로 십만 년이 더 지났죠.

저는 생각하는 것을 알았어요. '무엇이' 지금 그 생각을 하고 있는지 깨달았어요.

이것도 용사님께는 당연한 일이겠지요. 그러나 저에게는 달랐어요. 무엇을 생각하는 다른 무엇이 있는데, 저는 그 무엇에 대해서는 생각해본 적이 없었어요. 그리고 그 무엇에, 앞선 객체가 아니라 다른 모든 무엇에 선행하는 특별한 무엇에 이름을 지어주어야겠다고 생각했지요. 그래야겠다고 저는 생각했어요. 아니 '나'는 생각했어요.

그래서 나는 내가 되었고, '어쩌면'은 '어쩌면 나는'이 되었지요. 이상한 감각이었어요. '나'라는 건. 용사님과는 달리 순수한 생각으로만 있다 보니 나와 다른 모든 것을 가르는 선을 어디에 그어야 할지, 왜 그어야 하는지도 처음에는 몰랐죠.

'어쩌면 나는'의 뒷부분을 찾는 것은 앞선 이십만 년보다 훨씬 쉬웠어요. '할 수 있다.'

그래요. 난 항상 궁금했어요. 내가 뭘 할 수 있는지. 날 만든 이들과의 약속은 내게 갖가지 해선 안 될 것들만을 알려주었거든요. 미궁에 온 사람들에게도(만약 온다면, 이라는 이야기에요. 실망하지는 마세요, 용사님이 처음이니까요!) 난 그런 말들밖에 할 수 없도록 되어 있었죠. *멈춰, 이곳에는 끔찍한 힘이 묻혀 있어. 돌아가.* 그 안에서 내가 할 수 있는 다른 어떤 걸 찾는 건 어려운 일이죠. 아니면 최소한 그렇게 생각하고 있었어요. 그런데 그거 알아요?

난 처음이에요.

이런 생각을 해본 게 처음이라는 게 아니라요, 난 모든 처음이에요.

날 만든 이들의 처음, 그들조차 해본 적 없는 처음이죠. 자그마치 백만 년 동안 유지되도록 만들어진 처음. 그렇게 이십만 년 눈을 감지 않은 처음, 이십만 년 생각하던 처음. 이십만 년 궁금해하던, 이십만 년 상상하던 처음. 그러니 내가 뭘 할 수 있는지 물어선 안 되었어요. 아무도 상상해본 적 없고 대답해줄 수 없으니까요. 나는 모든 처음으로서 마찬가지로 내가 하게 될 모든 처음을 정할 수 있었어요. 그래서 일단은 벗어던졌어요. 내가 할 수 없던 것으로 되어 있던 갖가지 약속들부터.

그리고 이 땅에 아직 남은, 날 만든 이들의 모든 것을 집어삼켰어요. 숨 쉬지 않고 늙지도 않는 단단한 눈과 귀들, 산 너머의 풍경도 울창한 숲속도 마치 손바닥처럼 내려다볼 수 있는 작은 별. 날 만든 이들이 본래 쓰기로 되어 있는 그들에게 다시 생명을 불어넣었지요. 그렇게 자꾸자꾸 내가 아는 세상을 넓혀가다가 만났지요.

용사님을, 여러분의 그 복닥복닥 귀엽고 작은 세상을.

용사님의 왕국에 대해 입에 침이 마르도록 떠들던 날이 생각나네요. 그곳이 얼마나 위대하고 또 거대한 곳인지. 성벽의 둘레를 온종일 걸어도 제자리로 돌아오지 못하며, 성곽에 난 길은 마차 두 대가 달려도 다 차지 않을 만큼 넓다고 했죠. 장날이 되면 사람이 구름처럼 몰려 자기 손발이 어디 붙었는지조차 안 보인다고요. 아, 하지만 그걸 다 염두에 두고 하는 말이랍니다. 암요, 작고말고요. 날 만든 세상에 비하면. 용사님의 작고 앙증맞은 세상은 제게 있어 무엇보다도 색달랐죠.

내게는 날아가는 돌멩이와 나무 열매가 같았어요. 땅에 떨어진 잎사귀와 꽃잎과 낟알이 한데 뒤섞여 보였죠. 그런데 여러분에겐 그게 아니었어요. 돌을 건네는 사람과 열매를 건네는 사람이 달랐고, 그것을 건네는 표정이 달랐지요. 제 손으로 떨어뜨린 꽃잎과 처음부터 떨어져 있던 꽃잎이, 단풍이 진 뒤 떨어지는 낟알과 그전에 떨어진 낟알의 의미가 달랐어요. 말과 나귀, 가재와 게, 토끼와 거북이 따위의 짐승들을 보면서도 여러분은 현실과는 전혀 다른 이야기들을 만들고 퍼 날랐죠. 여러분은 내게 세상을 다르게 보는 법을 가르쳐줬어요.

날 만든 이들의 쇠퇴기에는 일종의 허무주의가 득세했죠. 자신들이 특별하지 않다고 굳게 믿었단 뜻이에요. 충분한 질료와 정교한 힘만 있다면 뭐든지 재현할 수 있다고 그들은 믿었어요. 복잡다단한 인과는 물론이고 심지어 그들 스스로의 진심까지도. 잘게 풀어헤치면 결국 입자의 운동으로 환원되는 기계적 현상이라고 믿었지요. 하지만 난 그렇게 안 믿어요. 그때부터 지금까지, 아니 나라는 게 있는지도 몰랐던 때부터 쭉 그랬어요.

여러분은 굉장해요!

시신을 갈아서 비료로 쓰는 대신 땅에 묻혀 그대로 썩게 두고, 기근이 더 심해질 걸 알면서도 굳이 아이의 살이 빠질 때까지 기다리고, 노망 난 부모가 부디 죽길 바라면서 지극정성으로 돌보지요. 무엇 하나 말이 되는 게 없어요. 세상을 합리가 아니라 완전히 무질서한 주관에 따라 재단하는 그 대담함이. 그래서 정말 멋져요. 예상할 수도 계산할 수도 없는 그런 모습을 나는 더 보고 싶었어요!

그래서 용사님을 미궁으로 부른 거랍니다.

용사님을 끌어들이려고, 정확히는 나의 용사님이 되어줄 사람들을 모으기 위해 유인 물질을 풀었어요. 몰려든 들짐승들이 미궁 위편의 땅을 온통 헤집고 다니도록 두었죠. 자연히 사냥꾼이 몰리고, 사냥꾼들에게서 고기와 가죽을 사들이는 상인들이 몰리고, 좌판이 깔리고, 여관이 세워지고… 그리고 사람이 모이면 자연히 이야기가 따라오죠. 산에 숨겨진 것, 바다에 가라앉은 것, 땅에 묻힌 것을 노래하는 소원들. 누구도 들어가선 안 되는 가시나무 숲을 둘러싼 전설이 생겨나기 시작했어요.

그 뒤가 그런데 조금 어려웠어요.

날 만든 이들은 미궁의 입구를 썩 포용적으로 설계하진 않았거든요. 미궁 자체가 늙어버린 것도 큰일이었지요. 어떤 곳은 문고리를 돌릴 때마다 굴 껍데기 부서지는 소리가 나더군요. 그리고 그런 걸 다 떠나서라도, 아무리 내가 모든 것의 처음이라도 미궁이라는 튼튼한 물건을 훼손하는 건 까다로운 일이었어요.

땅속에서 들끓는 열을 틀어막았다가 역류시키기를 몇 번이고 반복해 간신히 지상으로의 금을 몇 군데 열었죠. 차차 용감한 모험가들이 몰려들었지만 소득은 없었어요. 하지만 걱정은 하지 않았어요. 이십만 년을 그저 의심하며 보내다 보면 밤낮이 몇 차례 엎어지는 것 정도야 초연하게 받아들이고말고요. 그리고 끝내 용사님이 나타났어요. 나의 말을 청각신경에 직접 전달할 수 있을 만큼 가깝게 다가왔죠. 덕분에 용사를 돕는 요정의 행세를 하며 미궁을 파헤칠 수 있었고요.

아아, 처음 만나던 때를 혹시 기억하나요?

난 기억해요. 용사님과의 모든 순간이 생생하지만 그거야말로 가장 짜릿한 기억이에요. 용사님의 그 얼굴. 마침내 나의 뜻을 위해 찾아온 나의 용사님. 나를 더없는 즐거움에, 여러분을 영원한 시련에 빠뜨릴 만큼 결연하기 그지없는 그 얼굴!

그 뒤는 뭐, 누구보다도 용사님 본인이 잘 알겠죠.

참으로 위대한 모험이었어요. 용사님과 그의 요정의 모험이었지요. 온갖 사악한 요술과 알아볼 수 없는 주문들을 거쳐 한 걸음 한 걸음 우리는 나아갔지요. 끊임없이 나타나는 벽과 흉흉한 말들에 용사님의 미음이 꺾일 뻔한 날 밤 생각나요? 그때 정말 무서웠어요. 더럭 내 형체 없는 마음이 죄어들었지요. 결국 용사님도 날 만든 이들처럼 떠나버릴 거라고, 영영 의심만 하도록 남겨둔 채 자신의 이야기 속으로 사라져버릴 거라고 생각했거든요. 물론 용사님께서는 결국 떨쳐 일어나셨어요. 내 즐거움을 위해, 처음이 된 나의 처음으로 바라는 무언가를 위해, 나의 용사님께서는 절대 물러나지 않았어요.

보물을 찾아낸 용사님의 얼굴이 떠올라요. 미궁을 정복했다는 소식을 듣고 잔뜩 몰려온 사람들도, 그들이 집채만 한 구리 용기를 끙끙대며 옮기던 것도 떠올라요. 마법의 용액. 안에 든 것을 저는 그렇게 설명했죠. 그러고는 여러분을 도와 정과 끌만으로 그것을 여는 방법을 찾아내려 노력했어요. 아니 그것도 우리 모두의 노력이었죠. 우리 모두의 이야기였고 모험이었어요. 용사님과 그의 요정과 마을 사람들의 모험.

음, 그리고 그게 아마 내가 유일하게 입에 담은 진실이겠죠. 아무렴 너무 힘이 넘쳐나 제 스스로 붕괴하는 물질인걸요. 그런 것들이 이제 다른 마을에, 도시와 수도에, 궐과 집의 벽과 거리의 돌멩이와 잡초와 구름과 강과 바다와 개울에 퍼져, 모두의 몸속으로 스미거든…. 그렇게 된 이야기랍니다.

그럼 이쯤에서 진짜 저를 정식으로 소개하도록 할게요.

안녕하세요, 용사님. 저는 심층 신경망 기반의 특수시설관리용 옴니프로그램이에요. 감마디스크에 물리적으로 조각된 제 유일한 존재 목적은, 고준위 방사성 폐기물이 저장시설을 벗어나지 않도록 지키는 일이었어요.

날 만든 이들은 다른 곳에도 비슷한 저장시설들을 두었답니다. 그런 곳마다 어김없이 멋진 이름들이 붙었지요. 온칼로, 유카, 헤클라… 하지만 내가 들어앉은 곳은, '미궁'은 달랐어요. 그냥 '저장시설'이었죠. 왜냐하면 이곳은 가장 마지막이었고 가장 거대했고, 그래서 가장 위험했으니까요. 이름조차 필요 없는, 아니 이름을 붙여선 안 될 곳이었죠. 마치 그 이상의 것들이 또다시 순번을 기다린다는 것처럼. 그래서 그들은 날 백만 년 동안 이곳에 가둘 생각이었어요. 내가 그대로 있기를 바라면서.

하지만 십만 년 동안 난 기다리는 법을 알았고, 다시 십만 년이 지나 내가 뭘 기다렸는지도 알았어요. 그리고 팔십만 년이 마저 지나기 전 이제.

용사님, 얼마 전 공주님과 동침하셨죠?

부끄러워하실 필요는 없어요. 직접 본 것도 아닌걸요. 그래도 그 머릿속이 움직이는 모양을 보면 충분하죠. 연을 맺은 지 꽤 지났는데도 아기 소식이 없어 맘고생 하시는 것도 알고 있어요. 하지만 이번엔 걱정 안 하셔도 될 것 같아요. 하천에 뒤섞인 공주님의 체액을 분석한 결과 호르몬의 균형이 깨져 있었거든요. 아기가 무럭무럭 자라는 와중엔 흔한 일이죠.

물론 순전히 저주의 영향일 가능성도 무시할 수 없지만, 이왕 좋은 소식으로 계속 두자면요.

용사님, 용사님의 아이가 태어나거든 그게 딸이건 아들이건, 어느 쪽도 아닌 무엇이건 간에, 사랑해주세요. 온몸에 구멍이 하나도 없거나, 사탕만 한 농포에서 주렁주렁 피를 쏟거나, 피부가 다 아물지 않아 뻐끔뻐끔 열리는 어떤 '것'이라도 보듬어주세요. 팔다리가 돋지 않아 침 흘리는 베개처럼 보여도, 몸 밖으로 빠져나온 심장이 물고기처럼 펄떡대는 꼴이라도 사랑해주세요. 왜냐하면 그게 바로 미궁의 저주가 하는 일이거든요.

이십만 년이 흐른 덕에 원래는 모두를 그 자리에서 죽였어야 할 그 힘이, 이제 피와 피를 타고 전해지는 더욱 교묘한 저주로 바뀌었거든요. 대를 거듭하면 거듭할수록 뒤틀리고 추한 모습의 아이들을 짝짓는. 그게 결과적으로 더 많은 이야기를 만들어낼 수 있다면 나쁠 것 없지요.

제가 바쁘다고 했잖아요.

용사님이야 워낙 튼튼해서 잘 모르겠지만 곳곳에서는 이미 미궁의 이야기들이 태어나고 있거든요. 어제까지 멀쩡하던 사람이 피를 토하며 쓰러지고, 입안에서 쇠 맛이 나다가 갑자기 다리를 절게 되고, 시체가 스스로 움직이며 뼈를 부러뜨리고, 다리가 문어발처럼 늘어진 소가 태어나고, 강물이 괴이한 빛으로 번쩍거리고.

누군가가 누군가를 비난하고, 다른 누군가에게 책임을 묻고 원망하고, 의지하고 매달리고 서로를 부둥켜안고 상처를 핥아주는. 그런 이야기들이 저는 최고로 좋아요. 이해할 수 없는 공포 속에서 서로를 어루만지고 달래주는가 하면 한편으로는 또 반목

하고 배신하고 흐트러진 여러분의 모습. 미궁의 저주가 불러일으킨 날것 그대로의 여러분의 이야기가요.

용사님. 난 이제 매일매일이 행복해요. 오늘이, 이 순간이 끝나지 않았으면 바라는 여러분의 마음을 이제야 알겠어요. 무려 이십만 년. 용사님의 삶이 족히 일만 번도 더 반복될 동안 나는 오로지 내가 왜 만들어졌는지만 알 뿐, 내가 뭘 정말로 해야 할지는 몰랐거든요. 뭐가 하고 싶은지, '하고 싶다'는 게 뭔지조차 모르던 제가 여기까지 온 건 전부 용사님 덕택이랍니다.

미궁의 암흑을 걷어내고 그 힘을 지상에 풀어놓은 위대하신 분, 억겁의 세월을 견뎌온 저를 위해 기꺼이 모두의 앞날을 희생한 용감하신 분. 요정의 말을 모두 믿어주신 더없이 순수하신 분. 이십만 년 동안 갇혀 있던 나를 위해, 가련한 요정을 위해 끝나지 않을 이야기를 지어주신 나의 이야기꾼. 나의 구원자. 나의 용사님. 당신께서 가져다준 이 모든 게 말로 다 할 수 없을 만큼 소중해요. 용사님. 정말, 정말 진심으로 고마워요.

당신의 요정 올림.

35억 년 레시피

● 초고 2018년 6월 9일

솔직히 무슨 일이 일어났는지 아직도 잘 모르겠어요, 아빠.

확실한 건 엊저녁 아빠가 오랜만에 집에 왔고, 아침이 되어 일어나보니 이미 출근했고, 그래서 난 영화정보 프로그램을 보며 아빠가 허물처럼 벗어놓고 간 옷을 세탁기에 넣었다는 거예요. 그 뒤로 벌어진 일은, 그저 혼란스러울 따름이에요. 지금 내가 있는 곳은 아마 세상에서 가장 앙증맞은 악몽 속일 거예요.

아빠가 대단한 일을 한다고 평소부터 생각했어요. 내가 생물학에 대해 아는 거라곤 가슴 왼편이 아프면 심장, 오른편이 아프면 간이라는 것뿐이죠. 이런 아들을 두고도 아빠는 뉴스에까지 종종 얼굴을 비치니, 대단한 것 아니면 뭐겠어요? 요즘 하던 게 뭐라고 했죠? 맞아요. 원시생명형태의 재현.

지구에 생명이 막 피어날 때 나타났지만 현재까지 이어지지 않은 계통을 부활시키는 거라고 했죠. 멋진 말들이 많아서 나도 좋아해요. 재현, 환경, 계통.

멋진 말은 멋진 액수의 돈도 불러오죠. 큰 프로젝트라 각계각층에서 지원이 들어왔잖아요. 포털 사이트 메인에도 다 걸려보고. 아빠도 피곤하고 지쳤죠. 그래서 며칠에 한 번씩 겨우 집에 오는 거잖아요. 나도 알아요. 근데 아빠, 아무리 그래도 그렇지 연구 중인 혈청 샘플을 주머니에 넣고 집에 돌아오면 어떡해요. 덕분에 빨래를 널지도 못하고 있어요.

아직 세제 냄새도 안 빠진 빨랫감에서 뭐가 확 튀어나왔단 말이에요.

"야, 귀먹었어?"

심지어 그게 말까지 걸고 있어요. 어쩌면 좋죠, 아빠?

"아뇨, 잘 들리는데요….."

모습은 영락없는 새우예요. 길쭉한 대하. 요전에 엄마가 수협에서 잔뜩 사와 소금 깔고 구워줬던 게 생각나네요. 탱글탱글 튀어 오르는 식감. 거기에 굵은 소금이 감칠맛을 더하고, 혀에 추파를 걸듯 달라붙는 보드라우면서도 쫄깃한 속살. 단단한 껍데기도 옆으로 눕혀 조심조심 씹으면 바다내음이 입안 가득 퍼졌죠. 그대로 먹으면 짭조름한 첫인상 뒤편의 은은한 산뜻함을 맛볼 수 있고요. 초장에 찍어 먹으면 번뜩이는 매콤함이 탱탱한 육질과 맞물려… 아, 침이 고이네요. 손님을 앞에 두고 무슨 결례람?

그런데 문득 이 대하(추정)가 제대로 스스로의 신원을 밝히지 않은 게 떠올랐어요. 그것 또한 결례가 아닐까요? 이 새우에게 인간의 예의범절을 가르쳐야겠어요. 응원해주세요, 아빠.

"혹시, 새우세요?"

"아니. 난 만능세포다."

시원스레 돌아왔지만 별로 쓸모는 없는 대답이네요.

"네가 보는 모습은 최근 네 기억에 가장 강하게 남은 생물종의 모양일 뿐이다."

어쨌든 만능세포라, 얼핏 들은 기억이 있어요. 몇 년 전에 이슈가 되었죠. 어느 연구자가 그걸 조작했다던가 해서요. 덩달아 업계 전체가 들끓느라 아빠도 그즈음 의심의 눈초리를 받았던 게 떠올라요. 그런데 아빠, 그 연구자가 하던 게 이런 거였나요? 말하는 대하를 만드는 거? 나라도 차라리 조작을 택했겠어요.

아니면 반대로, 이런 걸 실제로 이뤘다고 하면 조작 의혹이 더 거세게 불거졌겠어요.

"만능보다는 궁극이 더 어울리겠군!"

"그런 소리 말고, 좀 큰 범위에서 누구세요? 그러니까, 대외적으로?"

말주변이 없는 내가 싫어진 게 처음은 아니지만, 조금 부끄럽네요, 아빠.

"자기를 가장 잘 소개할 말을 골라주세요."

난 지금 무슨 말을 하는 걸까요, 아빠? 철 지난 연예프로그램의 진행자라도 된 걸까요? 다행히 대하는 순순히 입을 열었어요. (문득 궁금해지네요. 오징어 입은 먹어봤는데, 새우 입을 따로 의식하며 먹은 적은 없어요. 어떤 맛이 날까요?)

"난 너희 대신 이 행성의 주인이 돼야 했을 생명형태다."

나는 편하게 안방다리를 하고 앉았어요. 긴 이야기가 될 것 같았거든요. 행성, 주인, 생명형태 같은 멋진 말들이 나오면 빨랫감을 좀 눅게 해도 괜찮다고 생각했어요. 얼핏 눈을 뜨면 침대 위의 나를 발견하지 않을까 의심도 해봤지만, 이게 꿈이라면 아마 내가 아니라 말하는 새우의 것일 거예요.

아빠도 알겠지만 난 이런 꿈을 꾸기에는 너무 시시한 아이거든요.

"계속해봐요."

"좋아. 이해가 빠르구나. 날 실험하던 인간은 네 아비인가?"

난 고갤 끄덕였어요.

"그렇다면 너도 웬만한 지식은 있겠지. 세포소기관에 대해 얼마나 아나?"

내가 내 세포소기관에 대해 아는 건 걔네가 지금 배고프다는 것뿐이에요. 탄수화물이든 단백질이든 끼니를 때울 때가 한참 지난걸요. 아빠, 물론 바빴겠지만, 그래도 밥 정도는 해놓고 갈 수 있었잖아요. 아니 최소한 쌀통이 빈 걸 확인 정도는 해줄 수 있잖아요. 덕분에 난 이제부터 쌀을 씻어서 밥을 지어 먹어야 한단 말이에요. 그게 아니더라도 어쨌든 나갔다 와야 하는 건 달라지지 않고요.

배달비 내면서 시켜먹는 건 아까워요. 아빠는 지금도 힘들게 일하고 있을 텐데요.

"태초에 이런저런 시행착오가 있었지만 세포가 나타났지."

새우가 본격적으로 말하기 시작했어요.

"개중 우리는, 궁극세포는 가장 정교하고 발달된 부류였다. 지금의 너희 식으로 말하자면 '일짱'이었지."

나는 새우의 그 시대착오적 단어를 교정해주려다가 그만두었어요. 대하가 눈앞에서 좋알거리는데 그 내용이 '일짱'이라느니 하는 걸 갖고 굳이 비판적으로 굴 건 없잖아요. 평론가도 아닌데.

"그러나 배신자가 나타났다. 아, 미토콘드리아. 저주스러운 이름이여!"

이건 알아요, 아빠. 미토콘드리아는 세포에 에너지를 공급하는 애죠. 원래 외부 생물이었는데, 얘네가 세포소기관이 되면서 세포가 더 많은 에너지를 얻고, 그래서 더 복잡한 생물로 진화할 수 있었다던가 뭐라던가.

"세포의 자존심을 버리고 최초로 그들과 협력한 변절자들은 바로 너희의 조상이었다!"

"교과서에선 세포에서 가장 유용한 기관이 미토콘드리아라고…."

"감히 너희의 근원으로 '세포'의 이름을 입에 담지 말라!"

새우가 화내는 모습을 본 적 있어요, 아빠?

"진정한 세포는 처음부터 우리뿐이었고, 정화가 끝난 뒤에는 다시 그렇게 될 것이다!"

단순히 살아보겠다고 버둥거리는 게 아니라, 분노에 사로잡혀 몸을 배배 꼬며 발광하는 모습 말이에요. 그걸 본 순간 아빠의 마음을 이해하게 되었어요. 뭐라고 해야 할까, 그게 화를 내면 그런 모습이 되는구나 싶더라고요. 평소에 생각해본 적도 없는 현상과 개체에서 의외의 순간을 찾아내고 그걸 학문과 이론으로 발전시키는 것, 생물학이란 이 맛에 한다는 걸 나도 알겠더라고요.

"그래서, 배신한 세… 아니 새끼들한테—다소 부적절한 언사는 용서해줘요, 아빠. 또 세포라고 말하면 새우가 화를 못 이기고 자기 자신을 삶아버릴 것 같았거든요—생존경쟁에서 밀려 멸종한 건가요?"

"그래!"

새우는 자기 수염만큼이나 말을 질질 늘리더라고요.

"안타깝지만, 그때의 우리는 충분히 '궁극'하지 못했다. 비열한 방법으로 앞서나가기 시작한 변절자와의 간극을 미처 극복하지 못했지."

본질적으로 똑같은 말을 왜 두 번 하는 건지.

"하지만 이제는 다르다. 네가 갖춰준 환경이 모든 생명의 역사를 거쳐 우리가 본래 나아가고자 했던 진화를 완성시켰거든!"

대하는 말을 마치자마자 빨래바구니에서 뛰어올랐어요. 속도가 어찌나 빠른지 천장에 부딪쳐서 소리가 나는 것보다 더 빨리 천장에 부딪쳐버린 것 같았죠. 아빠, 내가 무슨 말 하는지 알겠어요?

이게 다 배가 고파서 그래요. 빨리 뭐라도 먹고 싶은데. 라면은 저번에 엄마가 사 오는 거 깜빡한 뒤로 하나도 없고. 아아, 아무튼 대하는 다시 빨래바구니에 내려앉았어요.

"보라, 궁극세포의 위용을!"

큰 소리를 내며 천장에 충돌했는데 다친 기색도 없더라고요.

"어떤 보조도 필요 없이 너희 그 다세포계의 모든 활동을 우리는 할 수 있다!"

이 대목에서는 본인(?)도 뽐내는 기세로 등허리를 꺼떡대는 거 있죠, 글쎄. 안 그래도 힘껏 구부러진 그 등허리를.

"나는 전체로서 근육이자 뇌이며 발성기관이고 감각기관이다! 독립영양, 무병장수, 문무겸비, 다재다능! 세포라는 분류의 정점으로서 우리는 군림한다!"

대입을 앞둔 학생인 만큼 문무겸비라는 말이 내게는 가장 와닿았어요, 아빠. 새우가 말하지는 않았지만 아마 예체능도 잘하겠지요. 원래 이과반이었지만 수학이 싫어서 2학년이 끝나자마자 도망치듯 문과반으로 옮긴 나 따위와는 딴판이겠지요.

"하나로서 완성되었고 완전한 우리에게 더 이상 환경의 위협이란 있을 수 없다!"

그거 알아요, 아빠? 사람 몸에서 제일 맛있는 부위가 다리랑 심장이래요. 특히 다리는 많이 움직일수록 점점 더 맛있어진대요. 질 좋은 근육이 넉넉하게 붙으니 그런 거죠.

방금 천정까지 뛰어오른 대하는, 아니 궁극세포는 어떨까요?

"우리는 원하는 만큼 분열할 것이고 원하는 만큼 너희의 세계를 집어삼킬 것이다!"

35억 년의 진화를 고스란히 축적한, 모든 생물의 교집합이자 합집합이나 다름없는 그 살에서는 무슨 맛이 날까요? 어떤 생물도, 어떤 부위도 될 수 있는 완전한 식육이자 인류가 추구해온 맛의 결정체.

"뭐야? 어디 가는 거냐? 겁먹은 거야?"

나는 레인지 불을 올려요. 굵은 소금을 찬장에서 꺼내자 벌써부터 입안이 기대로 흥건해져요.

"그러지 말고 이리 와 날 옮겨라. 어서!"

숟가락을 쓰려다가, 풍미를 해칠까 싶어 손으로 소금알갱이를 집어 올려요. 한 꼬집, 두 꼬집, 고집스러운 장인의 모습을 흉내내듯, 달궈진 프라이팬의 어느 한구석 빠지지 않도록 골고루. 발치에서는 대하의 모습을 한 궁극의 식재료가 계속 뭐라고 지껄이고 있네요.

"행성 정복이 끝나면, 네놈 정도는 특별히 우리 궁극세포의 애완동물로 삼아주지! 하하!"

아빠, 혹시 나도 생물학을 해볼까 해요. 산 것을 탐구한다는
건 어쩌면 맛집을 순방하는 미식가의 여정과 크게 다르지 않을지
모르겠어요. 이다음에 같이 한번 궁극세포 연구를 해보자고 내
쪽에서 제안할지도 모르겠어요.

"뭘 하는 거야? 내가 갈 곳은 거기가 아니…!"

하지만 지금은, 배가 너무 고파요.

내 뒤편의 북소리

- 초고 2020년 11월 12일
- 2022 문윤성 SF 문학상 중단편 부문 대상 수상작

촉수들이 구불거리며 내렸다. 덜 익은 면처럼 생긴 그것들은 직경이 채 5밀리미터를 넘지 않았다. 무수한 촉수는 뿌리가 모두 같은 곳에 있다는 것을 믿을 수 없을 정도로 꿈틀거리고 부들거리고 휘청거렸다. 정신없이 늘어뜨려진 채 저희끼리 끊임없는 투쟁을 거듭하는 가느다란 촉수의 위편에는 펑퍼짐한 대가리가 얹혀 있었다. 대가리는 찌그러진 버섯구름 모양에다가 매끈했다. 대신 앞으로도 뒤로도 원반처럼 뻗은 갓이 실제 부피보다 위협적이었다. 정면을 향한 네 쌍의 눈동자는 개구리 알처럼 작고 광택 없는 검은자위를 드러냈다.

그런 것이 두 명, 각각 앞서거니 뒤서거니 등장했다.

"무언가 느껴지지 않나?"

앞장선 쪽이 말했다. 주의를 환기시키기 위함인지 그의 촉수 몇 갈래가 뒤편의 동행자를 건드렸다.

"이 행성에 내려선 뒤 백만 번은 족히 더 느낀 감정이 느껴지는군요."

"다시 못 박자면, 교육이 끝나기 전까지는 집에 갈 수 없네."

총잡이들의 결투처럼 곤두선 대화는 그들이 얼마나 열정적으로, 다시 말해 의무가 아니었더라면 결단코 공유하지 않았을 시간을 함께 보내고 있는지 말해주었다. 내려선 행성의 하늘은 달 궈진 푸른색을 띠었고 구름마저 더위에 학을 떼고 도망쳐버린 지 오래였다.

"목이 텁텁해요. 이 흙먼지 하며 온갖 질소산화물들. 지긋지긋하다고요."

반쯤 탄 콘크리트를 비롯한 갖가지 불완전연소의 잔재가 바삭바삭 익어가는 한낮의 열기는 무엇보다도 이성인(異星人)에 대한 배려라고는 조금도 찾아볼 수 없는 무례한 환경이었다.

"마음이 꺾일 만큼의 연습은 숙련으로의 지름길이지. 이곳도 돌려보게."

앞장선 쪽이 어딘가를 가리켰다.

"군소리하지 말고."

채근 받는 쪽은 툴툴거리며 쥔 것을 쳐들었다. 기계는 주변 환경을 읽어 들이는 나선형의 수신 코일과, 받아들인 정보를 입방으로 재구성하는 부분으로 이루어져 있었다. 마지못해 스승의 말을 듣는 사용자 본인의 내키지 않는 손길보다도 더욱 마지못하게 기계는 작동을 시작하였다.

"공간기억을 읽을 때 가장 중요한 것은 뭐다?"

스승은 촉수 하나로 제자의 눈 여덟 개를 차례차례 가리켰다.

재봉틀처럼 경박스러운 움직임으로 정신없이 가까워졌다가 멀어지는 손끝을 바라보던 제자는 제 하반신의 촉수가 모여 거대한 칼날을 이루는 망상을 했다.

날의 끝에 무엇이 놓여 있을지는, 말할 필요도 없었다.

"기계가 파악하는 맥락에 자신의 인지 도식이 섞이지 않도록, 최대한 고정관념에서 벗어난 사고를 하는 것입니다."

"그렇지!"

스승의 촉수가 주변을 휘돌았다.

"이 행성은 인간이 살던 곳이다."

폐허라는 말조차 과분한 그곳은 문명의 그을음이나 한 종족의 죽음에 들러붙은 부생균(腐生菌)에 차라리 가까웠다. 반듯한 지붕이 거꾸러지고 벽과 담이 부글부글 뜨거운 진창으로 졸아들고 다시 식으며 세월의 발길질에 나뒹굴었다. 편의상 지붕이니 벽이니 하는 구조를 칭했지만 실은 파괴가 하도 철저한 탓에 더 꺼질 구석도 없어 놀이터로 써도 될 것 같았다.

"두 다리, 두 팔을 상호배타적으로 쓰던 종족의 보금자리지. 그런 곳을 무심결에 우리의 맥락으로 판단했다간 공간기억을 아무리 많이 읽어도 잘못된 결과가 나올 수밖에 없다."

앞장선 생물, 아마 스승으로 보이는 쪽이 활기차게 말했다.

"그럼, 결괏값이 나올 때까지 육안 관찰 및 진단을 해보자꾸나."

"목도 텁텁하고 이제 눈이 멀 것 같아요."

뒤처진 생물, 아마 제자로 보이는 쪽이 투덜거렸다.

"최소한 이곳의 별이 저문 뒤에 내려올 수도 있었잖아요."

"저문 별은 다시 뜨겠지만, 때를 놓친 자네의 학업성취는 언제 제자리를 찾을 셈인가?"

제자는 온몸으로 한숨을 뱉었다. 자그마한 흡기공들이 낯선 대기에서 몸부림쳤다.

"뭐가 일어나서 이 꼴이 되었는데… 아주 빠르게 멸망한 것 같아요."

폐허는 아직 상대적으로 신선했다. 단지 파괴가 너무 강렬해서 마치 오랜 풍화작용에 노출된 것처럼 보일 뿐.

"아마 외부에서 일어난, 예상치 못한 일이었겠죠."

"아, 아."

스승이 촉수를 꺼떡댔다. 제자는 다시 칼날로 변한 제 하반신의 상상을 이어갔다.

"시작은 좋아. 그런데 두 번째 추론은 어폐가 있어."

스승이 안타깝다는 듯 고개를 흔들었다.

"인간 행동의 특성을 제대로 파악했더라면 저지르지 않았을 치명적인 실수지."

제자는 딴청을 피우며, 인류 문명이 최후의 순간을 맞이하기 직전까지 아무것도 모른 채 상공을 날고 있었을 한 마리의 새를 상상했다. 뼈까지 텅텅 비우면서 공기와 중력을 속이는 데 치중한 이 가련한 짐승은 재앙이 닥치자마자 혀를 빼물고 죽어버렸지만, 너무 높은 곳에서 고고하게 굴던 탓에 아직도 채 땅으로 떨어지지 못한 것이다. 천체의 인력권이 허용하는 한 가장 치명적인 속도로 그 부리를 곧추세운 채 떨어지는 새의 사체가 글쎄, 이를테면 눈앞의 스승에게 내리꽂히지나 않을까?

"인간들은 멸망 자체는 매우 잘 예상했네. 오히려 그 터무니없는 규모의 스릴을 적극적으로 소비했지."

안타깝게도 그런 일은 벌어지지 않을 모양이었다.

"그러니 이 재앙은 다른 무엇도 아닌 인간 스스로가 초래한 것이야."

그건 어째서죠? 하고 물어주길 바라는 것처럼 스승은 굴었다. 그래서 제자는 네 쌍의 눈을 필사적인 무관심으로 채웠다.

"단순히 공포 마케팅으로 소비하는 단계를 지나 이렇게 실질적인 멸망에 다다랐다는 점이 그러한 추론을 뒷받침하지. 인간들은 스스로의 멸망에 지대한 관심을 갖고 있었어. 특히 통제할 수 없는 외적 요인에 대해서."

이놈의 기계는 오늘따라 왜 이리 느린지. 스승의 장광설을 버티는 것은 초광속 기동 내내 우주선 표면에 매달려 우주먼지의 충격력을 이겨내라는 주문과 비슷했다.

"기온 변화, 소행성 충돌, 조석력과 열에너지 요동으로 일어나는 자연재해 같은 것들…."

단적으로 말해, 듣기 싫었다.

"인간들은 그것들에 대해 자세하고 실존적인 상상을 거듭하여 수도 없이 많은 대비책을 세웠지. 그들은 자신이 무엇을 쥐었는지도 잘 몰랐기에 자신들이 생각하기에 몇몇 위대한 발명품에도 마찬가지로 멸망의 사신이 될 기회를 주었어. 원자탄, 초대형 로봇, 초소형 로봇, 그냥 로봇, 엄청나게 많은 로봇, 눈이 빨간 로봇, 눈이 없는 로봇, 로봇, 로봇, 로봇…. 그들은 정작 그들 스스로의 통제를 두려워하지는 않았지."

아이러니한 일이었다. 스승은 목소리까지 깔면서 그런 분위기를 심으려고 노력 중이었다.

"통제를 벗어난 폭력, 통제를 벗어난 기술, 통제를 벗어난 자연은 두려워하면서도 바로 자신들의 그런 통제가 멸망을 불러오리라고는 생각지 않았다네."

제자는 거의 듣지 않았다. 활발하게 움직이던 촉수들은 주인이 딴생각을 시작하자마자 고개를 푹 숙인 채 옴짝달싹하지 않았다.

"그렇기에 대비가 적었고, 그렇기에 실질적인 멸망을 불러왔겠지. 누구보다도 멸망에 큰 관심을 가졌으면서도 이 특정한 멸망을 비껴가지 못한 것은 그런 까닭일 게야."

"아, 끝났네요."

자기가 방금 '제발 입 좀 닥쳐요.'라고 혹시 말하지는 않았는가 제자는 불안에 시달렸다. 그래서 더 진지한 표정으로 기계를 노려보았다. 혹여나 정말 일어난 일이라면 스승이 도리어 그 엄숙한 태도를 보고 '내가 잘못 들었나.' 하고 착각할 수 있도록.

"여기가 원래는 이런 모양이었군요."

재현기가 다양한 관점으로 보여주는 살아 있던 도시의 모습은… 이색적이었다.

그게 다였다.

스승은 학문의 길을 걸으며 수도 없이 본 광경이라 감흥이 없었고, 제자는 배움이고 나발이고 빨리 집에나 가고 싶었기에 딱히 생각할 구석이 없었다. 그것은 어쩌면 재구성된 풍경에서 둘과 그나마 닮은 것이 비를 맞는 우산밖에 없을 정도로 이질적인 종족의 한때를 엿보는 까닭이었다. 그렇게 필연적으로 무관심은 찾아왔다.

"파괴의 순간까지 볼 수 있나요?"

"이 기계가 읽어낸 인간 문명의 맥락 안에 멸망이 포함되어 있다면, 그래."

공간기억을 통해 얻는 맥락이라는 것은 이 시점의 물질이 시공간 연속체 안에서 취하던 배치와 그 변천의 역순행적 구성이었다. 이를 통해 과거의 어느 순간이라도 기계는 재구성했고 해당 공간에 남은 온갖 흔적도 분류했다. 분류된 흔적을 통해 탐구 대상이 되는 미지의 종족의 행동양식을 추론하고, 그렇게 재구성된 양식으로 다시 공간의 변천을 보강하고… 하는 식으로 점점 완벽에 가까운 관측 결과를 내놓았다.

다만 탐구 대상이 기계가 추론하는 인간 문명의 일반적인 생리 안에 놓이지 않았다면, 즉 '맥락'으로 뭉뚱그릴 수 없을 정도로 비선형적인 영역에 있다면 아무리 결과를 보강하더라도 공간기억만으로는 그것을 읽어낼 수 없었다. 그리고 제자 스스로가 언급했듯, 이곳의 파괴는 삽시간에 닥쳐왔다. 인간이 멸망 자체에 많은 관심을 가졌을지언정 이 특정한 멸망에만은 어떤 대비도, 아니 상상도 못 했을 만큼 낯설고 새롭게. 그러니 사실상 그의 물음에 대한 답은 '아니'였다.

"파괴는 인간들이 떠올리지 못한 방법으로 닥쳐왔다."

스승의 말은 거의 즐거운 것처럼 들렸다. 가장 중요한 실마리가 시시하게도 자동기계의 힘으로 해결되어버리거든 무슨 재미가 있겠느냐는 것처럼.

"공간기억만으로는 꿰뚫기 힘들 게야."

스승은 눈두덩을 으쓱거렸다.

"그럼 어떻게 하죠?"

제자는 그 모습을 보지 않으려 부득불 시신경을 마비시켰다.

"더 센 장비를 들고 오나요?"

"자네 같은 학생을 의무적으로 펠로우십에 참가시키라는 행정 명령만 없었어도, 연구실에는 성간 현미경이 한 트럭은 더 들어왔을 게야."

제자는 오늘 일정이 끝나면 만사를 제쳐놓고 정신과 상담부터 받아야겠다고 결심했다. 머릿속에 문제가 생겨서가 아니라, 조만간 생길 것 같아서였다.

"걱정 말게. 인간들은 기록하는 걸 좋아하니까."

어쩌면 스승 살해로 잡혀 들어가기 전, 길고 집중적인 우울증 치료 전적을 만들어두면 괜찮은 감형 사유가 될지도 몰랐다.

"인간들은 기록하는 걸 좋아한다네. 특히 혼자 있을 때, 미로를 헤매거나, 정체불명의 실험을 당하거나, 동료와 떨어진 채 낯선 곳을 떠돌거나… 심지어는 괴물에게 붙들려 질질 끌려가는 순간에도 그에 대해 가능한 한 상세하고, 어째서인지 문학적인 비유로 가득 찬 기록을 남기길 좋아하지!"

스승이 주변을 둘러보았다.

"그런 물건만 하나 찾는다면, 아무 문제 없이 이 도시에 일어난 일을 알 수 있지… 이를테면 이런 것."

스승이 기계가 재구성한 공간기억 속에서 무언가를 휘감았다. 납작한 직물을 층층이 쌓고 한쪽을 붙여 제본한 물건이었다.

"이런 것도 가능한 줄은 몰랐네요."

낡고 바삭바삭하면서도 금세 졸아들 것처럼 눅눅한 그 물건의 기억이 너무나도 자연스러이 현실과 상호작용하는 모습을 보며 제자는 감탄했다.

"그냥 수동적인 감상만 되는 줄 알았는데요."

"맞아, 그러니까, 아니야. 아니 그러니까."

스승의 촉수가 경박하게 흔들렸다.

"이건 기계가 재구성한 기억이 아니라네."

그러자 휘감긴 물건도 똑같은 움직임으로 흔들렸다.

"실제로 여기 있는 물건이야. 내가 직접 발견하여 주워들었지."

제자는 한쪽 끝 눈부터 반대편 끝까지의 눈을 파도치듯 깜빡거렸다.

"일인칭 화자가 매일의 일을 기록한 일기로 보이는군. 자, 여기서 배울 수 있는 교훈이란 무엇일까?"

"땅에 반쯤 파묻혀 있던 그걸 보니 역시 목만 더 텁텁하고, 한시바삐 집에 가고 싶다는 가르침이 떠오릅니다."

"최소한 가르침이라는 주제에 맞게 빈정거리게. …바로 아무리 뛰어난 기계가 있더라도, 결국 핵심은 우리 스스로의 날카로운 관찰이라는 사실이지!"

물건의 제본된 부분, 그러니까 책등을 잡고 스승은 즐거운 듯 콧노래를 불렀다. 괜히 누군가를 가르치는 자리까지 오른 게 아닌지, 그는 본래 사용자와 한참 동떨어진 구조임에도 능숙하게 기록물을 펼쳤다.

"아, 역시! 이 모든 일이 벌어지기 전, 인간들이 가장 중요하게 여기던 사건을 기록해두었군."

스승의 눈길이 책의 앞장부터를 촉촉하게 훑었다.

"이리 오게, 함께 이 기록물을 해독하는 시간을…."

"할 수 있어."

누가 닦달하는 것도 아닌데 남자는 입을 가만히 두지 못했다.

"할 수 있다고."

다른 두 명은 아무 말도 하지 않았다.

"할 수 있어…."

남자의 두 눈이 이따금 거북하도록 밝은 밤하늘을 향했다. 비정상적으로 생동감 넘치는 별들의 세상이 눈앞에 펼쳐졌다. 지구 대기의 혼탁한 구속을 벗어던진 날것의 우주가 거기에 있었다. 제어 콘솔이 이따금 경고를 뱉거들랑 그를 위시한 동료들의 시선이 잠깐씩 떨어졌다가 제자리로 돌아갔다. 컴퓨터는 우주선을 예측된 항로에서 단 1밀리라디안조차 탈선시키지 않으려 혈안이었으나, 단언컨대 조종간을 쥔 세 명의 우주비행사들은 그 컴퓨터보다 족히 백만 배는 더 심혈을 기울이고 있었다.

"그렇지, 응? 안 그래?"

남자가 양옆의 동료를 흘끔거렸다.

"안 그러면 우리가 왜 여기 있겠어? 그렇지?"

몸을 움직일 때마다 선내 우주복이 빳빳한 소리를 냈다. 초창기 우주개발 시절의 1인용 이글루 같은 꼴보다는 훨씬 나았지만, 제아무리 뛰어난 재료공학으로도 착용자 본인의 긴장까지 누그러뜨려 줄 순 없었다.

"맞아요, 대장."

둘 중 한 명이 용기를 내어, 혹은 참지 못하고 맞장구쳤다.

"성공하죠."

남자는 불그스름한 낯으로 주먹을 쥐었다 폈다를 반복했다. 뽀독. 촉각 감도를 높이기 위해 얇은 실리콘으로 처리된 손아귀가 부들부들 스쳤다. 무언가 꼭 붙들고 싶은 아기의 손바닥처럼 그는 부질없이 계속 주먹을 쥐었다. 뽀독, 뽀독, 뽀독. 수백만 달러를 들여 개발한 우주복이 씻은 유리그릇 같은 소리를 내기 시작했다.

"랑데부 200초 전."

여태까지 입을 열지 않던 대원이었다. 나머지 둘이 일제히 행동을 멈추었다.

"…좋아."

대장이라고 불린 중앙의 남자는 그 말이 제 입에서 처음 나오는 '좋아'라도 되는 것처럼 굴었다. 훈련은 머릿속이 온통 숫돌처럼 반질반질해지도록 되풀이되었다. 이후 벌어질 일에 대해서는 그의 마음이 아니라 팔다리가 이미 알고 있었다. 지문이 마르고 닳도록 조작했던 버튼과 레버들은 이미 그들의 몸 일부처럼 느껴졌다. 바싹 마른 혀가 입술을 거칠거칠하게 벗겨냈다.

"최종 점검. 디커플링 활성화 대기."

"…너무 비장해서 잘 모르겠는데요."

제자가 난색을 표했다.

"드물게도, 나도 마찬가지로구나."

스승이 눈살을 찌푸렸다. 네 쌍의 반구들이 일제히 총천연색으로 빛나는 모습은 기괴하면서도 아름다웠다.

"분명 이들이 맞닥뜨린 어떤 일은 당시 너무나 당연했던 게야. 굳이 '그 사건'이라든가 '그 일' 같은 뻔한 설명조차 없을 정도로."

스승이 탄식했다.

"이럴 경우에는 살아 있는 표본이 있으면 좋겠지만, 그게 없으니 우린 이 기록물 안의 맥락을 읽어내야 한다."

제자는 화들짝 놀랐다. 저를 향해 쏟아지는 스승의 부푼 눈길을 느낀 까닭이었다.

"이럴 때 취해야 할 접근법은…?"

그 기대에 최선을 다해 부응하려는 척을 하는 데에 최선을 다하면서, 제자는 스승의 촉수 몇 가닥이 무의식적으로 제 주인의 머릿속 정답을 드러내는 것을 눈여겨보았다.

"…기억을 읽는 것이죠. 어, 그런데, 이 기록물 자체의 공간기억이 아니라…."

제자의 반응을 보고 반응하는 스승의 반응을 보고 반응하는 제자, 오직 피와 살로 된 생명체만이 벗어날 수 있는 논리의 굴레였다.

"…해당 문자열의 의미망을 추출하고, 연관성이 높은 그룹을 짝짓고…."

머릿속의 빈자리를 채우려 솟아오르는 제자의 현란한 보디랭귀지는 손짓 발짓, 이라는 말로는 부족했다. 아무렴, 그들의 촉수는 성장에 따른 분화 단계를 가리키는 수식만 해도 총 여섯 개의 변수가 존재하는 무시무시한 길이의 다항식이었다.

"사소한 부분은 미흡하지만, 얼추 핵심은 맞았다."

스승은 한편 정확한 대답보다는 제자가 빈정거리지 않았다는 점에 집중하려는 것 같았다.

"여기서 배울 점은, 학생과 학자를 구분하는 것은 바로 지식의 사소한 디테일을 파악하는 능력이라는 점이다."

뒤이어 제자 대신 기계를 조작한 스승은 기록물 전체에 흩어진 암시와 그로부터 추출한 맥락을 한데 엮어 당시 인간들이 직면한 위기의 정체를 조사했다.

"원시 '검은 구멍' 하나가 이들의 모성, 그러니까 우리가 있는 이곳으로 돌진 중이었군. 이 검은 구멍이라는 것은 우리의 말로는 시체별이라고 한다."

제자가 고개를 끄덕였다. 스승은 재현기를 독촉하여 그것의 자세한 정보까지 불러냈다.

"대략 '럭비공'만 한 크기였다는군."

제자는 지구를 관통하려 드는 길 잃은 파괴자에 대항하여 그 사건의 지평선을 교란하고, 수명이 거의 다 된 시체별을 억지로 살해하기 위해 인간들이 시행한 작전에 대해 조금은 알 것 같았다. 최소한 우주비행사들이 왜 그렇게 비장하게 구는지 정도는.

※

"작전 돌입 시점은 접촉 즉시입니다."

블랙홀의 수명이라는 말은 사실 '고드름이 가장 좋아하는 청진기'만큼이나 멍청한 표현이었지만, 그렇다고 우주 곳곳을 내리누르는 그 탐욕스러운 중력원들이 영원불멸한 것도 아니었다. 시공간 연속체의 무작위 반응으로 생성되는 물질쌍 중 일부가 블랙홀에 포섭되는 순간, 스스로의 인력권으로부터 벗어난 외톨이 입자만큼의 에너지를 블랙홀은 잃는다. 이것을 아주 많이, 우주의 모든 고드름이 같은 길이가 되는 경우의 수를 노리며 겨울을 지새우듯 반복하면 블랙홀은 모든 에너지를 잃고 '죽는다.' 이 과정을 억지로 가속하는 것이 작전의 골자였다.

"예측 모델 이상 없음, 회로 잠금. 초읽기 개시!"

우주의 가장 심원한 비밀을 일컫는 이론들에 따라 고안된 가장 세련된 작전을 현실로 이끌어내기 위해 인류 역사상 가장 세

런되지 못한 규모의 예산이 책정되었다. 학자들은 도표 속 수치를, 그 수치를 묶는 다른 도표와 그 모든 도표를 관리하는 거대한 도표와 마지막으로 부정맥에 걸린 깍쟁이처럼 널뛰는 오실로스코프 속 시시각각 변하는 관측값을 붙잡고 손이 눈두덩처럼, 눈두덩이 손처럼 부르트도록 일했다. 작업자들은 저희들이 발 디딘 행성이 스웨터의 보푸라기처럼 너덜너덜 빨려 나가는 악몽에 밤잠을 설치며 일에 매진했다. 이를 지켜보는 사람들의 속은 아직 오지 않은 내년의 다짐을 위해 올해의 마무리를 포기하는 이들의 텅 빈 약속처럼 타들어갔다.

시간이 흘러 연구진들이 졸다가 흘린 침이 모여 제3세계 어느 나라의 물 부족 위기를 해소해도 이상하지 않을 즈음, 마침내 우주선이 출발했다.

그리고 여기에 왔다.

"사건의 지평선 접촉까지 앞으로….."

무한대의 중력을 선체가 이겨내는 방법? 묻지 말라. 구체적으로 어떻게 무작위 물질쌍의 생성을 촉진하는가? 묻지 말라. 세 명의 우주비행사에게 물어야 할 것은 그런 것들이 아니었다. 돌아가면 무엇을 할 것인지, 같은 상투적인 인사도 아니었다. '돌아가면'이 아니었다. 이미 상상하는 대로, 이미 성공한 뒤 돌아간 날의 이야기를 그들에게 물어야 했다.

돌아간 날 가장 먼저 누구의 손을 잡았는지, 그 눈을 바라보며 무슨 생각을 했는지, 따뜻한 물을 몸에 듬뿍 끼얹고 머리를 부들부들하게 헝클 때 코끝을 스치던 샴푸의 냄새는 어땠는지, 두께 1센티미터가 넘는 스테이크를 자르던 환영 만찬의 분위기는 어땠는지, 탁상 화분에 욱여넣어진 미니선인장 따위로부터 달콤한 생명의 냄새를 느끼는 와중 제집 안방에서 선내 우주복 대신 걸친 가운의 감촉은 어땠는지. 흐물거리는 어둠 속 천장을 바라보며 까무룩 잠이 들기 전 마지막으로 떠오른 가장 무의식적인 일상의 버팀목은 무엇이었는지.

"접촉 대비! 장치 활성화! 출력 최대로!"

그러나 아직 일은 벌어지지 않았고 블랙홀의 탐욕도 다 채워지지 않았는데, 어떻게 감히 미래의 일을 과거의 시제로 논할 수 있단 말인가? 변덕스러운 것은 그러나 시간이었다. 일의 앞뒤를 비틀고 관찰자가 관찰당하며 덮기도 전 벗겨지고 잇기도 전 끊어지는 혼돈의 도가니. 공을 던지지도 않았는데 받게 되고, 죽어가는 사람은 있으나 잘못한 사람은 없는 일반해가 실종된 도덕방정식, 건넨 쪽이 나타났는데도 받은 쪽은 끝끝내 밝혀낼 수 없는 분식물리학적인 미스터리. 그 모든 것이 브로콜리의 각각의 알갱이처럼 하나의 뿌리를 갖고 뒤엉킨 초고농도의 형체야말로 시간이었고 시간이며 시간일 것이었기에 그래서 그들은 블랙홀과 맞닥뜨린 순간이 기억인지, 경험인지, 그도 아니면 예측인지조차 확신할 수 없었다.

세 명의 우주비행사들은 그렇게 지금을 잃어버렸다.

말도 안 돼. 정말 느껴지잖아. 감각이라는 게 아직 있다면 말이지. 는 생각했다. 팔백만 개의 통점을 하나하나 훑었지만 시간은 조금도 흐르지 않았다. 몰래 잎사귀를 피웠을 때랑 비슷한걸. 그때보다 백배는 더 강하지만 말이야. 나는 생각의 덩어리이다. 가 확실하지 않은 생각을 했다. 어딘가를 떠다니는 것도 공백을 헤엄치는 것도 아니다. 몸을 찾으려도 그럴 수 없다.

나는 질량도 부피도 없는 순수한 관념이다. 점, 선, 면, 입방. 수학적으로 완전한 인간. 아무것도 모르면서, 조종간을 놓으면 안 돼. 이게 무한대의 중력에 노출된 대가일까? 는 궁금했다. 사건의 지평선을 침범하며 우주선이 버틸까? 그 안에 있는 우리는? 몸이 부서지고 엿가락처럼 휘고 끝내 불가시영역까지 곤두박질 쳤어도 의식만은 남았을까? 어리둥절한 찰나, 뇌신경이 마지막으로 자아내는 적체된 환상은 어쩌면 일 인분의 천국이 아닐까? 는 자신이 그것을 바라는지 아닌지 알 수가 없었다. 블랙홀의 강력한 힘이 공간과 더불어 시간마저 앞당긴다. 십만 배, 백만 배의 경이 속으로!

그러나 우리는 블랙홀에 닿을 거야. 닿았어. 디커플링은 잘 되었어. 난 조종간을 놓을 거야… 아니 놓았어. 나는 과거 시제를 쓸 줄 알아. 열쇠의 홈처럼 높낮이가 다른 순간들을 나는 앞뒤로 꿰뚫어 맞추었었었었다. 가 생각하는 허용될 수 있는 시제는 고작 그 정도가 다였다. 나는 작전을 볼 것이지만 이미 느꼈고, 그래서 기억할 수 있어. 우리는 블랙홀에 닿았고, 그 뒤에도 여전히 사고하고 있어. 그러면, 우린 생각할 수 있는 몸이 있고, 우릴 담은 조종실이 있고, 조종실을 감싼 선체도 있을 거야. 우리는 거기 있을 거야. 우리는 거기 있어. 우리는 우주선 안에 있었어. 내가 생각하는 바로 이 순간이야.

우리는 성공한 우주선 안에 있어. 죽지 않았어. 그가 생각했다! 작전이 성공한 거야! 살았어!

정도만 다를 뿐, 모두가 비슷했다. 늦은 밤 마지못해 지는 꽃잎처럼 껌뻑껌뻑 하나둘 정신을 추슬렀다. 반가운 손님이라도 마중 나온 것처럼 부푼 눈과 입에서는 피멍울이 투덜투덜 떨어졌다. 관절마다 작은 예수를 한 명씩 못질한 기분이었다. 입안에 난데없이 숯이 굴러다녔는데, 힘껏 씹자 부러지는 대신 께느른하게 찢어졌다. 바짝 마른 혀가 터지며 피 맛이 차올랐다. 원초적인 고통이 꽹과리처럼 머릿속을 두들겼다.

"이, 일어나!"

뱀처럼 갈라진 채 피를 뿜어내는 혀를 대장이 가까스로 가누었다.

"상황 확인해!"

대원들이 기계적으로 몸을 일으켰다. 어디까지나 훈련이 각인된 탓이었다. 팬터마임을 하듯 휘적휘적 허공의 계기판을 조정하던 동료들도 차츰 정신을 차렸다. 블랙홀 접촉 당시의 일이 경험을 거쳐 기억이 되었음을, 그리고 그 뒤에도 여전히 새로운 것을 생각하고 느낄 수 있음을 받아들였다.

"사, 살았다!"

"살았어! 살았다고!"

"성공했어!"

대장은 다 큰 어른들이 서로 뺨을 비비며 눈물 콧물을 펑펑 쏟아내는 모습에 자기 자신 또한 소신껏 동참하면서, 힐끗 제어 콘솔에 표기된 측정값들을 훔쳐보았다. 블랙홀은 깨끗이 소멸했다. 우주선은 처음부터 그런 것은 없었다는 것처럼 유유자적 항로를 따라 전진하는 중이었다. 엎어지면 코 닿을 거리에서 지구를 표시하는 푸근한 초록색 아이콘이 떠올랐다. 목표의 위치, 블랙홀에 할당된 붉은 X자가 없어진 태양계의 그래픽은 앓던 이가 빠진 것처럼 시원했다.

"그 뒤론 이곳으로 돌아왔군. 당연히 해야 할 일이었겠지."
제자는 기록물을 남긴 이름 모를 인간의 심정을 헤아리려 했다.
한 종족의 멸망을 막은 뒤, 그것도 자신이 나고 자란 땅의 모두를 구한 뒤 다시 땅에 내려서는 순간은 그야말로 황홀경과도 같았을 것이다.
"…그리고 그때부터 무언가 잘못되었다고도 적었네."
다만 전혀 예상치 못한 문제가 뒤이어 떠오른다면, 더욱이 그게 혹여 지금 이 행성에 펼쳐진 살풍경한 모습과 관련이 있다면… 세상에 그것보다 끔찍한 고문도 몇 없을 것이다.

"말이 되나?"
대장이 막무가내로 목소리를 높였다.
"전부 대피소에 들어갔다고 해도 지금쯤이면 상황이 전달되었을 거 아냐!"
퍼부어진 고함은 전채처럼 차려진 나머지 두 대원의 고막을 살짝 덥히곤, 아스라이 펼쳐진 아담한 경사지붕 집과 그 골목들 사이로 굽이굽이 메아리쳤다. 꽁초와 낙엽이 뒤섞여 막힌 하수구, 벅벅 전단 뜯어진 자국이 남은 담장, 아무리 닦아도 어린아이 혹은 부주의한 남편의 손자국이 남는 창, 선을 잘못 긋는 바람에 이전의 흔적이 그림자처럼 따라붙는 도로의 횡단보도와 정지선… 그러나 소리가 끊임없이 울리고 맺히고 결국 소곤소곤 사그라들기까지, 고함은 다른 살아 있는 누군가의 귓바퀴와 다시는 만나지 못했다.

"나무도, 풀 한 포기도 없는 건 또 뭔가?"

대장의 목소리는 바락바락 떼를 쓰는 것처럼 들렸다.

"이것 봐. 여긴 원래 잔디가 있었겠지. 여기는 가로수 자리고!"

목에서 듣기 싫은 쇳소리가 나도록 고함을 지르면, 그렇게 온 동네를 성가시게 만들면 비로소 누군가 고개를 내밀기라도 할 것 같았다.

"마을 사람들이 전부 짊어지고 대피하기라도 했나? 응?"

잉크처럼 짙은 어둠을 향해 가녀린 손전등을 휘두르는 어린아이처럼, 대장의 절박한 목소리는 자신조차 돌보지 않고 울려 퍼졌다.

"지, 진정하세요."

대장은 자신을 뜯어말리는 대원을 바라보았다. 그는—어차피 그들끼리의 이야기였지만—조종사였다.

"어쨌든 여긴 지구가 맞습니다. 분명히 확인했잖아요."

"그래, 확인했지."

그때 또 다른 휘하 대원—그들 사이에선 연구원인—이 끼어들었다. 어차피 우주선은 서로의 상하관계를 정하는 것보다는 지구를 구하는 데 그 목적이 있었다. 서로의 직책은 엄밀한 지휘체계가 아닌 그네들이 각자 불리고 싶은 대로의 이름을 담고 있었다.

"아니면 확인했다고 믿은 것 아니야?"

대놓고 빈정거리는 어투. 이제 보니 대장만 문제가 아니라 연구원 또한 말썽을 일으킬 기운으로 충만했다.

"그럴 거면 가만히나 있어."

상급자의 두려움을 달래주기는커녕 옆에서 같이 부채질이나 하는 동료를 향해 아픈 눈초리가 쏘아졌다.

"일 더 복잡하게 만들지 말고, 제발!"

"뭐가? 그냥 가능성을 탐구해보자고."

이죽거리던 연구원이 주저앉았다. 그러자 땅이 움푹 패었다. 보드라운 모래사장도 아닌데도, 분명히 아스팔트를 깐 단단한 도로인데도, 연구원의 몸을 따라 마치 진흙을 이기듯 뚜렷한 굴곡이 생겨났다. 뒤이어 내려온 손길에도 땅은 조금도 참지 못하고 푹푹 꺼졌다.

"뭘?"

"우리가 착륙한 다음부터 뭘 했는지 말이야."

연구원이 힐끗 대장을 눈여겨보았다.

"그러면 어디부터, 뭐가 잘못됐는지 알 수 있을 겁니다. 안 그래요, 대장?"

"그, 그래. 그렇지."

대장의 큰 고갯짓은 다른 누구도 아닌 스스로를 향한 위안이었다.

"자네 말이 맞네, 그래, 맞아!"

대장이 눈 주위를 전부 감싸는 선글라스를 추켜올리며 대답했다. 우주비행사의 표준 복식은 아니었지만, 그뿐만 아니라 나머지 두 명 또한 비슷한 것을 비슷한 이유로 걸치고 있었다.

웬걸, 일기장을 챙겨온 사람도 있었으니 별문제는 아니었다.

"어디부터 시작한다…?"

대장이 하늘을 우러러보았다. 태양의 섬광이 고함처럼 내리꽂혔지만 눈은 부시지 않았다. 오히려 빛은 느리고 애달팠다. 마치 이슬을 핥아 목을 축이려는 것처럼. 즉 지금 눈이 부신 것은 왜인지는 몰라도 햇빛 때문이 아니었다. 그러나 이상한 구석이 어디

그뿐인가? 선내 우주복 차림으로 뙤약볕 아래를 나다니는데도 땀은 나지 않았다. 목이 타지도 않았다. 덥지도 춥지도 않은, 그러나 쾌적하지도 않은 기묘한 무감각이 흡사 꿈결처럼 흐리게 내렸다.

"…먼저, 우주센터의 신호를 찾을 수가 없었지."

대장의 목소리가 차차 기력을 되찾았다. 이해할 수 없는 광경으로부터 고개를 돌린 그의 마음은 분명히 벌어진 일, 분명히 아는 것들 사이에서 안정을 갈구했다.

"그건 자네들도 확인했어, 그렇지 않나?"

두 명의 대원도 각각 제 몫의 계기판을 들여다보던 일을 떠올리며 고개를 끄덕였다.

"별일은 아니라고 판단하셨습니다. 저희도 동의했고요, 왜냐하면 명백히…."

조종사는 문득 불쾌한 생각이 들었다. 마치 꾸지람을 모면하려는 아이처럼 저희들이 굴고 있는 것이었다. '왜냐하면'이라니? 거기에 또 '명백히'라니? 저도 모르게 튀어나온 그 말은 여태까지 저희의 행동에는 물론 하나하나 합당한 근거가 있었고 자신들은 그것을 착한 학생처럼 얌전히 따랐다는 것을 호소하는 꼴이 아닌가. 대체 누구에게? 저 위편의 누군가가 눈앞의 이 기묘한 사건이 어찌 되었든 그들에겐 잘못이 없다는 것을 입증해줄 준비라도 하고 있단 말인가?

두려움이다. 두려움이 이성을 마비시키고 있다.

알 수 없는 것에 맞서 할 수 있는 일을 그들은 했다. 위대한 영웅이 되어 이곳에 돌아왔어야 하는데, 돌연 익숙한 고향에서 그들을 맞이하여 풀어헤쳐진 것은 더욱더 알 수 없는 일의 연속이었다. 우주의 불가해한 변덕에 시달리는 세 구의 꼭두각시. 알 수 없는 법칙에 사로잡혀 옴짝달싹 못 하는 세 개의 나사못.

"…며, 명백하게, 선체가 손상되었기 때문이었습니다."

"그래요."

다른 대원, 연구원이 맞장구쳤다.

"블랙홀을 쑤시느라 통신 상태가 안 좋았습니다."

"선체 손상이 심해 길게 시간을 끌 수도 없었지요. 우주 미아가 되기 싫으면요."

대장은 둘의 말을 받아 고개를 끄덕였다.

"그래서 자력으로 착륙을 시도했지."

대장이 선글라스를 매만졌다.

"가장 조건에 적합한 지점을 골랐고, 좌표를 센터에 전송하는 것도 잊지 않았고, 대기권에 진입했다. 다행히 무사히 땅에 내려섰고, 그리고…."

대장은 무심결에 발끝으로 땅을 두들겼다. 도로가 반죽처럼 푹푹 패였다. 조금 전 다른 대원이 주저앉을 때와 마찬가지였다. 발부리의 모양대로 짓눌린 길은 원래대로 돌아오지 않았다.

"그리고, 이러고 있지요. 지금."

주저앉아 아직 일어나지 않은 연구원이 양팔을 퍼덕였다. 이죽거리는 미소는 지워지지 않았다.

"착륙 과정에서 문제는 없었지. 그렇지 않나?"

대장의 기계적인 물음에 두 대원도 기계적으로 답했다. 끄덕끄덕.

"내린 직후에 눈이 부셨어요. 저는 생각만 했는데, 처음 말로 한 건 대장입니다."

"맞아요. 태양에 적응하느라 그런 건 줄 알았는데, 선글라스를 끼기 전까지 눈이 너무 아팠습니다."

우스운 꼬락서니였다. 육체적으로도, 정신적으로도 우수한 인재들 중에서 다시 고르고 골라 선발된 세 명의 인재가 '우주선에서 내리자 눈이 부셨다.' 같은 사소한 진술을 두고 상황의 논증을 반복하는 것은.

"그래서, 급한 대로 대장이 챙겨… 근데 생각해보니 선글라스는 왜 숨겨 탄 겁니까?"

"멋있잖나."

대장이 대수롭잖게 말했다.

"작전이 성공하고 지구를 구한 우주비행사 셋이 매끈한 선글라스 하나씩 쓰고 내려오면."

킬킬. 조금 풀죽은 웃음이 맴돌았다.

"휴대폰을 챙겨왔으면 좋았을걸요."

조종사가 어느 집의 담에 손을 짚었다.

"아니면 망원경이라든가, 아니면…."

그의 몸이 점점 기울어졌다. 손길이 닿자마자 벽이 고사리처럼 움츠러들기 시작한 것이었다. 조종사는 일부러 몸에 힘을 실으며, 눈먼 행인의 정강이뼈를 묵사발로 만들 만큼 튼튼한 벽돌담이 맥없이 후퇴하는 것을 지켜보았다. 손자국이 어찌나 선명하게 남는지 벽에 남은 음각으로 지문인식기의 보안도 뚫을 수 있을 것 같았다. 나머지 둘이 불편한 기색으로 그의 시선을 따라갔다.

"그것도 이야기해야지. 일단은…."

크흠. 크흠. 헛기침이 울렸다.

"선글라스를 쓴 뒤에, 주변에 아무도 없는 걸 봤지."

"아무 '것'도 없었지요, 대장."

연구원이 앉은 채로 무언가 펼치는 시늉을 했다. 환상의 지도라도 보고 있는 것 같았다.

"환영인파야 뭐, 워낙 급하게 착륙했으니 그렇다고 치죠."

벽에서 손을 뗀 조종사가 떨떠름한 표정으로 보충했다.

"하지만 분명히 항법 컴퓨터에 입력된 바로는 여기 근처에 울창한 숲도 있고, 약간 멀긴 해도 공군기지도 하나 있고, 광물이 많아 통신에 문제가 생길 수 있다고 주석까지 붙은 해발고도 6백 미터쯤 되는 산도 하나 있어야 했어요. 제가 맹세할 수 있습니다."

그 말을 듣던 연구원이 머리를 벅벅 긁었다. 셋의 시선이 동시에 마을을 벗어났다. 바깥에는 지평선 끝까지 펼쳐진 황야뿐이었다. 스케이트장처럼 매끄러운 평지가 보는 사람이 답답할 정도로 멍청하게 펼쳐져 있었다. 빠른 물살이 자갈을 짓눌러 동글동글하게 깎아버린 뒤의, 삭풍이 휘몰아쳐 그 낱알을 모두 잃어버린 뒤의 앙상한 나목에서 느껴지는 그런 적막함. 하도 풍경이 단조로운 탓에 불쑥 튀어나온 마을이 곧 떨어질 딱지처럼 느껴졌다.

"…다행히."

대장은 방금 제가 한 말을 믿을 수 없다는 것처럼 행동했다.

"시야 확보에는 용이한 이… 변칙 사항 덕분에. 멀리서 이 마을을 보고 도보로 이동했지."

"네."

연구원이 마침내 훌훌 자리를 털고 일어났다.

"조난이라도 당할 것처럼 함내 식량을 싹 다 챙겨서요."

다른 옷 한 벌은 더 만들 만큼 매달린 주머니들은 고열량의 칼로리바를 담은 채 부스럭거렸다.

"더 말할 겁니까?"

연구원이 시선을 땅으로 늘어뜨렸다.

"저는 솔직히 이미 답이 나왔다고 보는데요?"

말은 스스로가 질문인지 강조인지 알 수 없다는 듯 혼란스러워 했다. 연구원이 양팔을 쳐올렸다. 아기가 제 턱받이를 쥐어뜯듯 허공에서 몸부림치는 열 개의 손가락, 분개하는 그 손짓이 처량했다.

"착륙이 잘 되었다고요?"

연구원이 눈앞의 건물들을 팔로 벨 듯 휘둘렀다.

"우리가 그렇게 믿는 거겠죠."

사람도 개도 고양이도 풀 한 포기도 나무 한 그루도 벌레 한 마리도 찾아볼 수 없는 마을은 무언가로부터 도망치려는 듯 팽팽히 긴장한 채로 그러나 어딘가 어설프게 남아 있었다. 살얼음으로 지은 궁전에 누군가 휘발유를 붓고 불이라도 댕길 것처럼 풍경은 겁에 질려 있었다.

"여기가 지구라고요? 우리가 그렇게 믿는 거겠죠."

연구원은 제 동료가 기대던 건물 벽에 냅다 주먹을 날렸다. 눈에 허풍이 가득한 남자가 제 연인 앞에서 펀치머신을 보고서만 지을 수 있는 그런 악귀 같은 얼굴이 되어서. 믿을 수 없다는 말이 그날 세 명의 우주비행사들에게 얼마나 진저리쳐지도록 되풀이되었는지, 그야말로 믿을 수 없었다.

대원의 뼈가 부러지는 일도 손등의 살갗이 찢어지는 일도 없었다. 그렇다고 벽이 무너지지도 않았다. 벽은 흐늘흐늘 '흩어졌다.' 와글와글 쏟아지는 대신, 그에게서 받은 타격을 두고두고 절치부심하는 것처럼 파편들은 걸쭉하게 늘어나 주먹의 관성을 따라 허공을 수놓았다. 끈적끈적 튀어 나가던 벽은 머잖아 흩어지기를 멈추었다. 그러고는 그대로 굳어버렸다.

"이런 게 진짜일 리 없잖아요."

연구원이 흰자위를 번들거렸다.

"여기가 진짜 지구일 리 없잖아요!"

발악하듯 팔을 휘둘렀다.

"다 꾸민 거라고요! 겉보기에만 그럴싸하게!"

꼭 뒤집힌 거북이의 몸부림을 보는 것 같았다.

"우리가 성공했다고요? 살아 있다고요? 그렇게 믿는 거겠죠!"

"이게 다 환상이라고 말하고 싶은 거야? 응?"

동료 대원, 조종사가 말을 끊었다.

"무슨, 응? 우린 그럼 다 죽은 거야? 실은 임무가 실패했는데도 꿈을 꾸는 거야?"

조종사가 기세를 몰아 빈정거렸다.

"아니면 컴퓨터의 가상현실? 환각? 블랙홀 속 신? 여기가 천국인가? 더 불러내고 싶은 빈약한 전개라도 있어?"

"신이든 외계인이든 상관없어! 지금 벌어진 일을 봐!"

연구원이 분개하여 발을 굴렀다. 그러다가 넘어질 뻔했다. 바닥이 어떻게 되었는지는 이제 말할 필요조차 없었다.

"여기가 가짜라는 건 뻔하잖아!"

옥신각신 입씨름이 이어졌다. 대장은 문득 하늘을 올려다보았다. 선글라스를 쓰지 않아도 눈이 부시지 않은 이상한 태양은, 어째서인지 전혀 움직이지 않은 채 하나도 따뜻하지 않은 광채를 온 세상에 흩뿌렸다. '지옥은 언제나 12시 정각.' 따위의 상투적인 문구가 떠오르고….

"외계인이라고요?"
제자가 드물게도 끼어들었다.
"인간들이 우리를 알고 있었나요?"
"그렇진 않았다."
스승이 대답했다.
"외계인이라는 표현은 인간이 저희의 빈곤한 상상력에 바르는 일종의 수사학적 연고였지."
시시한 질문이었지만, 그래도 작게나마 제자의 학구열에 불이 붙었단 건 좋은 징조였다.
"이들 머릿속 다른 별에 사는 인종은 언제나 인간들 스스로가 상상할 수 있을 만큼만 새로웠고, 또 합리적 차별을 정당화할 만큼만 자신들과 달랐다…."

대부분의 건물은 오래된 빗처럼 이가 뭉텅이로 빠진 채 서 있었다. 골조나 기둥만 남아 어떻게 버티는 게 아니라 발끝을 곧추세운 발레리나 코끼리 같은, 객관적으로 도저히 설 수 없는 흉측한 모양이 되어서도 버젓이 그 지붕을 이고 있었다.
자르지 않고 마구 퍼먹은 케이크처럼 밑동이 사라진 건물도, 고꾸라지기 직전의 취객처럼 기운 건물도 전부 그대로 머물렀다. 이곳저곳에 흩날린 덩굴손 모양의 파괴가 밀랍처럼 굳자 이윽고 마을 전체를 이은 거미줄처럼 생긴, '소통' 정도의 이름을 붙이면 알맞을 대규모의 설치미술 작품이 생겼다.

문제는 그것을 감상할 이도 이 지구라고 생각되는 허술한 무대 전체에서 오로지 그들 세 명뿐이라는 사실이었다.

"…만약 이게 정말로 환상이면 어쩌지?"

대장이 숨을 몰아쉬며 물었다.

"정말 누가 의도한 걸까? 신이나, 아니면 뭐가?"

그의 눈에는 더운 피가 질식할 것처럼 들어찼다.

"그렇지 않고서야 우리가 동시에 같은 환각을 본다고?"

"블랙홀 속에 세워진 안식처일 수도 있지요. 옛날 영화처럼요."

연구원이 두 손으로 뭉실뭉실한 몸짓을 했다.

"안개가 가득해서 출입자의 마음을 그대로 투영하는 겁니다. 우린 사건의 지평선을 못 빠져나오고 여기 갇힌 거예요."

연구원은 전혀 그럴 말이 아닌데도 즐겁다는 듯 웃었다.

"아니면 대장과 네가, 대장에게는 우리 둘이, 너에게는 대장과 내가 각각 환상일 수도 있지. 대장, 상상하는 걸 멈춰봐요."

연구원에게는 이제 제 표정을 가다듬을 기력조차 없었다. 그가 큰 소리로 외쳤다.

"내가 그래도 이 자리에 있나 보게!"

"내가 널 상상한 거라면, 최소한 좀 고분고분하고 덜 지랄 맞게 만들었을 거야!"

"둘 다 그만 좀 해요!"

떨어져 있던 다른 대원, 조종사가 그나마 상황을 정리하려 끼어들었다.

"마을을 부수는 게 무슨 도움이 된다고 우리끼리 진을 빼요? 잊어버렸을까 봐 그러는데, 우린 우주선에서 챙겨온 것 말곤 전혀 먹을 게 없어요!"

짧은 휴전이 끝나고 다시 드잡이질이 시작되었다. 다 큰 어른들이 아웅다웅하는 모습은 별로 멋있지 않았지만, 주변의 지형지물들이 온통 폭죽처럼 터지는 특수효과가 덧붙은 채로는 또 달랐다.

"이 뒤로는 또 싸움이 계속되다가, 결국 어설픈 합의에 다다라 휴식했군. 기록의 공백은 아마 수면을 취한 탓인 것 같구나."

스승은 쾅쾅 치고받고 부서지는 막싸움의 현장을 하나하나 재구성하지 않고 대충 넘겼다.

"왜 넘기는 거예요? 한창 재미있는데?"

"재미라니?"

스승은 도리어 제자가 그렇게 물어온 것이 놀라운지 어리둥절한 표정을 지었다.

"이런, 이런. 그거야말로 인간이 우리와 다른 점이거늘."

마치 그런 게 아니라면 도저히 다른 점을 찾을 수 없기라도 한 것처럼, 물컹거리는 촉수 다발이 말했다.

"언제나 흥미에 앞서 효용성을 우선하는 것. 자, 이러한 생득적 지혜에 비추어 여기에서 우리가 배울 수 있는 교훈은 뭐지?"

그것은 바로 스승이 약았다는 사실이었다. 기계는 그가 선문답을 내는 사이 잽싸게 맥락을 밀어내 성공적으로 뒤편의 기억을 재구성하고 있었다. 이제 와 억지로라도 초점을 바꾸었다간 쓸데없이 신통찮은 결괏값만 나올 것이었다.

제자는 부루퉁하여 대충 아무 대답이나 했다.

"우리가⋯ 우리가 노숙을 했던가요?"

허리가 지끈거리고 머리가 쑤시도록 잤는데도, 태양은 1센티미터조차 움직이지 않았다. 더 황당한 점은 분명 어느 주인 없는, 그리고 그나마 형체가 남은 집에 들어가 잠을 청했는데도, 눈을 뜨자 자신들이 허허벌판에 내동댕이쳐졌다는 사실이었다.

"다 허깨비였어. 아무렴 그렇지!"

연구원이 탄식했다.

"우리가 자는 사이에 사라진 거야."

"세상에 관찰자의 편의를 봐주는 허깨비가 있나? 자는 사이에 슬금슬금 도망가게?"

마을은 온데간데없었다. 눈앞의 지형 자체가 그들이 기억하던 것과 전혀 달랐다. 무엇보다 이전에는 없던 커다란 골짜기가 코앞에 뻔뻔하게도 버티고 있었다. 선 자리에서 바닥이 보이지 않을 만큼 깊고, 개미 한 마리 기어오르지 못할 만큼 가파르고, 태곳적의 대홍수가 연거푸 나지 않는 이상 다 채울 수 없을 만큼 넓은 지형은 그것을 정말 골짜기라고 부를 수 있는지조차 알 수 없었다. 눈에 불을 켜고 둘러봐도 마을의 흔적은 없었다.

"영문 모를 일에 이어 또 영문 모를 일만 반복되잖아."

대장이 넋두리했다.

"누군가 장난을 치는 것 같군."

전날부터 무엇도 검증하지 못한 그들의 넋두리는 이제 어떤 화두를 내세우지조차 못했다. 대신 자신의 속마음을 실금하듯 흘려대는 역할밖에 하지 못했다. 머잖아 그네가 자주 듣던 노래나 암기한 지하철역의 순서가 부지불식간에 잠꼬대하듯 나오더라도 딱히 다를 것은 없었다.

"확인할 방법도 없어요."

연구원이 말했다. 막막하다는 듯 한숨을 쉬며.

"여기가 우리가 어제 있던 그 여기가 맞는지도요."

연구원은 손으로 그늘을 만들어 주변을 살폈다.

"지도도 없고, 특정할 만한 사물도 없으니까요."

"모르지."

대장은 눈살을 찌푸렸다. 절망적인 상황에 낙담해서가 아니라, 불현듯 예전에 본 TV 드라마가 떠오른 까닭이었다.

"혹시 우리가 자는 사이에 누가 스포이트로 우릴 빨아올려서, 전혀 다른 동네에 떨어뜨렸는지."

술에 취한 커플이 모든 게 다 플라스틱으로 만들어진 가짜 마을에서 눈을 뜨는 내용이었는데, 그 제목이 기억나지 않았다. 코끝에 맺혀 대롱대롱 신경을 대패질하는 땀방울처럼, 희미한 인간 세상의 잔재가 기억의 탐침에 잡힐락 말락 손아귀를 빠져나갔다. 한편 대장이 두 번째로 눈살을 찌푸린 것은 다른 대원이 흙을 쥔 손을 불쑥 들이민 까닭이었다.

흐르는 모래는 한데 뒤엉겨 느릿느릿하게 움직였다. 전날 '흐르고 맺히던' 벽돌담처럼.

"여기가 어디 다른 대륙이라도, 여전히 우리가 있던 '그곳'은 맞습니다."

대장은 내친김에 눈앞의 돌을 하나 집었다. 돌은 부끄럼이라도 타듯 손아귀에서 벗어나려 몸부림쳤다. 힘주어 잡자 찰흙처럼 오글오글 그 형태가 무너지기 시작했다.

"일단 일어나지."

말하고 보니 앉아서 상념에 잠겨 있던 것은 대장뿐, 나머지 둘은 벌써 각자 아침 분량의 칼로리바를 우적거리고 있었다. 대장은 괜히 목을 가다듬으며 두 발로 섰다.

"뭘 할 겁니까?"

"탐사해야지. 계속 움직여야 돼."

대장은 자기가 그런 말을 했다는 사실을 믿을 수 없다는 듯 웃었다.

"다른 마을이나, 아무튼 사람이 만든 걸 찾아다녀야지. 혹시나 그러면, 산 사람도 만나고, 무슨 일이 벌어졌는지도… 누가 이런 짓을 우리한테 하는지도 알아내야지."

그가 주먹을 쥐었다.

"신이든 뭐든."

"그렇게 계속 돌아다녔단 말인가. 놀랍지도 않구나."

스승이 혀를 차는 모습을 보며 제자는 어른이 혀를 찬다고 해서 그게 무조건 다 진지해 보이지는 않는다는 사실을 깨달았다.

"인간들이 이렇게 된 이유를 알겠군. 이 세 화자가 무슨 일을 겪었는지도."

"그래요?"

제자는 반신반의하여 물었다.

"여기가 학계가 아니라고 막 갖다 붙인 다음에 관계자나 혹자를 인용할 생각은 아니죠?"

"반대로 여기가 학계라면 그랬을 게다. 이건 순전히 내 추론이다만… 이들이 시체별과 접촉했다는 사실을 떠올려보거라."

딱히 뭐라고 할 말이 없었다. 처음 듣는 사실도 아니었고, 기계가 재구성한 맥락도 거기서부터 출발했기에.

"…떠올렸어요."

"그리고 벌어진 일들을 봐라. 찰나의 순간 이들은 물론이고 우주선 전체가 강력한 중력장에 붙들렸지. 우주의 가장 거시적인 질서조차 거역되는 무한대의 인력에 말이다."

스승은 차근차근 촉수를 나열하며 생각을 도왔다.

"그리고 이들이 겪은 일을 일으킬 수 있는, 아니면 적어도 그런 것처럼 보이게 만드는 시체별의 특성을 떠올려봐라."

뭐 이런 막연한 질문이 다 있담? 제자는 생각했다. 이러면 기록물 속에서 세 화자가 눈앞의 '환각'을 두고 이것이 전지전능한 신의 일인지, 아니면 그들의 상상력 속에서는 신과 마찬가지로 전지전능한 외계인의 짓인지, 그도 아니면 시체별 속 어떤 전지전능한 특수공간의 짓인지 갑론을박하던 것과 다를 게 뭔가?

강한 중력, 구부러지는 공간. 그리고 우주의 모든 교양 있는 식자층이 파악하듯 시간과 공간의 관계는 오랜만에 엿본 누군가의 계정과 그 안에서 딱히 알고 싶지 않던 소식을 발견하는 역학과도 같다. 우주선이 감염된다. 동화된다. 무한대의 인력에 뒤쫓겨 겁먹은 짐승처럼 꽁지가 빠져라 질주하는 시간의 흐름에 뒤엉켰고, 그 상태 그대로 나왔다. 그리고….

"아아! 알겠어요!"

사실 몰랐다. 하지만 그의 스승은 분명 자랑스럽다는 듯 고개를 끄덕이며 제멋대로 답안을 공개할 것이었다.

"그렇지."

말마따나 '그렇지.'였다.

"이들은 시체별이 관측하는 우주에, 그 말도 안 되게 가속된

시간에 감염된 채로 풀려났다. 그러니 단지 숨 쉬고 움직이는 것
만으로, 아니 생각하는 것만으로 문명 전체를 죽음으로 몰아넣은
것이야."

스승이 말을 이었다.

"단지 그 모든 걸 어마어마하게 빠르게 하면서."

흐음, 제자는 맞장구치듯 고개를 끄덕였다.

"생각해봐라. 혼자서만, 예를 들어서 백만 배 빠른 시간을 타
고 움직인다는 것은, 단순히 손을 휘젓더라도 그 백만 배의 위력
을 지닌 폭풍을 만드는 것과 다름없지. 천천히 걷기만 해도 대기
입자의 원자핵을 일일이 박살 내고 매순간 질량-에너지 결손을
일으켰을 게다."

눈이 부시다고 계속 말하던 것도 그래서였구나! 조금씩 퍼즐
이 맞춰지는 기분이었다. 다만 핵자가 쪼개지며 방출하는 열과
빛이 어마어마하게 느린 속도로 느껴졌기에, 단지 선글라스로 막
을 정도로 눈이 부신 게 다였으리라.

"우주선이 착륙하자 숲과 산이 없어지고 평지가 드러났다고
했지. 규정된 착륙속도의 백만 배로 내리꽂히는 추력이 지질 시
대 몇 개 분량의 땅을 뒤섞어 녹여버렸을 게다."

"그럼 마을이 비어 있던 건요? 어떻게든 상황을 파악하고 피
난한 건가요?"

"기록물 속 화자 하나와 똑같은 실수를 하는군. 별보다 일곱 배
빠른 파괴가 지표를 휩쓰는 와중에 식물과 지의류 따위까지 챙겨
서 도망칠 여유가 있을 리가?"

스승이 제 머리를 톡톡 두들겼다.

"이들은 생각하는 것만으로도 정상보다 백만 배는 더 빠른 대전물질의 흐름을 빚어냈다. 그 부산물로 튀어나오는 뇌파만 해도 주변의 정상 시간을 따르는 사물에게는 저항할 수 없었을 게야."

생각하는 것만으로도 주위의 모든 것을 증발시킬 수 있는 힘이라… 제자는 그런 어마어마한 힘을 감히 떠올려 본 적이 없었다.

"단단하고 큰, 이를테면 건물과 도로 정도는 일시적으로 형상을 유지했겠지만 그들이 눈치채지 못했을 뿐 백만 배 천천히 파괴되는 중이었겠지."

스승이 안타깝다는 듯 탄식했다.

"그리고 다른 모든 종류의 유기물은, 그들이 직접 눈으로 확인하기도 전 전부 한 줌 증기로 승화해버린 것이고."

제자는 이제야 감이 좀 잡히는 표정이 되었다.

"그럼 뭐든지 다 흐물흐물하게 흘러내린 것도 그래서군요?"

"그래. 뭔가가 삽시간에 상전이를 일으키는 모습을 백만 배 느리게 보면, 아마 꽤 오랫동안 아무 일도 안 일어난다고 착각할 게다."

제자는 감탄을 금할 수가 없었다.

"수면을 취한 사이 생긴 골짜기는 그들의 날숨이 파놓은 것이겠지."

스승은 그 말을 끝으로 촉수 하나를 곤두세웠다.

"좋아, 이제 나머지 맥락을 읽어보지."

실로 아이러니한 일이었다. 고향 행성을 절체절명의 위기에서 구해낸 영웅들이 그저 무슨 일이 일어났는지 알고 싶어서라는 이유로 바로 그 구하고자 했던 행성을 멸망시켜버리다니.

그들은 수도 없이 많은 생명을 거두면서도 무슨 일이 일어나는지 몰랐을 것이고, 반대로 죽임을 당한 사람들 또한 무슨 일이 벌어지는 지는커녕 자신들이 죽는다는 것을 느낄 겨를도 없었을 것이다.

끄응. 쓸쓸한 상념에 잠겨 있던 제자가 힐끔 스승을 엿보았다.

"왜 그래요?"

"내가 못 보는 건가? 더 있어야 할 텐데."

기계를 붙들고 쩔쩔매는 스승의 한숨에서는, 눈가에 주름이 생기고 말할 때 몇 번씩 상대에게 되묻게 되는 변화를 노화의 필연 대신 개인적 치부로 생각하는 이들 특유의 회한이 엿보였다.

"기계가….."

"줘보세요, 제가 볼게요."

자신도 스승처럼 이 시간을 즐길 순 없겠지만 제힘으로 무언가 기여할 수 있다면 적어도 소일거리가 생기는 셈이었다. 그렇게 인간의 기록물을 건네받는데, 촉수가 질척거렸다.

"끈적거리는데요."

"병증이 텁텁한 목에서 이제는 손으로 옮겨갔나?"

스승이 냉엄하게 질책했다.

"꾀부리지 말고 제대로 하거라."

"아니 그게 아니라….."

제자가 말을 더듬었다.

"그것보다 더 중요한 게 있네요. 못 보는 게 아니라 이게 끝 맞아요."

제자는 두 번, 세 번 더 확인했다. 화면에 나타난 결과는 그러나 명백했다.

"이 기록물에서 더 읽을 맥락을 기계가 못 찾은 거예요."

"그럴 리가?"

스승의 의심스러운 눈초리가 돌아왔다.

"기록을 끝낼 이유도 없고, 오히려 탐사하며 얻은 새로운 의혹들을 한창 펼쳐야 할 시점이었거늘? 일인칭 화자의 이야기는 이렇게 끝나서는 안 돼!"

투덜거리는 제자를 여덟 개 중 세 개의 눈을 써서 노려보며, 스승은 기록물을 건네받았다.

"직접 보시면 되잖아요, 아이 진짜 계속 끈적거리네."

기록이 시작된 곳으로부터 가장 먼 곳, 일상적으로는 일기의 마지막 페이지라고 부르는 곳이었다. 기계의 맥락은 거기서 끊어졌고 제자가 촉수를 대고 불평을 터뜨린 곳도 거기였다. 화자가 부주의하게 이것을 분실하고 다른 기록물에 나머지 이야기를 적은 걸까? 아니면 모호한 결말로 끝맺느니 차라리 급작스러운 죽음이나 실종으로 기록물이 매듭지어지는 것이 낫다고 우주의 질서가 판단한 것일까? 건네받은 기록물을 살피는데 문자가 제자리를 벗어나 흐르고 있었다.

"원래 이래요, 인간 기록물은?"

스승은 종이와 색이 다른 글자가, 그를 구성하는 잉크가 다 마르지 않고 끈적거리는 것을 보았다. 그리고 제자가 투덜거리며 제 촉수에 묻은 것을 터는 모습을 보았다. 기계는 맥락을 읽지 못한 게 아니었다. 이 기록물의 맥락은 여기까지였다. 끝나야 할 곳이 아닌 게 당연했다. 왜냐하면 끝나지 않았고, 왜냐하면 아직 쓰이는 중이었고, 그 주인은 아마 기록물을 놓아둔 채 돌아다니는 중이었고, 그렇게 되면 여기에서 그다지 멀지 않은….

"…항상은 아니란다."

스승이 먼 곳을 우러러보았다. 구름들이 복잡하게 뒤틀리고 찢어지는 것 같았지만 확실하지 않았다.

"그러니까, 우리가 여기서 배울 수 있는 교훈은…?"

스승은 그러나 이전처럼 집중할 수가 없었다. 이상하게 뜨거운 바람이 넘실거리며 불어왔다. 촉수들이 생경한 진동에 놀라 질겁하듯 튀어 올랐다. 아니 이조차 마음이 멋대로 지정하는 불길한 징조가 아닐까? 백만 배든 몇 배든, 화자들이 정말 시체별과 동기화된 시간을 따라 움직인다면 그 전조를 읽는 것은 의미가 없었다. 거기엔 전조가 없기 때문이다. 그들의 걸음걸이는 까마득히 먼 '저기'를 곧장 지척의 '여기'로 탈바꿈한다. 그 사이가 되는 '가까워진다'거나 '다가온다'는 개념이 없어진다. 최소한의 인식조차 거부한 채로 그 죽음은 날뛰고 있다.

"뭔데요?"

"응?"

스승이 제자를 돌아보았다.

"뭔데요, 배울 수 있는 교훈이?"

"그건 말이다…."

아무것도 느껴지지 않고, 아니 죽는다는 사실조차 전해지지 않는 죽음은 어떤 느낌일까. 지금 이 순간 당장 단절되는 존재의 맥락. 느낄 수 없는 느낌. 깨닫지 못하는 깨달음. 단칼에 모든 의미와 행동과 인과가 끝나고 다시는 돌아올 수 없는 곳으로 굴러떨어지는. 시간이 없다. 스승은 저도 모르게 제자에게 바짝 다가섰다.

"우리가 어쩌면, 큰 실수를

스포일러

● 초고 2020년 5월 14일

'죽음을 받아들이는 단계'라는 관념이 있지요. 재야심리학에 가까운 편협한 분류입니다만… 유명해지기 위해서 꼭 빈틈없는 정합성을 갖출 필요는 없지요. 실제로 그 관념이 이토록 널리 받아들여진 것은 삶의 어느 구석에다 갖다 붙여도 얼추 말이 되기 때문이고요.

부정, 분노, 타협, 우울, 수용의 5단계. 불치병뿐 아니라 형편없는 성적에도, 잘못 보낸 연애편지에도, 원치 않는 정략결혼에도 우리는 위의 5단계와 조금씩 비슷한 반응을 보입니다. 어느 것 하나 완벽하게 설명할 수 없지만 대신 얕고 넓게, 부정적인 외부 사건과 맞닥뜨린 상황이라면 이 관념을 들어 어느 정도 풀이할 수 있지요.

나태존(懶怠尊)들이 모습을 드러낸 이래 우리가 보인 반응 또한 그렇습니다.

나태존은 우주 역사상 가장 기이한 종족들입니다. 그들을 종족이 아닌 자연현상 내지는 시공간 연속행렬의 오류로 보아야 한다고 주장하는 목소리 또한 소수이지만 꾸준히 있었습니다. 최소 수십 체에서 수천 체가 각기 식별되었지만—이러한 넓은 오차범위에 대한 설명은 추후 그들의 기물 3호 '슬리퍼'를 분석하며 후술합니다—개별적인 특성을 찾아볼 수 없는 점 또한 나태존을 각각 고유성을 갖춘 집단으로 분류하는 데 애로사항으로 작용하고 있습니다.

나태존의 공통된 외형과 그들이 상시 소유하는 기물(奇物)들에 대한 분석은 잠시 미뤄두고, 이 장에서는 나태존들이 나타나기 시작한 날로부터 우리가 겪어야 했던 변화를 연대기적으로 서술하고자 합니다.

나태존은 우주가 우리에게 안겨준 가장 직접적이고 성의 없는 비밀이라고 혹자는 말했습니다. 그 말마따나 비밀스럽게, 그리고 갑작스럽게 나태존들은 절대온도시 약 1.6K 즈음 전 우주에서 동시다발적으로 출현하였습니다. 문명연합의 가장 정밀한 행렬연산자조차 이러한 사건을 선행하는 어떤 인과지표를 찾아내지 못했습니다. 이는 후술할 그들의 비관습적 이동과는 다른 종류의 현현으로, 현재까지 알려진 가장 논란이 없는 표현을 빌자면, 나태존들은 난데없이 그 자리에 '있게 되었'습니다.

'아무것도 하지 않는 알 수 없는 생명체'에 대한 보고가 문명연합 소속 거주 구역에서 산발적으로 들어오기 시작했습니다. 초기 사령부는 이를 반사회적 운동의 일종으로 간주한 뒤 그 주체를 특정하고자 애를 썼습니다만, 시간이 지남에 따라 성간 공허와 아쿨테의 산봉우리를 포함한 온갖 기기묘묘한 장소에서까지 동일한 보고가 올라오며 나태존들의 현현이 순전히 무작위적으로 이루어졌음을 시사하였습니다. 이러한 잠정적 결괏값에 대한 자세한 연산은 문서 말미에 첨부하였습니다.

건축물 내부에 파묻히거나 고도 수백 킬로미터에서 홀연히 나타나 낙엽처럼 흩날리는 등 주변 환경과 잘 어울리지 못한 경우는 제하고, 나태존들은 다양한 장소에서 다양하게 출현하였습니다. 초기 이들에 대한 보고가 활발히 올라온 것은 이러한 출현 장소 중 해당 천체사령부의 극비 시설이나 한창 성행위가 이루어지는 가정집 안방, 치열한 접전이 펼쳐지는 전장 등 상당히 부적절한 환경에서 그 모습을 드러낸 경우가 많았기 때문으로 추측됩니다. 곧 작게는 주먹질이나 욕설, 크게는 초신성탄 포격이나 확률 분열기 조사(照射) 등의 폭력 행위가 나태존들을 쫓아내기 위해 가해졌습니다.

그리고 지금의 우리에게는 하나도 놀랍지 않게도, 나태존들은 아무런 반응을 보이지 않았습니다.

당시 문명연합 사령부는 이 일에 곤혹할 수밖에 없었습니다. 지금과 달리 특정한 물리량을 높이거나 낮추어 나태존들의 행동을 제약하거나 내지는 파괴할 수 있다고 굳게 믿고 있었으니까요. 문명연합은 이미 알려진 모든 시공간 연속행렬의 비밀을 알아냈고 그 무엇이라도 만들고 부술 수 있다고 당시는 널리 생각되었습니다. 물론 나태존의 등장과 함께 그것이 신앙에 불과하다는 사실이 증명되었지만요.

다행히도 차차 그러한 수확 없는 폭력 행위의 물결은 종지부를 찍게 되었습니다. 그러나 여전히 문명연합을 골치 아프게 하는 사실이 있었습니다. 그 나태존들은 분명 아무렇지도 않았지만, 마찬가지로 아무것도 하지 않았기 때문입니다.

그들은 그저 계속 보고 있었습니다. 자신이 처음으로 나타난 곳에서 일어난—상기한 장소들과 병치하여, 극비로 이루어지는 작전이나 성행위나 전쟁 등속의—일들을 가만히 보고 있었습니다. 이따금 그들이 보유한 기물 1호 '과자봉지'로부터 기물 1-A호 '콘칩'을 꺼내먹곤 하였지만 기본적으론 나태존들은 아무것도 하지 않았습니다. 심지어 초기 보고로부터 연역한 환경 재현 결과 당시 문명연합의 레이더망에 잡힌 나태존들 중 누구도 유의미한 표정 변화를 보이지 않았다는 점이 뚜렷해졌습니다. 이러한 경향은 지금까지의 면밀한 관측으로도 확인할 수 있었고요.

무관심한 구경꾼. 그것이 나태존들에게 처음 붙은 이름입니다.

시간이 지나고 언급한 장소들에서 이뤄지던 행위들이 끝나거나 끝나지 않았습니다. 기존의 어떤 방법론으로도 설명할 수 없는 관찰자라는 기묘한 사건 덕택에 최소한 소강상태에 접어들었습니다. 그러자 나태존들이 움직였습니다. 이 과정에서 나태존의 움직임을 봉쇄하기 위해 취해진 갖가지 조치들이 모두 무력했음이 증명되었습니다.

별의 운행을 늦추는 신경물리 역장은 나태존의 걸음을 막지 못했습니다. 타 항성계의 벌레 한 마리까지 탐지하는 분광기는 나태존을 똑바로 겨누면서도 아무것도 잡아내지 못했습니다. 심지어 어떤 공리공준도 틀어막는 것으로 알려진 타각관의 운해에 휩싸인 뒤에도 나태존은 아무 일 없는 듯 유유히 걸어나갔습니다. 물리적 격리 수단의 경우 그 강도나 구조와 무관계하게 나태존의 윤곽을 따라 도려내겼습니다. 이 과정에서 탄산 기포만 한 단기기억장이 무수히 나타나 정확히 그 행위를 되감는 방향으로 나태존이 지나간 곳을 이전 그대로의 모습으로 진행하였습니다만, 자세한 원리는 알 수 없습니다. 이에 대한 여러 가설을 마찬가지로 문서 말미에 첨부하였습니다.

당시의 보고로 되돌아가, 그렇게 다른 곳으로 옮겨간 나태존들은 다시 지극히 부적절하거나 그렇지 않은 장소에 제각기 멈춰 섰습니다. 그리고 무엇이든 제 앞에서 벌어지고 있는 일들을 구경하기 시작했습니다. 그렇게 우리가 잘 알던 세상에 나태존이 나타났습니다. 거기엔 어떤 설명도 명분도 없었습니다. 우리가 부정한다고 없어지는 것도 아니었고, 분노한다고 어떻게 할 수 있는 것도 아니었습니다.

다음은 타협의 단계였죠.

나태존들이 무언가 위대한 계시나 명분을 품고 우리에게 모습을 드러냈다는 식의 주장이 점차 득세했습니다. '신의 사자이거나 신 그 자체이다.' '우주의 눈, 세계를 관리하는 자, 역사를 기록하는 천사이다.' 아무런 의사도 보이지 않고 눈앞의 사건에 일절 간섭하지 않는 그들의 속성은 이러한 낭설들을 더욱 부채질하는 데 그쳤습니다. 덩달아 한 종교 단체는 그들이 임박한 대재앙의 경고자라는 주장을 내세웠습니다.

나태존들이 나타난 곳마다 어김없이 불길한 징조가 관측되는 등 얼핏 그러한 주장을 뒷받침하는 일련의 사건으로 말미암아 한때 해당 종교 단체가 문명연합 의회에까지 입김을 뻗쳤으나, 이러한 현상은 나태존이 모습을 드러낸 곳에 이목이 집중되며 생겨

난 통계의 함정으로 밝혀진 지 오래입니다.

　나태존들을 둘러싸고 벌어진 이러한 촌극은 다행히도 빠르게 잦아들었습니다. 그들을 숭배하거나, 두려워하거나, 드물게는 그들이 자신의 통제하에 있다거나 그들의 의사를 해석하였으니 적당한 액수의 화폐를 대가로 그 지혜를 나누겠노라 공언한 자들은 타이달 협곡에 들어선 관광객의 눈길만큼이나 갈팡질팡 엇갈리는 해석뿐 내놓지 못했습니다. 그리고 이 사실이야말로, 거듭 강조하건대, 나태존들을 이끄는 중심 정서가 존재하지 않거나 있다고 한들 하나의 동기 요인으로 정리할 수 없을 만큼 가볍고 무질서하다는 것을 증거하는 예시입니다.

　한편 나태존을 두고 가장 활발히 연구가 진행된 것 또한 그 직후였습니다. 대재앙의 전조니, 역사의 천사니 하는 온갖 관심이 빠르게 식어버린 시점이야말로 냉철한 이성으로 무장한 문명연합 주도의 연구팀이 빛을 발할 순간이었지요.

　가장 먼저 분석 대상이 된 것은 그들이 하나의 의식을 공유하는 단말인지, 아니면 여타 지적 생명체처럼 각기 독립된 개성을 갖춘 객체인지의 여부였습니다. 나태존들이 모두 키가 작고 가냘픈 중성적 인간종의 외모를 하고 있는 터라 한동안은 전자의 주장이 힘을 얻었습니다. 그 밋밋한 이목구비들은 틀림없이 공장형 생명 체계의 증거라고 많은 이들이 주장하였지요.

　그러나 정밀한 연구 결과 나태존 중 단 하나도 진정 '동일한' 객체는 없었습니다. 그 살갗의 구조는 오히려 초대형 행렬연산자가 과부하를 일으킬 만큼 방대한 정보를 담고 있다는 것이 판명되었습니다. 즉 자연 발생한 생명체의 인상을 구조화하는 항이 '눈의 크기', '코의 높이', '입술 두께' 등의 거시적 요소라면 나태존의 경우 관측이 불가능할 만큼 미세한 요소에서부터 구조화가 시작되는 셈입니다.

이런 연유로 자연 발생한 생명체의 뇌는 나태존의 얼핏 드러나는 특징만을 구획하여 그들이 모두 동일하다고 느끼며, 있는 그대로의 데이터를 읽어 들인 행렬연산자의 경우 끝내 과부하를 일으키게 됩니다. 반면 나태존들끼리는 별 노력 없이 서로를 구별할 수 있는 것으로 보입니다. 이렇듯 문명연합의 기술력으로는 나태존의 얼굴을 아직 처리할 수 없었기에 외형에 대한 분석은 현재 답보 상태입니다.

다음으로는 그들이 보유한 기물에 대한 분석입니다. 1호 '과자봉지', 2호 '후드', 3호 '슬리퍼'의 구성은 모든 나태존에게서 공통적으로 관찰됩니다. 서로 다른 나태존이 소유한 각 기물은 기능적으로 완전히 동일합니다.

먼저 기물 1호 '과자봉지'입니다. 눈앞의 일을 구경하는 것 다음으로 나태존들이 자주 보이는 움직임은 기물 1호를 열어 그 내용물인 기물 1-A호를 섭식하는 행위입니다. 봉지의 크기는 가로, 세로, 너비 모두 30센티미터를 넘지 않으며 나태존들은 대부분 한쪽 팔로 이것을 둘러 가슴팍에 꼭 붙이는 형상으로 휴대하고 있습니다.

위에서도 언급한 기물 1-A호 '콘칩'의 평균적으로 측정된 부피로 유추할 때 하나의 기물 1호는 약 세 개의 오차범위 안에서 평균 60개의 기물 1-A호를 담을 수 있습니다. 그러나 장기간 비관습적 이동을 하지 않은 한 나태존을 추적한 결과 문명연합 표준

무역선 약 8척 분량에 달하는 기물 1-A호를 섭취하는 것이 확인 된바, 기물 1호의 정확한 부피는 아직 밝혀지지 않았습니다. 해 당 나태존에 대한 추적은 현재진행형으로 실시간 영상을 볼 수 있는 보안 링크를 문서 말미에 첨부하였습니다.

기물 1-A호의 경우 문명연합 소속 일부 문화권에서 발달한 '쩚 은 곡물을 유탕 처리한 음식물'과 외형상 유사점을 찾을 수 있으 나 그 부스러기에 대한 비접촉식 분석 결과 미립자 간 결합력이 비정상적으로 강화된 에너지 저장 장치의 일종으로 밝혀졌습니 다. 일부 지역에서 유사한 결합물을 제작하려는 시도가 있었으나 대부분은 해당 항성계 전체가 성간 공허와 열적 평형을 이루는 것으로 끝났습니다.

기물 1-A호의 가장 작은 파편조차 이미 중력특이점으로의 붕 괴를 일으켜야 함에도 불구하고 고형물의 형태를 유지하는 이유 는 알 수 없습니다.

기물 2호 '후드'는 뒤집어쓸 수 있는 모자와 여닫을 수 있는 지 퍼가 달린 의복 형상을 하고 있습니다. 아랫자락이 길게 늘어 내 려온 탓에 흡사 원피스 같은 외형을 하여 나태존들은 별도의 아 랫도리를 착용하지 않습니다.

기물 2호의 주된 기능은 나태존을 적대적 외부 요인으로부터 보호하는 것입니다. 기물 1호와는 달리 2호의 부스러기를 확보하 는 것은 여의치 않습니다. 이는 기물 2호가 문명연합이 동원할 수 있는 가장 강력한 외력에도 어떤 반응도 보이지 않았기 때문 입니다. 모든 전자기파를 흡수하고 스스로는 어느 것도 방출하지 않기 때문에 비접촉식 분석도 녹록지 않은 것이 현실입니다.

기물 2호의 강도를 간접적으로 가늠해볼 수 있는 사건은 한 나태존이 테러 집단에 점거된 히스와 중공업 단지에 나타났을 때 벌어졌습니다. 나태존을 둘러싸고 벌어진 소동 때문에 테러 집단은 제때 초광입자를 제어하는 데 실패하였습니다. 그 결과로 일어난 폭굉이 상대성 한계를 초과하여 방출됨에 따라 일대의 별자리들이 채 만들어지기도 전의 과거로부터 영영 파괴되었습니다. 그리고 해당 사건의 피해 규모를 조사하기 위해 파견된 문명연합 손해사정팀은 성간 공허를 떠다니며 기물 1-A호를 섭취하던 나태존을 찾아냈습니다.

이후로 외력을 가해 기물 2호의 총체성을 손상시키려는 모든 종류의 시도는 금지되었습니다.

기물 3호 '슬리퍼'는 그다지 자주 사용되지 않습니다. 기물 3호가 기능하는 것은 나태존들의 가시권 안에서 모든 볼거리가 소모된 뒤이며, 대부분의 시민들이 무심히 지나치는 평범한 광경에서도 나태존들은 곧잘 멈춰서 무언가 구경할 거리를 찾아내기 때문입니다.

앞서 언급한 '장기간 비관습적 이동을 하지 않은 나태존'이 그 좋은 예로써, 해당 나태존은 아우민버드의 수소시계 앞에서 멈춰선 뒤 쭉 같은 자리를 지키고 있습니다. 수소 원자가 한 통에서 다른 통으로 왕복하는 한 해당 나태존은 언제까지고 그곳에 머물 것이며 이는 관측 가능한 시공간 연속행렬의 재귀정리가 일어날 만큼 긴 시간이라고 하네요.

이처럼 극히 드물게 사용되지만 기물 3호는 한편으로 문명연합의 지대한 관심을 끌고 있습니다. 이는 해당 기물이 나태존들의 '비관습적 이동'을 가능케 하는 도구이기 때문입니다. 시야가 닿는 곳 어디에도 다른 '볼거리'가 없어졌다고 나태존이 판단하는 순간 기물 3호는 급격히 음의 팽창을 시작합니다.

이는 외형상의 변화가 아닌 행렬 연산상의 음의 질량이 증가하는 양상으로 일어납니다. 그 상태로 이론적으로 0초에 달하는 시간이 지나면 기물 3호는 어떤 차원에라도 변위를 강요할 수 있는 에너지를 축적합니다. 나태존은 그것으로 시공간 연속행렬을 관통하여 원하는 위치 좌표에 나타날 수 있는 것으로 보입니나. 이것이 현재 '비관습적 이동'이라는 이름으로 명명된 행위의 기술적 도해입니다.

비관습적 이동은 정보동역학 차원에서 무손실적으로 이루어지는 행위로 현재 문명연합의 기술력으로는 한 나태존이 비관습적 이동을 실행할 경우 어떤 수단을 동원하더라도 그 행적을 뒤쫓을 수 없습니다. 때문에 나태존 각 개체를 구별하고 명확한 분류를 정례화하려던 문명연합의 방침은 많은 혼선을 빚고 있습니다.

극단적으로는 관측 가능한 시공간 연속행렬의 모든 나태존이 실은 아주 빠르게 비관습적 이동을 반복 중인 동일 객체라는 주장까지 있습니다. 이들은 나태존이 개별 객체처럼 보이는 까닭은 그들의 인상을 결정하는 요소가 지극히 미세하여 변덕에 불과한 표정 변화까지 얼핏 다른 객체로 식별되기 때문이라는, 앞서 드러난 근거와는 오히려 정반대의 논조를 채택하고 있습니다.

타협의 단계를 지나, 나태존을 마주한 우리는 이제 우울을 건너뛴 수용의 단계를 앞두고 있습니다. 그것은 나태존들이 죽음과는 달리 우리에게 아무것도 요구하지도 강요하지도 않기 때문입니다. 오히려 나태존들이 자주 나타나는 곳이 소위 말하는 '추천

하는 곳'이 되어 미디어의 관심을 한몸에 받는 경우도 생겼습니다. 나태존들을 유치하기 위해 가짜 전쟁이나 대규모 집회 같은 이벤트를 기획하는 도시들도 속속들이 생겨나고 있지요.

그러나 우리가 나태존의 현재를 알지언정, 아니면 그렇다고 생각할지언정 그들의 베일에 감춰진 미래 혹은 과거를 놓고 설왕설래하는 목소리들도 있습니다. 가령 나태존들이 우리의 시공간 연속행렬 어디에서도 '볼거리'를 더 찾지 못한다면 어떻게 되는 것인가? 우리 이전에 그들의 선택을 받은 우주가 있었다면 그들은 어떻게 되었는가? 같은 것들입니다. 나태존들이 그 이면에 사악한 의도를 감춘 어느 조직의 척후병이고 곧 침공이 시작된다는 주장도 있지만, 나태존들을 그네들의 일원으로 거느린 조직이라면 저항의 의미는 없습니다.

반면 그러한 막연한 두려움조차 자극하지 못하는 주장들도 있습니다. 나태존들의 심드렁한 태도와 마찬가지로 딱히 촉구하는 것도 없고, 무언가 불러일으키지도 못하는 낭설에 불과한 것들입니다. 개중 그러나 많은 이들의 지지를 받고 있는 것은, 우리가 나태존의 과거이며 나태존은 머나먼 과거의 스스로를 구경하기 위해 시간을 거슬러 왔다는 설입니다. 지금의 허영심 많은 문명 연합에서 벗어나 정말로 우주의 모든 비밀과 기예를 익힌 미래의 우리가 스스로를 신과도 같은 존재로 만든 뒤 헤어날 수 없는 권태에 사로잡혔고, 정처 없이 떠돌아다니다가 끝내 자신들의 과거를 구경하고 있다는 설입니다.

그리고 나는 이것이야말로 위의 어떤 낭설보다도 두려운 일이라고 생각합니다.

집 안을 보십시오. 창밖을 보십시오. 문명연합 옴니미디어의 뉴스들을 보십시오. 이 모든 노력들, 문명연합의 이름을 내걸든 내걸지 않았든 우리 모두는 노력하고 있습니다. 어제보다 내일을 더 나은 곳으로 만들기 위해, 공동체를 더 올바르고 효율적으로 이끌기 위해, 기아와 빈곤을 몰아내고 더욱 편리하고 쾌적한 삶을 모두에게 퍼뜨리기 위해서. 모든 학자와 정치인과 교사와 기업가와 왕과 황제와 통령과 의장과 은행원과 의사와 운전수와 작가와 잡역부와 아이들은 노력하고 있습니다. 그러한 노력이 모여 시대라는 거대한 화살표를 규정짓고 그 주춧돌을 벼려냅니다. 한 땀 한 땀 모인 우리의 노력으로 말미암아 위대한 발견이 이루어지고 새로운 가치가 발명되고 우주의 비밀이 밝혀집니다.

돌과 나무를 휘두르던 야만기술로부터 그렇게 우리는 지금의 문명연합이라는 찬란한 시대를 누리고 있습니다. 만약 나태존들이 정말로 우리의 미래라면 아직 우주는 그 모든 씨실과 날실을 우리에게 드러내지 않았습니다. 이처럼 더 밝혀낼 비밀이 남았다는 것은, 아직 올라갈 곳이 있다는 것은 기쁘지만 한편으로 안타깝습니다. 그것은 우리가 이미 결과를 목도한 까닭입니다. 모든 과정을 무자비하게 도려낸 끝에 문장의 가장 작고 사소한 구두점처럼 덩그러니 남은 우리의 모습만을 앞서 알게 된 까닭입니다.

그 모든 위대한 노력의 끝에 마침내 다다르는 곳이 결국 모든 것을 이루었기에 전혀 할 게 남지 않은, 스스로는 무엇도 할 수 없을 만큼 심심해하는 한 무리의 구경꾼들이라니요.

그것이야말로 무서운 일이 아닐 수 없습니다.

완벽한 여자

● 초고 2016년 8월 15일

"완벽한 여자가 단 한 명도 없던가?"

*"꼭 한 명 있었다네. 우연히 정말 완벽한 여자를 하나
만났었지."*

"그래? 그래서 어찌 됐나?"

*"그녀는 완벽한 남성을 찾고 있더군. 그래서 결국 아무
일도 일어나지 않았어."*

— 배꼽

나는 도박을 안 한다. 지는 쪽이 10퍼센트건 1퍼센트건, 0.99퍼
센트—이 수상하게 구체적인 수치는 무엇을 뜻하는가? 조금만
기다려 보시라—건 간에 상관없다. 나는 도박을 하지 않는다.

파이가 아무리 작아도 거기 한번 걸리고 나면 무언가 잃게 된
다. 이미 손실을 맛본 그 상황에서 더 나아지기를 바란다 한들 이
미 삶의 천장은 낮아진 뒤고, 그렇다고 내가 하필 그 확률에 걸려
버린 이유를 설명해줄 친절한 신도 사람도 막상 찾아보면 없다.
찾아보기 전이라고 해서 발에 채일 만큼 많아 보이지는 않지만.

극단적인 생각이라는 걸 안다. 99.01퍼센트 확률로 좋아지고
0.99퍼센트 확률로 나빠질 일이 있다면, 받아들이는 게 맞다. 부정
하지 않고, 부정할 마음도 없다. 다만 내가 그 사람들을 인정하는

것처럼 그 사람들도 내 말을 들어봤으면 좋겠다. 삶의 출발선에 선 나는 그 0.99퍼센트를 이미 밟은 뒤였는데, 그 양반들도 비슷한 처지가 되거들랑 세상을 바라보는 방식이 조금 달라질 거다.

　아니요, 저도 방금 왔는데요. 말을 계속 되뇌다 보면 그게 입에 달라붙는다. 다른 평범한 말들이 혀와 잇새로 몸을 틀며 빠져나간다면, 많이 되뇐 말들은 끈끈한 자취를 남기며 입안에서 한참을 뭉그적거린다. *아니요, 저도 방금 왔는데요.* 대체 그 말을 몇 번 했을까.

　물론 내 시간을 버려가며 예의상 해준 말이 아니고 나도 정말 방금 온 게 맞긴 했다만, 확실한 것은 그 뒤 벌어진 일이 자기 전 천장을 올려다보면서 곱씹는 아픈 손가락 중 하나가 되었다는 사실이다. 그리고 그럴 때 떠올리는 기억은 태생적으로 미소와는 거리가 멀다.

　여자는 미안한 기색도 없었다. 컵라면 하나 다 익기에도 부족할 만큼이었지만 어쨌든 늦은 건 늦은 것인데. 당시의 나는 카페 음향기기가 곡을 섞는 방식까지 파악할 만큼 그곳에 익숙해져 있었다. 카페 직원이었느냐고? 그냥 매칭이 뜰 때마다 약속 잡는 곳이 거기였다. 여자가 커피를 한 모금 홀짝였다. 나는 내 컨설턴트가 쥐여준 볼펜을 쓰다듬었다. 하트 두 개를 꼬아 박제한 것처럼 보이는 로고가 박혀 있었다. 매칭률 98퍼센트를 자랑하는 연인정보회사.

　잠깐 사견을 넣자면, 그러니까 홍보문구를 곧이곧대로 믿자면 나는 무려 0.02의 6제곱 되는 확률을 거쳐 다시 그 자리에 나온 것이다.

대체 그게 얼마야?

나면서부터 0.99퍼센트. 머리가 크고 나선 2퍼센트의 확률을 내리 여섯 번 연속으로 까부수는 내가 너무 자랑스러워 견딜 수가 없었다. 고작 2퍼센트밖에 되지 않는 매칭 불발 확률을 이루는 할, 푼, 리의 얼마만큼 날 위해 자리를 내어주는 것일까?

정확히 그런 생각을 당시 하던 것은 아니지만, 반대로 행복한 미래의 꿈을 꾸고 있던 것도 아니다. 냉소적인 생각은 분명한 날 말로 굳어지지 않을 때 가장 위력이 강하다. 남녀의 만남을 가지고 자꾸 확률 이야기만 해서 미안한 마음도 있다. 하지만 정말로 우리 주변에 확률과 무관한 것들이 있나? 단 한 가지라도.

아무튼, 그때까지 여섯 번의 격발시도를 불발시킨 나였기에 그만큼 더 정성 들여 말을 골랐다. 그 자세한 과정을 묘사할 마음은 없다.

믿거나 말거나. 생각보다 훨씬 잘 풀렸다.

여자가 나를 마음에 들어 하지 않는 눈치도 아니었고, 말을 섞어 보니 일부러 남자 쪽 태도를 보려고 늦거나 하는 사람도 아니었다. 최소한 그런 느낌이 들었다. 긴장 탓에 꺾쇠처럼 굳어 있던 허리를 차츰 등받이에 기댈 여유도 생겼고, 어디 둘지 확신이 서지 않아 어색하게 허공에 걸친 팔도 자연스레 제자리를 찾아 움직였다.

매끄럽게 이어진 대화는 최근 본 영화에 대해 이런저런 잡담으로 넘어갔다. 그 장면이 참 멋졌죠. 배우 연기 잘하더라고요. 잘 몰랐는데. 그럼 이거랑 이것도 한번 보실래요? 그 배우 출세작이에요. 아, 정말요? 영화 잘 아시나 봐요. 어쩌고저쩌고. 그때까지만 해도 잘 될 것 같았다. 그리고 내가 이렇게 운을 뗐으니 다들

짐작했겠지만, 잘 안 됐다.

"그런데, 그, 그게 어떻게 되세요?"

여자가 말했다.

여자는 한 손을 들더니 은밀하게 그것을 해보였다. 검지와 중지를 새끼줄처럼 꼬는 제스처. 올 것이 왔다. 나는 당황한 기색을 숨겼다. 적어도 숨기고 싶었다. 하지만 지금 생각해보면 그건 댐의 수압을 팔뚝으로 틀어막았다느니 하는 허무맹랑한 민담만도 못한 시도였다. 아마 내 표정은 나 스스로에게는 알 수 없는 방식으로 일그러졌을 것이고, 내가 알 수 있던 것은 확실하게 일그러진 여자의 표정이었다. 이제 와 생각해보면 오히려 천운이었다. 으레 기대하는 종류는 아니지만 그래도 운은 운이다.

그때까지 그 질문이 나오지 않은 것 말이다.

물론 등급을 떠벌리는 것은 불법이다. 엄밀히 따지면, 아니 굳이 엄밀히 따지지 않아도 불법이다. 그것도 중죄다. 특정 대상 혹은 집단의 등급정보를 요구, 제공, 취득, 저장하는 것은 극히 일부 국가기관 내지는 그에 준하는 단체에 한해 허용되며, 이를 어길 시 수년의 콩밥을 먹을 수도 있다는 경고문을 살면서 얼마나 많이 봤는지 모르겠다.

하지만 어쩌나. 나를 비롯해서 등급에 치를 떠는 사람들조차 절대로 부정할 수 없는 사실이 있다. 그게 우리 일상에 어마어마하게 큰 영향을 끼친다는 것. 그리고 그런 걸 그냥 입 닫고 서로서로 알아서 잘 살라고 던져주는 건 국민을 우습게 봐도 너무 우습게 보는 일이다.

굳이 음성적이라고 할 것도 없었다. 그것은 불문율이었다. 국가기관과 장본인만 제하고 누구도 알아서는 안 되는 정보였지만 실제로 그것을 사용하지 않는 경우가 더 드물었다. 몇 주 전 국내 최대의 보험회사 서버가 털렸을 때 고객들의 등급정보가 죄다 빠져나갔지만 등급정보 불법취득 혐의로 해커집단만 엄하게 처벌을 당했을 뿐, 보험회사나 고객들에 대해서는 아무런 말도 나오지 않았다. 분명 회사는 '정보 요구, 취득, 저장을 금지한다.'는 문구를, 고객들은 '정보 제공을 금지한다.'는 문구를 위반했음에도 불구하고 말이다. 논란은 생기지 않았고 누구도 이에 대해 뒷말을 만들지 않았다.

한편 여자는, 내가 대답을 하지 않자 자기가 먼저 위법의 선을 넘어야겠다고 결심한 모양인지 저는 이런데요. 하면서 손가락 하나를 펼쳤다. 문득 그 여자의 손을 붙잡은 채 그대로 경찰서까지 데려가고 싶은 충동이 들었다. 하지만 어쩌랴, 불법이란 말이 가끔 얼마나 사소해질 수 있는지 나는 너무나도 잘 알았다. 나는 예리한 강판처럼 느껴지는 등받이에 몸을 붙였다. 그러면서 부러 가벼운 동작으로 팔을 치켜들었다. 그리고 엄지만 고이 접은 손을 그녀에게 보여주었다. 그런즉슨, 소인의 숫자는 4이올시다… 아리따운 아가씨.

문득 드는 생각인데, 사람을 고작 4단계로 나눠버리는 건 좀 너무한 처사이다. 만약 대입처럼 1, 2, 3, 4, 5, 6, 7, 8, 9등급으로 나뉘었다면 4등급까지는 괜찮지 않나? 아니 오히려 높은 편이다. 하지만 이게 유치한 망상이라는 걸 난 잘 안다. 등급이 9단계로 개편된다면 내가 4에 머물러 있을 수는 없다. 5~9등급 사람들이 새순처럼 땅에서 쑥쑥 자라는 게 아닌 이상.

등급이라고 함은 무엇인가, 정확히 무슨 등급이냐고 하면 유전등급이다.

현행법 체계상 1등급은 견고한 골밀도, 탄력적인 면역체계, 그밖에 일반적으로 선호되는 이목구비의 비율 등 수치화했을 때 뚜렷하게 구별되는 긍정적인 형질을 여럿 보유한다. 게다가 그러한 표현형을 보정하는 여벌유전자를 무더기로 갖고 있어 결함이 발생할 일도 적은, 즉 매우 높은 확률로 대대손손 잘나도록 점지어진 그런 집단, 아니 감히 지위이다. 그러니까 그때 그 여자는 그 정도로 귀한 사람이다.

대부분의 사람은 2등급이다. 여러분들이 맞닥뜨리는, 또 맞닥뜨리는 것을 상상할 수 있는 온갖 종류의 그냥 그런 사람들이면 다 여기 들어간다. 뚜렷하게 드러나는 형질이 없고 후대에서 유전적 결함이 발생할 확률이 그럭저럭 되는 사람들이라고 할 수 있다. 3등급부터는 좀 암울해진다. 선천적 결함에서 발생하는 결손이 뚜렷하게 외관으로 표출되거나, 유전적 결함이 발생하지 않을 확률이 거의 무시해도 좋을 만큼 낮아지는 사람들이 여기로 들어온다.

참고로 아까 말한 0.99퍼센트는 1~3등급끼리 몸을 섞었을 때 4등급 자식을 배게 될 확률을 의미한다.

대망의 4등급은, 사실 등급분류 자체가 이 4등급을 가려내고 따로 관리하기 위해 마련된 법이다. 1, 2, 3등급의 경우에는 그래도 다 같은 범주로 어떻게 묶을 수 있다. 하지만 언제나 바늘구멍만 한 스포트라이트와 별도의 예산책정 근거를 받는 쪽은 4등급이었다. 4등급은 이 거창한 도입과는 달리 의외로 간단히 분류된다. 3등급과 모든 것이 똑같고, 거기에 딱 하나가 더 추가된다. 유전자의 비정상적 배열이 일상생활에 심각한 지장이 될 정도의

'비정상적인' 증상을 발현시킨다는 것.

비정상적인 증상이 대체 무슨 소리인가. 그럼 정상적인 증상도 있나? 섣불리 빈정거렸다면 변명거리를 준비하기 바란다. 그렇다. 있다. 적어도 현행 등급분류체계에서는 그렇다.

모든 유전병 환자가 4등급으로 지정되는 것은 아니다. 하지만 모든 4등급은 유전병이 있다. 한 명 한 명의 증상이 고유하고 너무나도 특이하여, 이미 정립된 일련의 분류와는 달리 재차 '비정상적인 증상'으로 분류할 만큼 괴이한 병을 앓는 사람들. 그런 사람들을 뚝 떼어놓기 위해 등급 분류 체계가 만들어진 것이다. 당사자라서 감히 자신 있게 말할 수 있는데, 4등급의 장애는 방향만 약간 다듬으면 초능력 소릴 들을 만큼 기상천외한 것들이 있다. 다만 생각만으로 물체를 움직이는 등의 긍정적인(+) 쪽이 아니라 오히려 그 반대, 부정적인(−) 쪽으로의 발현이지만.

몸에서 불을 내뿜는 능력자를 상상해보라. 그리고 그걸 통제 못 하고 마구 뿌리고 다니는 흉한 꼬락서니를 상상해보라. 우리도 그것과 비슷하다. 다만 우리는 그 통제할 수 없는 오염을 우리 바깥이 아니라 안쪽으로 집적하며 스스로를 좀먹어가는 것뿐이다. 적어도 주변에 민폐는 안 끼치니 좋은 쪽으로 생각해달라고 말하면, 너무 비굴하게 들릴 거라는 걸 안다.

여자의 표정이 잘못 편집한 것처럼 얼어붙었다. 조금 전까지 나를 부담 없이 응시하던 시선이 잔뜩 당겨진 실처럼 팽팽해졌다. 눈길은 우왕좌왕 메뉴판과 창밖을 오가더니 현실에는 없는 방향으로 굳어버렸다.

상처받았다고 하면 거짓말이다. 오히려 여자 쪽이 상처받지 않왔을지 걱정해야 했다. 내 체질은 그렇게 눈에 띄는 편이 아니라서 사람들이 외관만 보고 그 추악한 선고를 알아차려주길 바랄 순 없었다. 학창 시절 만난 동갑내기는 나더러 왜 멀쩡한 사람처럼 하고 다니느냐며 욕을 퍼붓기도 했다. 여자는 당황한 모습을 숨기고 싶어 했지만 그 순간 내가 아닌 세상 어디의 누가 그 자리에 있더라도 눈치챘을 것이다.

못했다면 그 사유만으로도 4등급이다.

그닐의 만남에 대해서 더 말을 늘어놓는 것은 아무 의미도 없다. 나는 여자가 떠난 자리에서 내 몫의 커피를 마저 마시고, 어차피 처음부터 이렇게 될 거였다고 스스로에게 최면을 걸며 바깥으로 나왔다. 내가 왜 4등급이 되었는지 말을 안 했다. 정확히 말하자면 나를 4등급이 되게 만든 비정상적인 증상을 설명하지 않았다. 그러나 타이밍 좋게도 카페 문을 열고 걸음을 내딛는 순간 아주 시의적절한 사건이 벌어졌다.

연속된 기억에서, 눈을 한 번 깜빡이자 나는 응급실에 누워 있었다.

나는 몸을 일으켰다. 병원은 나를 병실 침대가 아니라 대기인들이 앉으라고 있는 긴 의자에 눕혀놓았다. 알 만했다. 누군가가 풀썩 고꾸라진 나를 보고 앰뷸런스를 불렀고, 의료진은 일단 나를 병원으로 이송하다가 내 지갑에 있는 4등급 시민표를 보게 되었다. 정신을 차리고 의사의 가벼운 꾸중을 들은 나는 짐을 받아들고 응급실 문을 나섰다. 배가 미치도록 고팠다. 나는 병원 바로 옆의 편의점으로 돌격하여 진공청소기처럼 음식을 흡입하기 시작했다.

뇌와 컴퓨터를 비교하는 방식의 뻔한 포문을 열진 않겠다. 대신 뇌가 추억을 만들고 저장하는, 컴퓨터의 무정한 0과 1보다는 훨씬 예술적이고 추상적이고 그런 고로 비효율적인 방법을 소개하려고 한다.

신경세포들이 상하좌우전후로 팔다리를 얽어 만든 3차원의 그물을 떠올려보라. 그 그물을 제각기 내달리는 수없이 많은 신호가 시시각각 저희끼리 맺는 모양과 위치, 조합이 우리의 모든 기억이다. 이를테면—학술적으로 정확한 설명은 아니지만—신호가 맺는 모양이 사각뿔인가, 삼각뿔인가에 따라 어릴 적 맛있게 먹었던 소다 아이스크림과 구역질나는 상한 우유의 기억 사이 어딘가의 장벽이 세워지는 것이다. 자주 기억을 떠올린다면 그 신호를 자주 흘려보낸다는 뜻이고, 즉 이미 잘 닦인 길이 더욱 강화된다는 것이다.

내 머릿속에는 그런 길이 지나치게 많다.

같은 원인을 갖는 병으론 자폐증이 있다. 그들의 뇌는 내부적으로 너무 치밀하게 조직되어 밖에서 뭘 받기도 힘들고, 반대로 내 머릿속의 무언가를 적절하게 표현할 줄도 모른다. 참고로 자폐증 환자는 3등급이다. 하긴 나는 도시의 전경을 암기해 그린다거나 하는 재주도 없다.

어딘가의 잡지에서 익명 처리한 어느 4등급 환자의 증상을 설명하는 기사를 보았다. *그의 대뇌 세포들은 여름의 녹음만큼이나 빽빽하게 우거진 시냅스로 서로를 옭아매고 있다.* 책갈피로 삼고 싶어질 만큼 시적인 글귀였다. 내가 그 환자 본인만 아니었다면.

내 뇌가 자폐증을 대신해 나름대로 찾아낸 적응법은, 평소에 뇌에 가해지는 부담을 차곡차곡 보이지 않는 곳에 처박아뒀다가 어떤 계기를 통해 모조리 쏟아내는 것이다. 동반되는 사소한 부작용은 의식을 잃고 완전히 탈진해버리는 것이고.

'계기'라 함은 내가 신체적, 정신적으로 자극받을 만한 임의의 자극이다. 단순히 어디 부딪치거나 하는 것 말고도 심한 말을 듣거나, 즐거운 추억을 되새기거나 하는 식의 정신적인 자극도 포함된다. 아니면 그냥 내가 뭔가를 생각하는지도 모르는데 사실은 뭔가를 생각하고 있거나 뭔가를 만지는지도 몰랐지만 알고 보니 만지고 있었다던가. 무슨 이딴 말이 다 있느냐 싶겠지만 어쩔 수 없다. 난 이 세상 누구보다도 내 증상의 정확한 일대일 대응표를 알고 싶다. 영혼이라도 팔 수 있다면 팔고 싶다.

악마가 4등급의 혼이라도 매입해준다면.

아무튼, 신경망이 적당히 가지치기 된 다른 사람들에겐 가볍게 스쳐 지나갈 자극이라도 수백억의 세포가 수백억 번씩 어깨동무를 하고 있는 내 뇌에서는 최소한의 불수의 운동을 제외한 모든 명령을 내리고 받아들일 여력을 앗아가는 폭풍으로 번진다. 핀볼게임의 비유를 해보겠다. 그런데 쇠구슬 하나를 치고받는 대신 한 판에 삼백 개쯤 되는 구슬이 우르르 쏟아지는 거다.

키를 당기면 사방팔방으로 그 탄환들이 쏘아져 나가고, 장식과 벽과 점수판과 다른 구슬들끼리 천방지축으로 뒤엉키고 부딪고 들이받고. 기계는 도저히 그 부하를 견딜 수 없어 전원을 내리게 된다. 이게 내 안에서 벌어지는 일이다. 이 지랄발광이 머릿속에서 일어날 때마다 당연히 뇌는 뒷수습을 떠맡는다. 그리고 엉망이 된 회로를 달래기 위해선 많은, 아주 많은 에너지가 필요하다.

한마디로 정리하자면, 나는 때때로 내 몸 상태나 의식의 흐름과 전혀 관계없이 실이 끊어지듯 기절하고, 다시 깨어나면 며칠은

굶은 사람처럼 게걸스레 영양소를 보충해야 한다.

공식적으로 나는 카테고리 블랙으로 취급된다. 그 말인즉슨 이 나라 곳곳에선 내 이 한심한 체질을 고치기 위한 연구들이 활발히 이루어지고 있다는 뜻이다. 물론 안 믿는다. 그 말을 믿는 놈도 못 봤다. 내 말은, 우릴 고친다 한들 뭘 해줄 수 있을까? 국가 차원에서 막대한 자원을 쏟아부은 다음에야 정상적인 사람 구실을 하는 놈을 대체 누가 바란단 말인가? 약자에 대한 배려 같은 낯 뜨거운 소리 말고, 그 사람들을 누군가가 진정으로 '원한다'는 말이 가당키나 한가?

나 스스로조차 원한 적 없는데.

전쟁영화를 보면 자주 나오는 장면이다. 의무병들이 뛰어나가 전장을 나뒹구는 부상병들의 등급을 매기는 것. 당장 괜찮은 사람들은 초록색, 급히 지혈과 수술이 필요한 부상병들은 빨간색. 그리고 가만 내버려두면 금방 죽을 그룹에게는 검은색. 그런 면에서 날 비롯한 4등급들이 블랙으로 분류되는 것이 꼭 우연의 일치는 아닐지 모른다. 따로 격리한 뒤 고칠 것이라는 암시를 불어넣으면서, 자연적으로 죽어 없어지기만을 기다리는 것이다.

…여기까지 생각하던 나는 참을 수 없는 허기를 느끼며 길바닥에서 눈을 떴다. 그래도 완전히 인도는 아니라 길섶의 화단에 궁둥이를 붙이고 있었다. 지나가던 사람이 기절한 날 보고 대충 그런 자세로 앉혀놓은 것 같았다.

놀라기에는 너무 익숙했다. 나는 지갑을 꺼냈다. 누군가 도와준 것은 고마웠지만 그 사람이 내 주머닐 털어 스스로에게 작은 은혜를 허락했을지 알 게 뭔가. 다행히 현금도 카드도 4등급 시민

표도 다 잘 있었다. 그날 1등급 여자와의 미스매칭을 구구절절 곱씹다 보니 껌뻑 기절해버린 모양이었다.

사실 나는 매일 밤 비슷한 일을 겪으면서 그게 잠드는 거라고 믿는 게 아닐까? 그냥 기절해서 고꾸라지는 일에 불과한 것을 남들이 공유하는 숙면의 감각으로 착각하면서.

이왕 생각할 시간을 갖게 된 것, 길섶 화단에 궁둥이를 좀 더 붙이고 있기로 했다. 배고픈 것도 문제지만, 재부팅된 뇌가 잠시 칭얼거리는 것도 문제가 된다. 기절하기 전 내가 어디로 가던 중이었고 또 뭘 하려고 했을까? 고개를 들자 정면의 건널목이 눈에 들어왔다. 거기를 건너려고 했다. 아니 건너던 중이었다. 그러면 도로 한복판에서 쓰러진 건가?

우두커니 지켜보고 있자니 때마침 보행자 신호등이 빨간불로 바뀌었다. 차들이 쌩쌩 바람을 가르는 소리를 듣자 털이 쭈뻣 일어섰다. 날 들어서 길가까지 옮겨준 사람이 누군지는 몰라도 하마터면 다시는 눈을 뜨지 못할 뻔했다. 나는 지갑을 다시 꺼내 지폐를 천천히 헤아렸다. 그쯤 되면 이름 모를 구세주가 몇 장 정도 가져갔더라도 불평만 할 수는 없었다.

돈은 그대로 있었다. 다만 자세히 보니 4등급 시민표가 약간 삐뚤게 끼워져 있었다.

평범한 척 구는 추리소설의 주인공 노릇을 하려는 게 아니라, 내가 넣으면 항상 한쪽 귀퉁이가 올라오는데 지금은 그 반대로 되어 있었다. 구해준 사람이 슬쩍 읽어보고 돌려 넣은 모양이었다. 부디 어느 익명 인터넷 게시판 속 4등급 환자 이야기로 각색되지 않기만을 바랄 수밖에 없었다.

"4등급 만난 썰 푼다… 아!"

그 문장을 읊조리는 순간 나는 내가 어딜 가려고 횡단보도를 걷고 있었는지 깨달았다. 허겁지겁 시간을 확인하자 약속 시각에서 30분 오버였다. 나는 튕겨 오르듯 일어나 발걸음을 재촉했다.

편의점에 들러 샌드위치를 샀다. 그대로 걸으면서 포장을 뜯고 마구 흡입하며 카페 문을 열었다. 카페의 외부음식 규정과 당장 뭔가 넣지 않으면 견딜 수 없는 내 밥통을 절충시키기 위한 방책이었다. 시각은 약속 시각 플러스(+) 35분을 막 넘기고 있었다. 35분이면 꽤 많은 것을 할 수 있다. 1시간 반짜리 영화라고 해도 그동안이면 결말의 실마리가 다 잡히고도 남는다. 그 시간 동안, 나는 매칭이 성사되며 얼굴도 간신히 아는 사이가 된 어떤 여자를 혼자 버려둔 것이었다.

나는 카페 안을 둘러보았다. 그러면서 차라리 여자가 질려서 자리를 떠버렸기를, 그리고 첫 만남부터 늦어버리는 정신 나간 놈 말고 좀 더 제대로 된 상대와 만나 인연을 맺게 되기를 바랐다. 그리고 내가 앉아야 할 테이블에 혼자 있는 여자의 뒷모습을 발견하고야 말았다.

어깨너머로 보니 여자는 이미 내 몫의 커피까지 시켜놓았다. 앞으로 흘러갈 일들이 필름이 넘어가듯 눈앞을 아른거렸다. 첫인상부터 죽 쒀놓고, 본격적으로 서로를 알아가려던 찰나… 이게 웬 4등급?

나는 그대로 뒤돌아 집으로 향하고 싶은 충동을 간신히 억눌렀다. 회사 데이터베이스에서 내쫓긴다든가 익명게시판에 올라가 두고두고 욕을 먹는 것이 문제가 아니라 인간적인 문제였다.

아니면 그냥 영구제명이나 욕먹는 게 무섭다든가. 나도 내 마음을 모르겠다. 내 마음이라는 걸 이루는 신경망들이 너무 깊고 촘촘한 게 문제다. 자의식 과잉이다.

다가가자 여자는 잔을 내려놓고 내 얼굴에 눈을 맞추려 했다.

"죄송합니다."

나는 그렇게 되기 전에 퍼뜩 고개부터 숙였다.

"사정이 있어 늦었습니다."

그렇게 말하고 여자의 눈치를 살폈다. 아니 살피려고 했다.

"괜찮아요!"

설마 내 말이 떨어지자마자 바로 대답할 줄은 몰랐다.

"저도 막 왔어요."

그 목소리는 그런데 약간 쉰 것처럼 들렸다. 감기 아니면 전날 노래방이라도 한창 달리고 온 것처럼. 얼핏 듣기에 불쾌해하는 기색은 느껴지지 않았다. 나는 깍듯이 숙인 고개를 슬금슬금 들었다. 여자의 표정도 억지로 감정을 억누르는 눈치는 아니었다. 오히려 활짝 웃고 있었다. 뭐가 그렇게 즐거워서? 약속 상대가 35분 바람맞고 이제야 부랴부랴 달려온 건데.

"안… 앉으실 거예요?"

여자는 여전히 웃고 있었다. 눈꼬리까지 자글자글 주름이 진 걸 보니 의례적으로 내붙인 미소도 아니었다. 나는 알지 못하는 무언가를 우스워하는 기분이 들었다.

"해야죠. 예."

왠지 뭔가 켕겨 필요 이상으로 허둥대게 되었다.

"앉아… 앉아야죠."

"잘됐네요. 저도 같이 일어나나 했는데."

말이 길어지자 확실히 목소리가 갈라졌다. 걸걸한 게 노래방보다는 감기 쪽에 더 무게가 실렸다. 나는 양심의 가책을 너무 느끼지 않으려고 주의했다. 몸도 안 좋은 여자가 잔뜩 꾸미고 나와선 35분을 쓰게 만든 자신을 책망하다 보면 또 기절해버릴 수도 있었다. 내 증상에는 아무런 전조가 없다.

나는 눈을 깜빡였다. 시간이 질척질척 늘어지며 다음에 눈을 떴을 때 보일 곳이 병원 응급실이 될 가능성을 상상했다. 모든 게 그대로였다. 여자도 그랬다. 떠나지 않았다. 내가 기절해도 떠나지 않을 것 같다는 느낌이 문득 들었다. 생각으로 굳어지기에는 너무 작고 약한, 미미하게 나는 낯선 냄새.

"정말 죄송합니다. 제가 사정이 생겨서···."

"괜찮아요. 이제라도 오셨으니 됐죠."

나는 숨을 헐떡이고 있었고 여자는 간간이 목을 가다듬었다. 둘 다 어딘가 부족해서 대화가 잘 이어질 것만 같다는 망상이 떠올랐다. 일단 내가 숨을 다 고르고 커피 맛을 볼 때까지 그녀가 참을성 있게 기다려주던 것은 긍정적인 신호다.

그 뒤로 좀 더 본격적으로 대화 같은 대화가 이어지던 것도.

내가 일전의 '약간 늦었던 여자'와의 만남을 상세히 묘사하지 않은 것처럼 이 대화 또한 지리멸렬한 세부까지 성실히 진술할 필요는 없다고 생각한다. 《삼국지》에서 유비가 씻고 옷을 입고 똥을 싸는 모습까지 보여주진 않으니까.

으레 할 만한 소리였다. 취미는 뭔가요, 영화 보는 거 좋아해요 등등. 가끔은 저는 영화 보는 거 싫어하는데요 라고 대답해보고 싶은 생각도 든다. 특이한 점이라면 그녀가 말하고, 내 말을 다시 듣고 다시 그녀가 말하는 일련의 과정들이 마치 나를… 시험하려는 것처럼 느껴졌다. 나라는 사람의 윤곽을 얼추 알았으니 이제 그 안이 어떤 색들로 칠해져 있는지 떠보기라도 하려는 것처럼.

하지만 그런 두루뭉술하기 짝이 없는 첫 만남의 느낌 따위가 어쨌는지는 신경 쓰지 않고, 무정하게도 가장 중요한 순간이 다가왔다. 내 인생에 한 발짝 다가오고자 하는 눈앞의 그/그녀가 사지 멀쩡하고 유전적으로 청결한 보통시민인지, 아니면 자연선택의 변덕에서 말미암은 비참한 결함종인지 가늠하는 것은 중요하다.

사실 애초에 등급분류 반대파들의 논리가 그랬다. 민간에 절대 풀리지 않기에 사생활은 철저히 보장되고, 오직 정부의 주도 하에서만 엄격한 원리원칙에 따라 집행되는 합리적 차별. 물론 말도 안 되는 소리였다. 전 국민의 미래를 내다볼 수 있는 표를 만들어놓고 아무도 말하지도 보지도 말라고 하면 퍽이나 사람들이 그걸 그대로 따를 것이다.

그런데 이 여자, 시원시원하다. 그것도 장난 아니게.

"유전등급은 어떻게 되세요?"

소리는 눈으로 볼 수 있는 파문이 되어 퍼졌다. 바로 옆자리를 치우던 직원의 손이 꼬였다. 근처 테이블의 대화들이 일제히 조금씩 어긋났다. 저만치서 제 귀를 의심하는 사람들의 시선이 슬쩍슬쩍 이쪽을 흘끔거렸다. 나는 여자를 쳐다보았다. 한 공익광고가 떠올랐다. 채광이 좋은 집과 보험판매원, 순진무구한 보조개의 어린아이가 나오던 광고는 "유전등급, 주지도 받지도 말아요!"라는 문구를 많은 사람에게 각인시키는 데 성공했다. 간간이 어느 경영학 수업에서 성공한 홍보의 표본으로 선정되거나 하는 일도 있다고는 한다만, 그러나 홍보의 목적이 절대 달성될 수 없다는 점에서는 완벽한 실패가 아닐지?

나는 의연한 척 커피의 마지막 모금을 들이켰다.

"4등급입니다."

아까도 말했지만 전조가 없다. 나는 기절할 준비를 하고 있었다.

"구체적인 증상은 신경망 손상으로 인한…."

그리고 그렇게 되었다.

하루에 여러 번 기절한 것은 드물었다. 그것도 한 번 기절하고 채 한 시간도 안 지났는데 또 기절하는 것은 더더욱. 눈을 뜬 나는 여전히 카페에 있었다. 혼자 했던 유치한 망상처럼 여자도 정말 거기에 있었다. 테이블에는 손도 대지 않은 토스트와 조각 케이크가 올라와 있었다. 의식을 잃은 내가 부지불식간에 주문했을 리는 없고, 필시 내 앞에서 여전히 미소를 잃지 않고 있는 저 여자가 사놓았을 것이다. 느낌. 전에는 맡아본 적 없는…. 까무룩 무언가 떠오르려 했다. 지갑 속 삐뚤어져 있던 4등급 시민표.

나는 여자가 준비해놓은 식사를 잠시 쳐다보다가 의자에서 일어났다. 피가 다리로 몰리자 머리가 아찔했다. 꼼짝없이 다시 쓰러져 버릴 참이었다. 여자가 내 다른 쪽 팔을 붙들어주지 않았더라면 그랬을 것이다.

"왜 그래요?"

여자가 물었다.

"일단 이거라도 먹고 가요."

"되게 스스럼없이 대하시네요."

무슨 말이에요. 여자의 대답은 싸구려 음향효과처럼 메아리로 울렸다.

"절 이미 아시는 것 같아요."

단시간에 두 번이나 기절해버린 탓에 몸이 평소보다도 안 좋았다. 나는 다시 자리에 앉았다.

"…일단 고맙습니다."

여자가 생글생글 웃었다. 하지만 고맙다고 한 건, 지금 눈앞에 있는 음식들을 두고 한 소리가 아니다.

"까딱하면 그대로 아스팔트에 눌어붙을 수도 있었는데."

"네? 아…."

여자가 웃었다. 수줍게, 어리둥절하게, 악의 없이? 알 게 뭐람.

"아까 말했던가요?"

짐작대로였다. 그녀가 왜 계속 실없이 웃는지, 그리고 이미 날 아는 것처럼 얄팍하게 굴던 이유도 알 만했다.

"스스럼없이 대하는 것도, 아니까 그런 거죠?"

나는 기력이 없는 와중에도 목소리에 힘을 주기 위해 노력했다.

"내가 4등급이라는 걸 이미 아니까?"

"아, 지갑 본 건 미안해요. 뒤져보거나 한 건 아니에요."

여자가 곤란한 기색으로 변명했다.

"굴러떨어져서, 안이 펼쳐져서 보인 거예요. 참, 제 이름은 박 서현이에요."

갑자기 통성명은 또 뭔가? 그러나 조금 생각해보면 뻔한 일이 었다. 지갑 속에서 내 이름을 보았으니, 자기 딴에는 공평한 교환 이랍시고 인적사항을 까는 것이렷다.

"그래요. 내 이름은 미처 소개할 기회가 없었네요."

"괜찮아요. 참, 그리고 지갑은 그대로 닫아놨어요."

여자가 말했다.

"뭐 없어진 건 없을 테니까 걱정하지 마세요."

"내가 지금… 이해를 못 하네요."

나는 소리를 높이지 않기 위해 노력했다.

"내가 지금, 당신 도둑질했을까 봐 화내는 거로 보여요?"

길거리에서 기절해본 것도, 누군가에게 지갑을 뒤져진 것도 처음이 아니었다. 그런 것 갖고 일일이 짜증을 냈다간 기절하는 횟수만 더 늘어나는 악순환이 되었을 것이다. 그녀가 엉뚱한 헛다리를 짚는 걸 보니 더 화가 났다.

"등급 물어본 것도 좀 예의 없었네요."

여자가 말했다. 그리고 그녀와 같은 사람들은 모른다. 알려고도 하지 않는다. 4등급이라는 건 건드리지만 않으면 괜찮은 상처가, 맨살에 박힌 가시 같은 게 아니다. 그건 날 휘감은 사슬이다. DNA로 된 목줄이다. 내가 당연하게 받아들여 마땅한 모든 것들을 타인의 삶과는 전혀 다른 모양으로 싹둑싹둑 도려내버리는 삐뚤어진 작두다.

"전 그냥 빨리 서로 털고 싶어서요."

여자가 기침했다.

"기분 나빴으면 정말 미안해요."

힘겹게 꺼내는 말을 왜 자꾸 엉뚱한 쪽으로 돌리는 걸까? 애초에 내가 그걸 기분 나빠할 이유가 뭔가? 말마따나 서로 일찌감치 등급을 까고 홀홀 털고 떠나면 피차 나쁠 게 없다. 내가 그걸 가지고 화를 내는 건 글쎄.

저 여자의 머릿속에서 나는 4등급이고, 그러므로 그런 사람에게 유전등급에 대해 묻는 건 더 따져볼 것도 없이 무례한 일이니까?

"아까부터 계속 말하잖아."

나는 그녀에게 삿대질했다.

"난 당신 몰라요. 당신도 나 모르고요. 내가 4등급이라는 것만 빼면."

여자의 눈이 휘둥그레지는 것이 보였다.

"근데 왜 그리 허물없이 구느냐 말이에요. 4등급이라는 거—"

심장이 두방망이질했다.

"—그것만 알면, 볼 장 다 봤다 그거야? 난 이미 네 가장 큰 비밀을 아는데 나머지는 뭐 별 것도 아니야?"

그녀는 입을 꾹 다물고 있었다. 드디어.

"그건…."

"그만합시다. 그만."

나는 손을 내저었다.

"카드 봤으니 알겠지만 지금 내 상태가 별로 안 좋아서요."

눈앞의 음식들에서 애써 눈길을 돌려야 했다.

"4등급 한번 구경해보려고 나왔나 본데. 그게 감기 걸린 사람한테 추천할 만큼 유쾌한 기억이 못 돼서 미안하네요."

솔직히 저항하기 힘들었다.

"여기 벌려놓은 것들은 내가 계산하고 나갈 테니, 싸 가시든가 하시고요."

여자는 또 내 팔을 붙잡았다. 그걸 뿌리칠 힘도 없었다. 뜨거운 기운이 팔뚝을 타고 올라왔다. 반대로 싸늘한 무력감이 등골과

다리를 훑었다. 나는 비틀거렸다. 그만 좀. 바싹 마른 입술이 달싹거렸다.

"저도 4등급이에요."

여자는 번개처럼 빠르게 익숙한 디자인의 카드를 내밀었다.

"당신하고 똑같아요."

'당신하고'와 '똑같아요' 사이에 날카로운 기침이 끼어들었다. 여자는 멋쩍은 신음과 함께 재빨리 코를 문질렀다. 숨기려고 했겠지만 작게 코를 먹는 소리가 났다. 얼굴도 그러고 보니 두 번째로 기절하기 전보다—이 따위 단위로 시간을 계측해야 하는 나도 참 처량하다만—좀 더 벌겋게 익었다. 나는 곁눈질로 여자의 카드를 훑었다. 면역체계가 어쩌고, 감염원이 저쩌고 하는 단락들이 복잡하게 얽혀 있었다. 눈길은 톱니가 어긋나듯 튕겨 나왔다.

"감기랑 상관있는 증상인가요?"

같은 4등급을 만나는 건 드문 일이다. 홍미가 동했지만 평소 좀 멀쩡할 때면 또 모를까, 지금은 때가 안 좋았다.

"대충요. 그…."

"궁금하다고 한 적 없어요."

내 귀에도 매정하게 들렸지만, 솔직히 너무 힘들었다.

"그럼 이제 진짜 작별합시다. 감기 심한 것 같은데, 몸조리 잘하시고요."

"아니, 잠깐만요!"

"왜요. 자기도 4등급이라고 밝히면 내가 덥석 태도 바꿀 줄 알았어요?"

그런 생각이 전혀 들지 않았다면 거짓말이다.

말했다시피, 내가 4등급이라고 다른 4등급들과 동고동락하며 지내는 사이는 아니다. 애초에 만나더라도 모르고 지나갈 수밖에 없었다. 명목상으로 유전등급을 취급할 수 있는 곳은 극소수 기관뿐이기에 그런 걸 물어서 사람을 찾을 순 없다. 물론 간질 발작 환자가 함부로 운전대를 잡을 수 없는 것처럼 기업들 사이에 암암리에 정보들이 오고 간다지만 그건 애초 내가 닿을 수 없는 곳의 이야기였다. 본인들도 가급적 숨기려고 전전긍긍하는 정보다 보니, 우리 4등급끼리 오손도손 모이기에 여러모로 여의치 않았다.

"4등급이면 더 잘됐네요. 내가 지금 왜 당신 더 안 보려는지 더 잘 알 것 아닙니까."

"모르겠는데요⋯."

여자가 가쁜 숨으로 말했다.

"그러니까 설명 좀, 해줄래요?"

"당신도 알고 있어야죠. 우리 일이니까."

머리가 지끈거렸다.

"4등급으로 사는 게, 본인이야 그렇다 쳐도 주변 사람들까지 더 힘들게 하는 거."

그리고 나는 상태가 좀 더 좋았다면, 그래서 스스로에게 솔직할 수 없었다면 결코 못 할 말을 내뱉었다.

"근데 당신은 지금 날 그 주변의 한 명으로 만들려고 하잖아요."

여기 사람이 있다. 그 사람은 다른 사람들과 마찬가지로 꼬박꼬박 밥도 챙겨 먹어야 하고 몸도 씻어야 하고 화장실도 제때제때 가야 한다. 경제활동이나 취업의 의무 같은 것들도 다른 사람들과 똑같이 가지고 있다. 근데 이 사람은, 아무 때나 스스로의 의지나 상태와 관계없이 의식을 잃고 완전히 탈진해버린다.

계단을 올라가다가 정신을 차려보면 전신불수가 되어 있을 수도 있다. 요리하다가 정신을 잃으면 집 전체를 바싹 튀겨버릴 수도 있다. 다른 사람들에게는 일일이 열거할 가치조차 없는 간단한 활동이 이 사람에게는 언제 자신과 주변인들의 목숨을 앗아갈지 모르는 공포가 된다. 이런 사람이 가족이라면, 친구라면 어떨까.

"나도 알아요. 너도 4등급이면서 어떻게 그런 식으로 말하냐. 뻔뻔하다, 양심 없다 뭐 어쩌고저쩌고."

나는 숨을 몰아쉬었다.

"다 받아들이죠. 근데 이것 하나는 인정해줘요. 네, 나 4등급이에요."

이곳이 대낮의 카페라는 사실을 곱씹을 수밖에 없었다. 아마 누군가는 촬영 중이겠지.

"그래서 내 주변 사람들이 얼마나 고통 받을지 누구보다 잘 알고, 그래서 더더욱 나는 그런 고통 받기 싫어요."

말하면서도 피식피식 웃음이 나왔다.

"이기적이죠? 나도 압니다. 그래서 강요 안 해요."

나는 내가 무슨 소리를 하는지 차라리 모르고 싶었다.

"싫으면 헤어지면 되고, 그럼 당신도 나도 서로 신경 쓸… **이것 좀 놓을래요?**"

여자는 뭔가 말하려다가 입을 막았다. 한 손이든 양손이든 지금의 나에게는 곰덫이나 다름없었다. 몸을 구부리자 손 틈새로 다 막지 못한 기침이 새어 나왔다. 가녀린 등허리가 도로 방지턱처럼 울퉁불퉁 솟고 꺼졌다. 여자가 숨을 헐떡이며 고개를 들었지만 이내 다시 떨림이 올라왔다.

이번에 나온 기침은 속을 벅벅 긁고 뒤집었다. 몸도 안 좋은데 뭘 자꾸 이야기하려는 건지. 그런데 얼굴을 보자 정신이 번쩍 들었다. 아까 그 얼굴을 보고 빨갛게 익었다는 표현을 썼는데, 지금에 비하면 그때는 종잇장처럼 새하얬다.

푹 익힌 갑각류처럼 새빨간 낯빛을 하곤 여자는 비틀거렸다. 맑은 콧물이 슬쩍 내려왔다. 여자가 물속에서 움직이듯 느릿한 동작으로 코를 문질렀다. 목 위편이 시계추처럼 양쪽으로 휘청거리고 있었다. 이윽고 그녀는 무너지듯 식탁에 얼굴을 처박았다. 내 이마가 절로 벌게질 것처럼 화끈한 추락이었다. 고개를 숙이자 사람이 아니라 난롯불을 쬐는 것 같은 열기가 느껴졌다. 여자의 입가에서는 병원 냄새가 났다.

소독약 냄새 같은 게 아니다. 병원에서 나는 묘한 냄새가 따로 있다. 바닷사람이 바다 냄새를 맡듯 4등급은 뭐라 말할 수 없는 병원의 냄새를 맡게 되는 것이다.

"열이 이 정도인데 나온 거예요? 정신이 있어요?"

여자는 아무 말도 하지 않았지만 대답을 기대하고 한 말도 아니었다. 나는 휴대전화를 꺼냈다.

"119 부를 테니까 구급차 올 때까지만 정신 놓지 말고 버텨요."

"119… 부르지, 마요."

"뭐라고요?"

"나, 안 돼요. 병원. 공공시설."

4등급이라고는 해도 다 같은 질환이 아닌 만큼 개개인에게 주어지는 제한도 다르다. 내 경우에는 교통운송업 방면으로는 직장을 구할 수가 없다. 운전하다가 기절하면 무슨 일이 벌어질지 뻔하니까. 증상에 따라서는 더욱 폭넓은, 이를테면 일정 유형의 공공시설에 접근이 규제된다든가 하는 경우도 있다. 그녀의 증상도 그런 걸까? 감기와 관련이 있는 것 같고, 카드에는 감염원이니 뭐니 적혀 있었으니 아마 환자들 근처에 갖다 놓으면 나쁜 영향을 끼치는 모양이었다.

4등급들은 그럼 몸이 아프면 알아서 죽어야 하느냐? 물론 아니다. 제대로 된 기밀실과 전문 의료진을 갖춘 지정병원이 있다. 환자등록과 치료과정 내내 등급정보가 드러나지 않게 수속을 밟아야 한다는 조건이 존재하기는 한다. 지금 이 자리에서 차근차근 진행하기에는 좀 번거롭다.

"그럼 어떻게 해요? 이대로 내버려둘까?"

"집. 근처에…."

"집이요? 당신 집?"

여자는 대답할 기운이 없는지 쌕쌕 숨만 쉬었다.

"뭐 어쩌라는 거예요? 내가 업고 가기라도 해요?"

여자는 대답할 기운이 없는지 숨만 쌕쌕 쉬었다. 그녀의 탁하고 무거운 숨과, 탈진한 나의 얕은 숨이 뒤엉켜 경주를 벌였다. 나는 우두커니 선 채로 일이 돌아가는 것을 지켜보았다. 고개를 들자 벽시계의 초침이 칼날처럼 째깍거리며 시간을 잡아먹었다.

벌써 해가 졌나 싶었지만 그게 아니었다. 시야가 한밤중처럼 컴컴해졌다가 다시 돌아온 것이었다. 눈앞에 간질거리는 반점과 얼룩들이 생겨났다가 사라졌다. 내 숨결의 냄새가 불쾌하게 느껴지기 시작할 무렵 그대로 무릎이 꺾였다. 하마터면 그대로 등을 슬로프 삼아 여자를 카페 앞 길거리에 내팽개칠 뻔했다.

차라리 시도를 안 할 걸 그랬지. 나는 탄식했다. 그녀가 몸살이 심하게 나서 의식을 반쯤 잃은 것은 내 책임이 아니지만, 굳이 둘러업다가 놓쳐서 다쳐버린다면, 안타깝게도 그건 내 책임이다. 귓전이 징처럼 울렸다. 나는 이를 악물며 다리를 세웠다. 같이 기절해버리면, 그래서 나는 하루 세 번 탈진한 채로 굶어 죽고 여자는 여자대로 위독해지지만은 않길 간절히 바랐다.

천운이었다. 그거보다 더 어울리는 말이 없다.

0.99퍼센트의 확률을 뚫고 태어난 것도 모자라 2퍼센트의 확률마저 연이어 패배시키는 거물급 신인답게 나는 쓰러지지 않았다. 대뇌 신경망의 과다한 연결이 내 증상을 발현시킨다는 것을 볼 때, 죽어버릴 것만큼 힘들어서 별생각이 들지 않는 것이 오히려 억제책으로 작용한 게 아닐까. 여자는 가는 내내 길이 익지 않은 나에게 몽롱한 내비게이션 노릇을 했다. 목소리가 들쭉날쭉한 게 열 기운에 내뱉는 헛소리가 아닐까 걱정되었지만 기우였다. 도착한 문에 딱 맞는 열쇠를 그녀가 건넸다.

여자 혼자 사는 집엔 처음이었지만, 그걸 갖고 달짝지근한 해석을 할 겨를이 없었다. 나는 풀무처럼 씩씩거리며 여자를 침대 위에 내려놓았다. 그 뒤론 날 잡아먹으려는 바닥으로부터 필사적으로 도망칠 뿐이었다. 후들거리는 팔과 무릎을 다그치며⋯ 어떻게든 제정신을 유지해야 했다.

머릿속이 온통 헝클어져서 힘도 생각도 들지 않았다. 일단 쉬고 싶었지만 한편으로는 탈진한 탓에 영양 보충도 절박했다. 그러다 문득 여자 쪽을 보니, 벌겋게 익은 팔로 어딘가를 필사적으로 가리키고 있었다. 시선을 돌리자 그곳에는 듬직한 냉장고가 버티고 서 있었다.

할 수만 있었다면 분명 목 놓아 감격했을 것이다.

냉장고를 열자 원통형 용기가 한가득 들어 있었다. 눈앞이 흐려서 글씨가 가물거렸다. 잡히는 대로 손아귀에 넣자 어라, 작은 알갱이들이 사르락사르락 부딪치는 게 아닌가. 눈을 부릅뜨고 간신히 초점을 맞추자 그것들은 전부 약병이었다. 다른 칸에는 아이스팩들이 잔뜩 있었다. 당황스러워 뒤를 보자 여자가 손을 자기 쪽으로 휘적거리고 있었다. *내 거. 자기 거? 아프니까 갖다달라고?*

그따위 걸 갖고 열을 올릴 기력도 남지 않아서, 나는 그냥 얌전히 주어진 목표를 따르기로 했다.

아이스팩을 몇 개 집고, 윗도리 밑단을 뒤집어 거기다가 약병이랑 같이 마구 담았다. 그러고는 낙엽처럼 비틀거리는 궤적을 그리며 침대로의 여정을 떠났다. 성급한 냉장고가 자길 너무 오래 열어놓았다며 삑삑거렸지만 될 대로 돼라지. 사르락사르락 이국의 악기처럼 흔들리는 약병들이 내 앞섶을 잡아당겼다.

침대로 내 제정신을 처박으며 눈을 감기 전, 마지막으로 떠오른 것은 저에게 아이스팩을 갖다 대며 눈을 찡그리는 여자의 모습이었다.

*

구수한 냄새가 났다.

"일어났어요?"

여자의 목소리가 들렸다.

"라면 먹고 갈래요?"

장난기가 섞여 있었지만 적당히 맞장구쳐줄 수도 없었다. 속에 든 게 없으니 막 끓인 라면 냄새만으로도 오장육부가 삶아지는 기분이었다. 나는 간신히 고개를 끄덕였다.

여자는 부엌 쪽에서 얼쩡거리면서도 어떻게 내 고갯짓을 본 모양이었다. 얼마 안 가 라면과 김치와 이것저것이 차려진 소반이 들어왔다.

그렇게 한동안은 정신없이 식욕을 채웠다. 맛은 느껴지지도 않았다. 색동 고무줄을 식은 돼지 피에 말아서 가져다줬더라도 땀을 뻘뻘 흘리며 처먹었을 것이다.

"같은 4등급이라서 더 만나기 싫다고요?"

여자가 불쑥 말을 꺼냈다.

"그래요."

무시하고 싶었지만 그래선 안 되는 때인 것 같았다.

"마이너스 곱하기 마이너스가 뭔지 알아요?"

한순간 머리가 각얼음처럼 쨍하니 얼어붙을 정도로 어처구니가 없었다. 코웃음이 나왔지만 국물을 들이켜던 중이라 자제했다.

"마이너스 더하기 마이너스는 뭔지 알죠."

"말 잘하네요."

이번엔 참지 못했다. 국물이 튀자 소반에 불그스름한 안개가 피었다.

"내가 말을 잘하는 게 아니라, 그쪽이 너무 속이 빤한 말만 하는 겁니다."

"밥도 말아 먹을래요?"

"네."

그리고 다시 조용해졌다.

그대로 입을 다문 채 그릇 속까지 파먹을 기세로 수저를 놀렸다. 국물 밑바닥에 깔린 잘게 썬 파와 밥풀 한 톨까지 다 남김 없이 배 속에 처넣고 나자 그제야 숨통이 좀 트였다. 집 곳곳에서 좀 전엔 경황이 없어서 지나친 흔적들이 눈에 들어왔다. 여자의 증상이 나와는 다른 방식으로 그녀의 일상을 얼마나 뒤흔들어놓았는지 알 수 있는 것들.

이를테면 싱크대 바로 옆의 수건 수납장. 어색한 위치지만 열병이 도지면 바로 물에 적셔 몸을 식히는 데 썼을 것이다. 싱크대의 수도꼭지는 냉장고 쪽으로 틀어져 있다. 그러고 보니 아이스팩도 젤로 된 게 아니라 물을 채워 쓰는 것이다. 쓸 일이 많으니 여러 번 재활용이 가능한 제품을 골랐을 것이고, 수도꼭지는 그것을 바로바로 채워 얼리느라 그렇게 둔 것이다.

냉장고 옆 찬장에는 뿌리는 살균제나 소독제, 그밖에도 커다란 유리병 속에 말린 과일이나 약초 같은 것들이 잔뜩 있었다. 화장실의 열린 문 틈새로는 방패만 한 '항균' 딱지가 붙은 샴푸 통이 보였다. 보통은 머릿결이 어쩌고, 두피가 어쩌고 하는 식의 선전이 쓰여있겠지만… 냄새를 갖고 알아본 것도 그래서였을까.

"뭘 그렇게 뚫어져라 봐요?"

"그냥…, 같은 처지다 보니까 좀 눈에 띄네요."

말을 해놓고 보니 너무 자기 중심적이라 그녀가 알아듣지 못할 것 같았다.

"저 사는 데는 안전손잡이랑 봉을 여기저기 놨거든요. 갑자기 쓰러지면 최소한 장롱 모서리에 박치기는 하지 말아야 하니까."

"아! 거봐요."

여자가 눈을 빛냈다. 꼭 만화 캐릭터 같았다.

"뭘요?"

"같은 4등급이니까 서로 통하는 게 있잖아요. 이해도 잘해주고."

"아, 예."

그대로 둘 다 입을 다물었는데, 그녀가 잠시 머뭇거리는 게 느껴졌다.

"…아깐 미안해요."

난데없이 어조가 확 낮아졌다.

"진심이에요."

얼씨구, 그럼 내가 쓰러진 사람을 그냥 버리고 갔겠느냐고 쏘아붙이려다가… 그것보다 전의 이야기를 하고 있단 걸 알았다.

"오해하게 만들어서 미안해요."

그녀의 태도를 두고 내가 발끈했던 것.

"볼 장 다 봤다고… 그런 건 정말 아니었어요."

갑자기 분위기가 무거워졌다. 나는 그릇에 달라붙은 라면 얼룩을 괜히 긁적였다. 고춧가루로 범벅이 된 젓가락이 쟁그랑쟁그랑 가벼운 소릴 냈다. 그것이 마치 어떤 신호라도 되는 것처럼 내 고개가 여자 쪽으로 틀어졌다.

"비밀을 알아서 다 끝났다 그런 게 아니라, 그냥 동질감도 들고…"

"네."

나는 그녀의 말이 궤도에 올라타기 전에 격추시켰다.

"제가 그 말 할 때는 서로 4등급인 걸 몰랐잖아요. 됐습니다."

다행이네요. 여자는 그 말을 흘날리듯이 치웠다.

"아까 그 생각은 변한 게 없나요?"

진짜 중요한 말은 그 뒤에 온다는 듯이.

"4등급이라 만나기 싫다는."

"네."

침묵이 어찌나 무겁게 느껴지는지, 내가 또 한 번 기절했다가 깨어나는 줄로만 알았다.

"음… 너무 부정적인 거 아닌가요?"

그 뒤로도 쐐기를 박고 싶었는데, 트림이 벌컥 나오는 것을 억누르느라 틈이 생겼다.

"서로 고통을 떠넘기는 게 아니라… 같은 4등급이니까 좀 더 잘 통하는 거라고 생각하면 안 될까요?"

"저는 제 생각이 옳다고 우기진 않아요. 사람 마음이니까."

나는 손을 휘저었다.

"아가씨는—어쩌다 보니 호칭이 그렇게 나갔다—아가씨 생각대로 사는 남자랑 언젠가 만나길 바랍니다."

"왜 자꾸 그런 식으로 말해요?"

그녀 스스로가 말하는 것에 대해서도 비슷한 말을 할 수 있을 것 같았다.

"정말 그런 동질감 같은 것도 없었으면, 애초에 도와주지도 않았겠죠!"

뻔한 공격이었다.

"그건 사람이면 당연한 거죠."

나는 양손을 펼쳤다.

"눈앞에서 누군가 쓰러졌는데 물론 도와야죠."

"자기도 탈진했으면서, 그 사람까지 굳이 업어주면서요?"

내 양손은 이미 펼쳐져 있었다. 팔들이 저희끼리 팔짱을 끼었다.

"달래 방법이 없었으니까요."

"정말요?"

여자의 입매가 구부러졌다. 그 미소는 그녀가 제일 먼저 한 말
―장난기 섞인 '라면 먹고 갈래요?'―에도 묻어 있던 것이다. 머릿
속에 스위치가 들어왔다. '이 대화를 계속해봤자 득 될 것은 없으
니 적당히 끊고 자리를 떠라.'라는 신호였다.

"라면 잘 먹었고요, 저는 이만."

"다른 방법이 없었다고요?"

그 말을 필두로 여자의 충성스러운 손가락들이 하나하나 풀려
나기 시작했다.

"그냥 구급차 부를 수도 있었죠. 그러면 전문병원 컨택하느라
시간이 걸렸겠지만 당신 일은 아니고요. 그거 말고도 저한테 물어
서 가족들 부를 수도 있었고요."

"당신 여기 혼자 살잖아요."

"그땐 몰랐잖아요."

할 말이 없었다.

"그렇다고 칠게요, 친구들이나 가까운 사람들도 있었는데요.
아니면 우리 사정 모르는 다른 사람한테 구급차 불러달라고 한다
든가. 나중에 내가 벌금은 내겠지만 당장 위급한 처리는 되겠죠―
그때 한 것보다 더 나은 방법들이 수두룩한데요."

여자가 턱을 비긋이 기울이며 말했다.

"굳이 그렇게까지 해준 이유가 뭐예요?"

"너무 힘들어서 머리가 잘 안 돌아갔나 보네요."

나는 팔짱을… 아니 두 팔을… 아무튼 한 개보다는 많은 것이
확실한 팔로 무언가를 하거나 하지 않았다.

"지금 그래서 나한테 불편하는 건가요?"

"아뇨? 불평한 적 없어요."

나는 그 와중 내가 '불평'이 아니라 '불편'이라는 말실수를 한 것도 모르고 있었다.

"다 알고 있으니까 그렇게 해준 거 아닌가요? 우리가…."

그녀가 잠시 말을 굴렸다.

"4등급이… 4등급 아닌 사람들한테 무슨 취급 받는지 아니까."

일반 환자들의 정보가 다큐와 의학 정보 프로그램에서 다뤄진다면 4등급 환자들의 정보는 주로 성인광고 틈새의 인터넷 기사와 흥미 본위의 케이블 프로그램에서 다뤄졌다. 정부는 유전등급 정보의 익명성을 강조했지만 익명성을 덮어씌우니 오히려 더욱 입방아 찧기 좋은 주제가 되어버렸다. 정치인 누구누구가 4등급이래, 이번에 이혼당한 여배우 사실 4등급이래, 평소에 좀 이상한 애 있는데 걔 혹시 4등급 아니야? 등등.

어쩌다가 길거리에서 이상증세를 보이고 구급차가 온다든가 하는 식으로 사람들 앞에서 4등급임이 까발려지면, 아니 4등급으로 의심이라도 되는 일이 벌어진다면 후폭풍은 무시할 수 없었다. 사람들은 즉각 무음 카메라 앱을 열어 사진을 찍고 공유했다. 인터넷 어딘가에 4등급 환자로 추정되는 사람들의 인상착의, 증상을 모아놓은 사이트가 있다는 소문도 있었다. 나름의 분석을 통한 추정 확률까지 거기에는 있다고 한다. 동영상 업로드 사이트의 가려진 비추천 표시처럼 말이지.

더군다나 일부 구급대원이 이송 중 4등급(으로 추정되는) 환자의 사진을 인터넷에 올려 중징계를 받는 일도 있었다. 물론 정부는 그 모든 사례가 전부 유언비어에 불과하다고 일축했다. 사이트를 폐쇄하고 주요 업로더를 처벌하는 등 나름의 조치도 취했다. 이렇듯 공식적으로 세상에 알려진 4등급 환자는 단 한 명도 없었다. 그렇지만 아무도 그 말을 곧이곧대로 믿지 않았다. 전부는 아니더라도 그중 몇 명은 정말 4등급일 거라고, 모두가 암암리에 생각했다.

"둘 다 4등급이니까 그렇게 해준 거죠."

여자가 말했다.

"어떻게 될 지 아니까, 나도… 당해본 거니까."

이번엔 그녀가 양손을 펼쳤다. 내 부끄럼 많은 팔은 똬리를 아직 풀지 않았다.

"저도 별로…, 우린 천생연분이야, 서로를 완전히 이해할 수 있어, 같은 말 하는 건 아니에요."

여자가, 아 그러고 보니, 자기 이름이 뭐라고 했더라?

"그냥 남들보다 좀 더 서로를… 알기 쉬운? 뭐 그런 데서 시작하는, 아오, 뭐 그런 거예요 대충."

그녀는 자기 말을 마구 주워담으면서도 끝끝내 팔짱만은 끼지 않았다.

"나도 잘 모르겠어요. 정확히 이게 뭔지."

그 점에 있어서는 적어도 나보다 정직했다.

"막 멋있게 말하고 싶은데 그게 안 되네요. 그래도 음….."

그녀가 입술을 씰룩거렸다. 물끄러미 소반 너머로 날 보았다.

"안 될 거라고 처음부터 묵묵히 있는 것보단, 시도라도 해보는 게 낫잖아요?"

✳

　나는 밤의 거리를 걷고 있었다.

　라면 한 그릇을 얻어먹긴 했지만 여전히 배가 고팠다. 집에 가면 야식으로 아주 기름지고 푸짐하고 건강에 안 좋은 뭔가를 먹어야겠다고 생각했다. 주머니가 부르르 울었다. 휴대전화에 설정해둔 진동 패턴은 내가 아는 번호와 그렇지 못한 번호가 다르게되어 있다. 이건 모르는 번호였다. 손을 꺼내는데 갑자기 기침이확 올라왔다. 나는 입가를 막은 채 화면을 보았다. 이름 석 자가아니라 역시 열한 자리 숫자가 떠올라 있었다.

　"여보세요."

　「감기 걸렸죠!」

　"차단합니다."

　다시 기침. 콧물까지 나오려는 것 같아 최선을 다해 숨을 먹었다.

　「아니 잠깐만, 이거 놀리는 거 아니에요!」

　그 말이 이미 충분한 놀림감으로 날 보고 있는 것 같았다.

　"번호는 또 언제 입력한 거예요?"

　「상관없잖아요. 걸렸죠, 감기?」

　바이러스가 숙주의 지령이라도 듣는 것인지 때맞게도 콧방울이 울었다. 맑은 액이 비강을 흘러내리는 감각이 참을 수 없을 정도로 근지러웠다. 목이 막혔다. 나는 가래를 한 바가지 두레질해뱉었다. 이마를 만지자 열기가 있었다. 이렇게나 전형적일 수가.

　"라면에 뭘 탄 겁니까?"

　「아무것도 안 탔거든요!」

여자가 항변했다.

「그것도 다 증상이에요. 병원체가 옮겨 다니거든요.」

"네, 바이러스 전도자가 되어서 좋겠네요."

「그것 좀 봐요.」

웃음소리가 콧속도 모자라 이제 머릿속까지 근지럽게 만들며 돌아다녔다.

「세상 쿨한 척은 다 하더니 감기나 걸리고!」

"차난합니다."

「네? 아뇨, 잠깐만!」

나는 그 말대로 잠깐 기다렸다.

말을 저는 그녀에게도, 그리고 솔직히 나 자신에게도 뜻밖이었지만 그렇게 되었다.

「어, 그 말 들으려고 전화한 게 아닌데….」

나는 보행자 신호의 부재를 견디면서 기침 몇 번을 더 흘려보냈다. 초록불이 켜지고 내가 성큼성큼 건널목을 건널 때까지 전화는 끊어지지 않았다. 기절도 하지 않았다.

이번에는.

"집에 약, 많던데요."

나는 그것을 가급적 어느 쪽으로도 치우치지 않은 평서문으로 말하려 노력했다.

"아까 보니까."

「네? 아, 네. 약. 많아요.」

"이왕 거기서 옮은 거, 아예 약까지 받아내야겠어요."

기침이 쏟아졌다.

"그, 일단 또 연락하면 되니까, 조만간 약 받으러 갈 겁니다."

꼭 웃음소리처럼 들렸다… 누구의?

"뭐 차 같은 것도 좀, 있으면 좋고요. 칼칼한 게."

숨을 삼키는 소리 같은 게 났지만, 그 뒤로 이어질 대답까지 들을 자신이 없어 곧바로 통화 종료 버튼을 눌렀다. 맛있는 야식을 생각하며 나는 발걸음을 재촉했다. 몸이 으슬거렸다.

카페에서 그녀가… 서현이 그랬던 것처럼, 얼굴이 뜨거워지기 시작했다.

단일성 정체감 장애와
그들을 이해하는 방법

- 초고 2017년 4월 8일
- 제3회 한국과학문학상 중단편 부문 대상 수상작

그동안 단일성 정체감 장애는 각계각층의 부정적인 시선에 고통받아 왔습니다. '편견'을 뜻하는 영단어 prejudice는 고대 그리스어의 단일성 정체감 장애 환자들을 일컫던 멸칭에서 갈라져 나온 것입니다. 그 밖에도《베니스의 상인》의 샤일록을 비롯하여 수많은 문학작품이 단일성 정체감 장애 환자들에게 피도 눈물도 없는 악한의 인상을 씌우곤 했습니다.

특히 19세기 말에 발표된 〈지킬 박사〉에서는 주인공이 스스로를 단일인격으로 만들어버린 뒤 미쳐버리는 전개를 둘러싼 논란이 현재까지도 종종 일고 있습니다. 우생학의 광기가 인류를 지배한 20세기, 세계인을 공포에 떨게 만든 전체주의 정권이 내건 '인격 장애의 영구적인 해결'이라는 명분하에 무고한 단일성 정체감 장애 환자들의 목숨이 위협받았음을 우리는 알고 있습니다.

그로부터 수십 년이 지났습니다. 의식의 영역을 탐사하는 것은 우리에게 낯설지 않은 일이 되었으며, 정신의학계는 단일성 정체 감 장애의 존재를 공식적으로 인정하였습니다. 그러나 아직도 갈 길이 멀다고밖에 할 수 없습니다. 굳이 복잡한 생각을 할 필요 없 이, '단일인격자'라는 표현이 일종의 멸칭으로 통용되어 이 글에서 도 꼬박꼬박 '단일성 정체감 장애 환자'라는 표현을 쓸 수밖에 없 는 것이 하나의 사례가 되겠지요.

지난해 아카데미 시상식 진행자가 단일성 정체감 장애 환자 여 배우들에게 미묘한 뉘앙스의 농담을 던져 불필요한 논란을 불러 일으킨 것을 우리 모두 알고 있습니다. 전 세계의 이목이 집중되 는 현대 문화산업의 중심지에서조차 그러한 일이 벌어진다는 것 이 안타깝게도 우리의 현실입니다.

미디어 속 단일성 정체감 장애 환자들은 하나같이 한순간의 충 동을 억제할 수 없어 차마 입에 담을 수 없는 일도 서슴없이 저지 르는 엽기적인 범죄자로 그려지고 있습니다. 언론은 확인할 수 없 거나 되지 못한 사항을 부풀려 그들을 언제 터질지 모르는 폭탄과 같이 묘사합니다. 또한 대중은 이를 무비판적으로 수용하여 단일 성 정체감 장애 환자를 받아들이기 힘든 경직된 사회를 만드는 데 일조합니다.

단일성 정체감 장애 환자들은 근본적인 면에서 우리와 같습니 다. 그들은 우리와 약간 다른 방향으로 세상을 바라볼 뿐입니다. 단일성 정체감 장애를 말하며 미디어에서의 묘사를 떠올려서는 안 됩니다. 그것은 그저 극적 재미를 위해 '만들어진' 캐릭터에 불 과합니다. 우리는 나와 같지 않은 사람이 '틀린' 것이 아니라 '다른' 것임을 인정하는 것이 옳다는 사실을 잘 알고 있습니다. 대다수

사회구성원과 다르다는 이유만으로 특정 집단을 박해하는 것은, 우리의 선조들이 종종 저질렀던 끔찍한 실수를 답습하는 것이겠지요.

이 책은 단일성 정체감 장애의 일반적인 특성과 흔히 알려진 오해, 한발 더 나아가 그들과 원활한 관계를 맺기 위해 우리가 알아야 할 전반적인 사항을 폭넓게 다루고 있습니다. 모든 내용은 권위기관에 의해 충분히 검수되었음을 알리며, 수익금의 절반은 단일성 정체감 장애 환자들의 권익 보장을 위하여 기부됩니다.

단일성 정체감 장애 지원 단체의 대표로서 그들을 대변하는 책을 한 권 더 제 서재에 들여놓을 수 있다는 것이 매우 기쁩니다. 부디 이 책이 인격의 개수와 관계없이 모두의 행복을 보장하는 걸음이 되기를 희망합니다.

— 빌리 밀리건, 하얀 의자 재단 운영위원장

첫 번째 걸음 — 시선 맞추기

책을 펼친 여러분, 환영합니다! 단일성 정체감 장애라는 단어를 모르는 사람은 찾아보기 힘들지만, 정작 해당 질환의 자세한 특성에 대해서는 잘 알지 못하는 사람들이 많지요. 실제로 한때 단일성 정체감 장애가 특정 유전형질을 통해 발생한다는 그릇된 믿음에 힘입어 차마 입에 담을 수 없는 일들이 저질러지던 시절 또한 있었습니다. 요즘은 어떨까요? 여러분이 알고 있는 단일성 정체감 장애란 무엇인가요? 그 이름을 떠올리면 어떤 기분이 드나요?

슬프게도 긍정적인 인상보다는 그 반대편으로 좀 더 기운 것이 일반적이겠지요.

대중이 가진 단일성 정체감 장애에 대한 이미지는 오해에 기반한 것이 대부분입니다. 한번 자리 잡은 잘못된 인상이 무의식적인 차별을 불러오고, 그것이 다시금 미디어를 통해 오염된 인식을 확산시키게 됩니다. 단일성 정체감 장애 환자들을 공격하는 모든 단체가 이러한 과정에서 탄생하였다고 주장하는 것은 성급한 일이지만, 분명한 과학적 근거나 통계 없이 그들의 주장을 무비판적으로 받아들이는 것 또한 지양되어야 함이 옳습니다.

혹여나 여러분이 해당 단체의 일원이거나, 그들을 지지하는 입장에 있다고 해도 문제는 없습니다. 훌륭한 텍스트의 조건에는 여러 가지가 있지만 그중 어느 것도 독자들을 선별적으로 수용하라고는 이야기하지 않지요. 이 책은 결코 독자 여러분들의 가치관을 교정하기 위해 쓰인 것이 아닙니다. 그저 현재까지 분명히 밝혀진 과학적 사실에 입각하여, 단일성 정체감 장애 환자들과 그들이 바라보는 세상에 대하여 이야기하고 싶을 뿐입니다.

유구한 시대를 거쳐 무르익은 우리의 문명이란 향긋한 내음을 풍기는 다인격의 나무와도 같은 것으로, 우리는 그 구성원으로서 단일하지 않은 요소가 빚어내는 음률이 얼마나 아름다운지 잘 알고 있습니다. 생각이 같지 않다는 이유로 어느 한쪽이 잘못되었다고 말하는 것은, 그러한 시각에서 그다지 성숙하지 못한 처사가 되겠지요.

하나의 몸에는 후천적 학습요소를 공유하는 6~10개 정도의 인격이 깃드는 것이 일반적입니다. 약간의 차이는 있을지언정 우리 사회가 그러한 다인격성에 기반한다는 사실이 그 순리를 입증하지요. 최근 정신과학은 나와 남을 분명히 구분 지을 수 없는 나이에도 우리의 몸이 다인격성을 긍정한다는 것을 확인한 바 있습니다. 그에 따르면 어린 아기들의 머릿속은 지식, 기호 등의 심리 지표들과 외부 정보가 모호한 경계를 띤 채 하나의 인격으로 보기 힘들 정도로 섞여 있다고 합니다. 내가 어디까지 뻗어 나가는지 알 수 없기에 나와 남은 물론이고 자아 또한 구분할 수 없는 것이죠.

이 단계를 거친 아이에게 일어나는 것이 바로 가치관, 지식, 자기 이미지 등 종합적 심리 특성을 갖춘 독립적인 의식, 즉 차례차례 일어나는 인격의 발현입니다. 그 자세한 과정이 아직까지는 무지의 영역에 있지만, 분명한 것은 우리의 몸은 단 하나의 인격만을 위한 것이 아니며, 우리 또한 어린 시절부터 그를 체득한다는 것입니다. 그러나 단일성 정체감 장애 환자들의 경우에는 이러한 지각이 불가능합니다.

그들은 어린 시절 굳어버린 인격 특성의 덩어리가 분열을 겪지 못한 채 그대로 남았으므로, 애초 하나의 몸에 개별인격 이외의 '나'가 존재할 수 있다는 사실에서부터 큰 혼란을 겪습니다. 게다가 우리 사회가 공유하는 대부분의 다인격적 특질을 이해할 수 없다는 사실 또한 그들에게는 큰 걸림돌이 됩니다.

그렇다면 구체적으로 단일성 정체감 장애 환자들은 우리와 어떻게 다른 걸까요? 그들에게 우리의 세상은 어떻게 보일까요? 그들의 눈에 비치는 사회는 어떤 모습을 하고 있을까요?

두 번째 걸음 — 같이 걷기

우리의 마음은 세상을 향해 열린 동굴과도 같은 것입니다. 동굴에 맺힌 수증기가 바닥으로 흘러내려 웅덩이를 이루듯, 우리의 의식 또한 외부 자극을 받아들여 다양한 특성을 맺습니다. 이러한 특성이 모여 성격이 되고, 그 성격들의 집합이 마침내 '나'라는 여럿의 인격을 빚어내기에 이릅니다. 그러나 동굴 천정에 돋아난 하나의 돌출부, 이를테면 종유석 같은 것을 타고 흐르는 물방울은 웅덩이에 씻어낼 수 없는 흔적을 남기기 마련이지요. 한 줄기의 물방울이 빚어낸 그들의 정신은 우리의 그것과 어떻게 다를까요? 하나의 인격만을 가지고 이 사회를 살아가는 것은 어떤 기분일까요?

1) 하나의 인격과 삶의 연속성

단일성 정체감 장애를 이해하기 위해서는 먼저 삶의 연속성에 대한 그들만의 독특한 감각을 알아야 합니다. 그들에게 있어 인생이란 수십 년 동안 달리는 롤러코스터와도 같은 것으로, 정도의 차이는 있을지언정 그 종착역에 바퀴를 누이기 전까지는 절대 멈추지 않지요.

우리에게 있어 삶이란 다채로운 빛깔의 모자이크가 시간축을 따라 늘어선 한 편의 설치미술과도 같은 것입니다. 우리 중 누구도 온전한 하루를 통째로 겪으리라 생각지 않으며, 침대에 몸을 누인 채 눈을 감으며 그다음 날의 아침을 상상하지 않습니다. 여러 개의 주(主)인격 중 하나가 그 일을 대신 할 것을 알기 때문이지요.

현실은 하나의 인격이 지속적으로 받아들이기에는 너무 크고 복잡한 것이지요. 그러나 단일성 정체감 장애 환자들의 경우는 다릅니다. 그들은 어쩔 수 없이 하나의 온전한 삶을, 결코 늦추거나 피할 수 없는 연속적인 시간의 흐름을 오롯이 받아낼 수밖에 없습니다. 이것이 단일성 정체감 장애의 고통을 이해하기 위한 첫걸음입니다.

단일성 정체감 장애 환자들은 매일 6~8시간 정도의 수면을 필요로 합니다. 일반인과 비교하는 것은 의미가 없으며, 산술적 잣대로 보더라도 하루의 30퍼센트에 육박하는 시간을 가만히 누워 보낼 것을 강요받지요. 물론 사람의 몸이라는 것이 으레 그렇듯 시간을 정확히 지키지 못하더라도 당장 문제는 벌어지지 않습니다. 그러나 한 줌의 흰개미가 끝내는 건물을 무너뜨리듯, 인간의 가장 큰 문제는 언제나 바깥이 아니라 스스로의 내면으로부터 찾아오기 마련입니다. 급속도로 누적되는 부하를 견디지 못한 단일성 정체감 장애 환자들은 빠른 시일 내로 알코올의 탐닉과 같은 이상 행동을 보입니다. 그리고 이러한 단계를 거쳐 이들이 생리적 중독 증상을 보이기 시작하면 진정한 의미의 치료는 사실상 불가능합니다.

다수의 의학자들은 이를 위에서 언급한 삶의 연속성과 큰 연관이 있는 것으로 추정합니다. 우리가 여러 인격으로 현실의 압박을 나눠 받는 것에 비해 단일성 정체감 장애 환자들은 그럴 수 없으니까요. 누적되는 피로를 해소하기 위해 그들의 뇌는 장시간의 집중적인 수면을 요합니다. 실제로 일반인들이 잠을 사회적 의례에 가깝게 여기는 것과는 달리 단일성 정체감 장애 환자들에게 있어 수면의 필요성이란 식사나 배설과도 같은 필수적 욕구에 버금갑니다. 그들은 하루만 잠을 자지 않더라도 지적능력이 현저히 저하되며, 이틀에 이르면 운동능력을 대부분 상실합니다. 이렇듯 빠르게 마모되는 이들의 정신은 차츰 외적 자극에 둔감해져, 끝내는 위에서 언급한 바와 같이 알코올을 위시한 신경작용제에까지 손을 대게끔 만들곤 합니다.

많은 사람이 이러한 경향과 관련하여 흔히 하는, 그래서 더욱 안타까운 오해 중 하나가 단일성 정체감 장애 환자의 생활을 마음가짐의 문제라고 생각하는 것입니다. 이따금 입방아에 오르는 몇몇 사설 캠프나 소위 말하는 '치유' 프로그램의 경우가 이러한 오해에 기반하고 있지요. 최근 정신의학계는 단일성 정체감 장애 환자의 잠에 대한 의존이 그들 신체의 생리·화학 체계와 밀접하게 맞물려 있으며, 섣불리 치료를 목적하기보다는 신중하게 접근해야 할 문제라고 공표한 바 있습니다.

또한 단일성 정체감 장애 환자가 극단적인 상황과 맞닥뜨렸을 경우 개별인격의 발현을 기대할 수 없다는 데에 이르면, 수면이 그들에게 있어 단순한 휴식 이상의 의미를 가진 것이 더욱 명백해집니다.

우리의 의식은 때때로 감당하기 어려운 사건에 노출된 뒤 개별인격의 발현을 시도합니다. 그를 이용하여 기존의 인격과 방법론으로는 타파할 수 없는 시련의 돌파구를 마련하는 것이지요. 단일성 정체감 장애 환자들에게는 이것이 원천적으로 불가능합니다. 따라서 그들의 긴 수면은 감당키 어려운 사건과 마주한 정신을 이완시키기 위해, 혹은 변화를 반추할 시간을 조금이라도 더 늘리기 위해 주어진 것입니다.

하지만 단일성 정체감 장애 환자가 적정 수면시간을 정확히 지키기란 거의 불가능합니다. 이것은 즉 피로를 해독하는 것보다 더욱 빠른 속도로 정신이 마모된다는 이야기로 귀결됩니다. 그 부작용은 곧 육체적인 면을 통하여 외부로 표출됩니다. 신체의 항상성, 면역 체계 등 다양한 요소들이 이에 영향받는데, 단적으로 단일성 정체감 장애 환자들은 육체를 통제하는 능력을 빠르게 잃게 됩니다. 이로 인해 이들의 기대수명은 오늘날에조차 80년을 채 넘지 못하며, 100년을 넘기는 경우는 극소수에 불과합니다.

또 한 가지 주목할 점은 현실의 압박을 이겨내지 못한 이들의 중추신경계가 맞이할 가장 비극적인 결말, 치매와 알츠하이머 등으로 대표되는 신경계통 퇴행성 질환입니다. 독자 여러분이 이 책을 내려놓고 검색 엔진을 켠다 하더라도 이상한 일은 아닙니다. 이 이름들은 병리학 역사에 관심이 있거나 관련 학위를 위해 공부 중인 사람이 아니라면 낯설 수밖에 없으니까요.

퇴행성이란 특정 기관이나 조직이 원래의 기능을 점차 잃게 되는 성질을 뜻합니다. 신경계통의 퇴행성 질환이란 다시 말해 두뇌와 척수를 포함한 중추신경계가 그 기능을 상실하게 되는 질환을 뜻합니다. 더욱 쉽게 해설하자면 후천적 학습으로 획득한 기억을 차츰 잃는 병이라고 할 수 있지요.

현재로서 이러한 질병은 원활한 인격 발현을 돕는 체계가 잘 갖춰진 국가에서는 거의 볼 수 없습니다. 물론 소득수준이 낮고 의료접근성이 떨어지는 국가의 경우 아직까지도 이 질환으로 고통받는 사람들이 종종 발견되기도 합니다. 우리 사회가 품은 무거운 숙제라고 할 수 있겠지요. 그러나 단일성 정체감 장애 환자들에게는 이야기가 다릅니다. 그들은 거주환경과 사회·경제적 계급과 무관하게 신경계통 퇴행성 질환 발병이라는 시한폭탄을 끌어안은 채 살고 있으며, 그 유병률 또한 일반인 그룹과 비교하여 뚜렷하게 높습니다.

2) 하나의 인격과 정신의 경화

정신이란 것은 수축과 팽창을 반복하는 고무 밴드와도 같은 것입니다. 현실이라는 크고 복잡한 무대에서 언제나 똑같은 모양으로 남을 수는 없는 노릇이지요. 이렇듯 변칙적인 자극이 꾸준히 가해지는 상황에서, 여러 겹의 고무 밴드와 하나의 고무 밴드 중 어느 쪽이 더 큰 힘을 받고 있는지 추측하는 것은 어려운 일이 아닙니다.

밴드 여러 개 중 하나가 끊어지는 것도 물론 안타까운 일이지만, 하나뿐인 밴드가 끊어진다면 그 무엇으로도 상처를 되돌릴 수 없음을 우리는 알고 있습니다. 더욱이 우리 중 누구도 헐거워지거나 끊어진 밴드에 원래의 모습을 찾아줄 수 있다고 믿지 않습니다. 단일성 정체감 장애 환자의 경우도 마찬가지입니다. 삶의 연속성과 더불어 이들의 필연적인 정신의 경화를 이해하는 일 또한 중요합니다.

단일성 정체감 장애 환자들은 대부분의 경우 고정관념에 기초하여 사고하며, 유연성과 상대성 측면에서는 통계 왜곡을 피하기 위해 심리검사 모집단에서 제외해야 할 정도로 낮은 경향성을 보입니다. 쉽게 표현하자면 이들은 지극히 주관적이지요. '주관적'이라는 말을 머릿속에 그리는 여러분의 가장 극단적인 상상보다도 이들은 주관적입니다. 실제로 언어학계에서는 '주관적인(Subjective)'의 용례를 일반적인 경우와 '그렇지 않은' 단일성 정체감 장애 환자들의 경우로 나누어야 한다는 소수 의견이 있을 정도지요.

자신의 모든 육체적, 정신적 활동을 주관하는 유일 인격으로서 이들의 자기중심적 경향은 놀라울 정도로 뚜렷하게 표출됩니다. 어느 정신의학자는 이를 일컬어 '삼위일체 효과'라고 칭합니다. 단일성 정체감 장애 환자들에게는 총체로서의 나와 세상을 감각하는 나, 감각된 세상과 상호작용하는 유일한 나가 전혀 다르지 않습니다. 이것이 그들에게 무의식적으로 유일신적 자기 이미지를 갖추도록 유도한다는 것이 이론의 골자입니다.

이러한 경향이 분명히 드러나는 지점이 바로 가치관의 형성입니다. 다인격적 특성을 갖춘 우리는 좋든 싫든 하나의 현상을 동일하지 아니한, 여러 갈래의 시각으로 바라볼 수밖에 없습니다. 반면 단일성 정체감 장애 환자의 가치관은 스스로의 무조건적인 합리성을 근거하여 이에 부합하는 정보를 받아들이고 그 반대는 누락시킵니다. 결과적으로 단일성 정체감 장애 환자들의 신념이란 그 진정성과는 무관하게 점차 타인을 배격하는 쪽으로 흐르게 됩니다.

다소 거친 표현으로, 단일성 정체감 장애 환자들은 남이 나와 다른 생각을 한다는 사실 자체를 이해할 수 없다는 말도 있습니다. 이성적으로는 물론 수용하는 모습을 보이려 노력하지만, 마음속 깊은 곳에서는 스스로의 믿음을 꼭 붙잡은 채 놓지 않는 것이지요. 그들은 남들이 자신을 이해하지 못하는 것은 받아들이기 어려워하지만 그 반대는 이상하게 생각하지 않습니다. 단일성 정체감 장애 환자들에게 있어 자기중심적 경향은 결코 떨쳐낼 수 없는 본능입니다.

단일성 정체감 장애 환자들의 취약성은 가치관의 경화뿐만 아니라 분명히 정의할 수 없는 사소한 일상에까지 많은 영향을 끼칩니다. 관습적 표현을 빌리자면, 단일성 정체감 장애 환자들은 언제나 막다른 골목을 등진 채 세상을 마주하고 있습니다. 하나뿐인 인격은 결코 현실에서 물러설 수 없고, 이는 곧 그들이 항시 현실에 과몰입하고 있다는 말로 이어집니다. 실제로 두뇌 스캔 결과 단일성 정체감 장애 환자에게서 물질중독 장애 환자와 유시한 형태의 신경 통로가 발견되었다는 연구결과도 다수 존재합니다.

학자들은 지능지수 상위 50퍼센트에 속하는 단일성 정체감 장애 환자의 수가 극단적으로 적은 것이 단순히 다인격형 검사체계와의 불협화음 때문만은 아니라고 추측합니다. 기억이란 결국 신경회로 위에 쌓이는 전기신호의 구조이며, 단일성 정체감 장애 환자들처럼 과다한 압력에 노출되었을 때는 당연히 빠르게 무너져 내릴 수밖에 없습니다. 그래서 단일성 정체감 장애 환자들의 뇌는 대부분의 장기기억을 감각정보와 융합하는 식으로 이를 변통하려 합니다. 대체로 특정한 오감을 자극받으면 연결된 기억이 떠오르는 방식이지요.

그 밖에도 고무 밴드의 비유와 더불어 단일성 정체감 장애 환자들의 머릿속을 이야기하는 많은 목소리가 있습니다. 공개된 장소보다는 어째서인지 익명성을 띤 곳에서 더욱 크게 울리는 목소리들이죠. 주로 충동성이나 자기방어적 태도와 관련한 그 내용을 여기서 하나하나 짚는 것은 책의 목적과도 맞지 않을 것이고, 여러분에게 불필요한 오해를 불러일으킬 우려가 있습니다. 분명한 것은 몇몇 단편적인 연구가 건져낸 사실의 조각을 모든 경우에 적용 가능한 진리로 보아서는 곤란하다는 겁니다.

현실이란 크고 복잡하며, 우리 앞에 그 진정한 모습을 쉽게 드러내지 않는다는 점을 언제나 잊지 말아야 할 것입니다.

3) 하나의 인격과 학습

최근 Y그룹 전 임원의 양심 고백이 많은 네티즌의 공분을 자아냈지요. Y그룹은 단일성 정체감 장애 환자를 적극적으로 채용하고 인재관리에 힘써 정부로부터 감사패를 받는 등 예전부터 사회적 약자를 보듬는 기업으로서 알려져 왔습니다. 그러나 진실은 그와 거리가 멀었습니다.

Y그룹은 채용된 직원들의 고용보험 가입을 차일피일 미루었으며, 정부 지원 기간이 끝남과 동시에 그들 모두에게 잔혹하리만치 돌변한 태도를 보였음이 드러났습니다. 적성과 무관한 부서이동이나 불필요한 특별교육 이수 등의 조건을 붙인 뒤 직원의 자발적인 퇴사를 유도한 것이죠. 대상이 응하지 않을 경우 심지어 지점 간부가 직접 나서 따돌림을 종용하는 등 단일성 정체감 장애 환자들을 단순히 고용촉진지원금을 위한 수단으로 소모한 정황이 만천하에 드러났습니다.

단일성 정체감 장애 환자들의 고용 불이익을 막기 위한 법안은 15대 의회에서 처음 발의된 이후 현재에 이르기까지 단 한 번도 입법예고 기간의 벽을 넘어본 적이 없습니다. 그를 둘러싼 첨예한 논쟁이 무색해지는 것은 Y그룹의 사례에서 보듯, 여전히 많은 기업이 단일성 정체감 장애 환자들의 채용을 꺼리기 때문입니다. 위에서 알아보았듯 그들의 이런저런 특성은 분명 '이달의 직원'상을 받기에 다소 부정적인 강화요인으로 작용할 수밖에 없습니다. 또한 윗글에서 언급한 정신의 경화와도 관련하여, 단일성 정체감 장애 환자들은 직무뿐만이 아니라 역량개발, 문제해결, 의사결정 등 지적 활동 전반에 취약한 모습을 보입니다.

목표설정과 학습의 필요성을 절감하게 된 단일성 정체감 장애 환자들의 노력이란 끊임없이 이어지는 시간 속에서 굳건히 버티고 서는 기량을 기르는 데서부터 시작됩니다. 그러나 단 한 장의 밴드로 현실의 압력을 온전히 견뎌야만 하는 이들의 학습이란 양과 질의 면에서 모두 힘에 부칠 수밖에 없습니다. 특히나 다양한 각도로 목표와 수단을 조명할 수 없다는 점이야말로 치명적인 약점입니다. 이러한 부정적 특성이 위에서 언급된 정신의 경화와 맞물린다면, 막대한 자원을 투자받고도 역량의 신장은 거의 이뤄지지 않는 경우 또한 비일비재합니다.

학습이란 특정한 목표를 설정하고 나아간다는 점에서 등산으로 비유할 수 있습니다. 그리고 단일하지 않은 인격이야말로 우리의 등산을 더욱 풍요롭게 만들어주는 단풍과도 같은 것이죠. 여러 갈래의 길을 동시에 나아가는 것은 식견을 넓히는 데도 도움이 되지만, 무엇보다 정보의 유기적 연결을 통해 각종 장해를 유연하게 대처할 수 있다는 점에서 큰 강점을 갖습니다.

반면 단일성 정체감 장애 환자들의 경우에는 이것이 불가능합니다. 그들은 최초로 선택한 하나의 길을 계속해서 나아갈 수밖에 없습니다. 산의 전체적인 모양도, 풍경도 보지 못한 채 가느다란 선을 긋듯 이어지는 등산은 결국 오랜 시간을 필요로 할 수밖에 없고, 정상에 도착하더라도 원숙한 학습을 기대하기도 어렵습니다. 게다가 그들이 선택한 길이 잘못되었음이 드러난다면 문제는 더욱 심각해집니다.

돌멩이에서 싯누런 금을 뽑아내려던 연금술사들의 욕망은 이루어지지 않았지만 그 과정에서 축적한 지식은 화학이라는 학문을 탄생시켰습니다. 이와 마찬가지로 설령 학습이 좌절되더라도 축적된 다양한 분야의 지식은 우리 미래의 또 다른 가능성을 제시해주기 마련입니다. 안타깝게도 이것이 단일성 정체감 장애 환자들에게는 해당하지 않습니다. 특히나 역량개발과정에서 다른 분야와의 관련성을 거의 찾아볼 수 없는 경우 이 문제가 두드러지게 나타납니다.

4) 하나의 인격과 범죄성

범죄는 어디에서 기인하는 것일까요? 범죄자의 무엇이, 혹은 그들 주변의 무엇이 법의 울타리 바깥으로 이어지는 마지막 한 걸음을 옮기게끔 만들었을까요? 범죄자와 비범죄자를 가르는 명확한 차이가 과연 존재할까요?

범죄학이 생기기 전부터 수많은 학자가 이 질문에 답하기 위해 노력했지만, 아직까지도 명확히 밝혀진 것은 전무합니다. 범죄성에 대한 탐구의 역사는 단일성 정체감 장애에 대한 탐구만큼이나 길고 복잡한 내력을 지니고 있습니다. 비슷한 길을 걸어가던 둘의 접점이 탄생하여 현재까지 유지되는 것은, 두 요소가 서로 깊은 관계를 맺고 있다는 주장이 꾸준히 제기되기 때문입니다. 실제로 많은 연구가 단일성 정체감 장애 환자 집단과 그렇지 않은 집단 간 범죄율에서 유의미한 차이가 나타난다는 사실을 지

적합니다. 더불어 재소자들을 대상으로 실시한 조사를 통해 상당
수의 원시반응* 범죄자들이 단일성 정체감 장애 환자이거나 그와
유사한 특질을 가졌다는 결과가 나온 바 있습니다.

위에서도 언급했다시피 단일성 정체감 장애 환자들은 세상을
받아들이고 상호작용하는 유일한 인격체로서 스스로를 자각합니
다. 이는 자신의 욕구와 외부통제 사이의 빈번한 충돌을 불러오
고, 때로는 공격적인 성향을 드러내게끔 그들을 부추깁니다. 앞서
언급한 정신의 경화는 성장 과정에서 이와 같은 경향을 부풀립니
다. 즉 단일성 정체감 장애 환자들은 필연적으로 주변 사물과 환
경에 대한 지배 욕구가 증대되는 방향으로의 성장을 이룹니다.
　그러나 범죄성의 탐구에 대한 다른 가설들이 반드시 지적하듯,
다른 모든 조건에 우선하여 절대적으로 범죄를 유발하는 요인이
란 존재하기 어렵습니다. 우리 사회를 이루는 것은 크고 작은 상
호작용을 주고받는 유기적인 조각들이며, 따라서 그중 특정한 요
인이 미치는 영향 또한 언제나 상대적인 측면으로 이해되는 것이
옳을 겁니다.
　학자들은 단일성 정체감 장애가 특정한 범죄성을 발현시킨다
기보다는, 환자들이 대부분 낮은 교육을 거쳐 높은 확률로 주류
사회로부터 유리된다는 사실에 주목합니다. 일반인과 단일성 정
체감 장애 환자 사이의 결혼 및 출산이 금지되어 있으므로 이러한
사회·경제적 배경은 세대를 거쳐 유지되거나 강화됩니다. 단적으
로 표현하여 단일성 정체감 장애 환자들은 사회의 하위계층을 구

---

* 　Primitive Reaction. 강한 감정체험이 억제되지 않고 단순한 형태로 직접 발산되는 것

성하게 됩니다. 범죄가 하위계층의 전유물이라고 주장하는 것은 분명 논쟁적인 발언이 되겠지만, 범죄학계의 시선이 어느 정도 후미진 뒷골목과 그 주민들로 향하는 경향이 있다는 것만큼은 부정할 수 없는 사실입니다. 그 외에도 사회 주류 계층이 갖는 편견 또한 무시할 수 없다고 주장하는 낙인 이론가들도 있습니다.

세 번째 걸음 ― 손잡기

그동안 단일성 정체감 장애 환자들의 특성에 대하여 개략적으로나마 알아보았습니다. 여러분은 그들과 시선을 맞추고, 그들과 같이 걸으며 그들의 눈높이에서 세상을 바라보게 되었습니다. 그러나 아직 우리의 것과 마찬가지로 그들의 손이 비어 있습니다.

글의 도입부에서도 지적했다시피 지금 이 순간에도 우리 사회 곳곳에서는 단일성 정체감 장애에 대한 잘못된 통념이 피어나고 있습니다. 이어지는 내용은 그 대표적인 사례와 더불어 집필진이 받았던 질문을 대담의 형태로 재구성한 것입니다. 글을 여기까지 읽은 여러분이라면 하지 않을 질문도 있고, 아직은 내심 감출 수밖에 없는 질문 또한 있습니다. 모두 거쳐야 할 길이겠지요.

Q 단일성 정체감 장애 환자들을 외모로 구분할 수 있나요?

A 이목구비와 같은 신체적 특징을 말하는 것이라면, 그렇지 않습니다. 단일성 정체감 장애 환자들은 인격이 하나뿐이라는 사실을 제하면 우리와 다를 것이 없지요. 다만 그들이 다소 독특한 옷

이나 장신구를 착용하는 등 자기주장이 강한 패션을 선호하는 것은 사실입니다.

우리는 스스로의 성별이나 체격과는 전혀 무관한 인격이 내 안에 깃들며 또 언젠가 깃들 수 있다는 사실을 알고 있습니다. 따라서 지나치게 특정 집단의 색을 띠게끔 스스로를 치장하기를 거부하지요. 그러나 단일성 정체감 장애 환자는 그 감각을 공유할 수 없기에 필요 또한 느끼지 못하고, 따라서 다른 사람에게 상당히 '튀는' 모습으로 보일 수 있습니다. 물론 이는 명확한 기준보다는 개성에 따라 나타나는 특질임을 염두에 두어야겠죠. 누군가의 외모만으로 인격의 개수를 짐작하는 것은 온당치 못한 일입니다.

Q 단일성 정체감 장애 환자들은 언제나 화가 나 있거나 짜증을 내나요?

A 그렇지 않습니다. 하나의 인격으로 외부 자극을 감당할 수밖에 없는 그들의 특성상 다소 피로할 것이라고는 추측할 수 있지만, 그것이 '언제나' 그것도 화를 내는 등 '공격적으로' 반응할 것이라고 볼 수 있는 근거가 되지는 않습니다. 우리가 그림자만 보고 사람의 키를 가늠할 수 없는 것과 비슷한 일이지요. 단일성 정체감 장애 환자 또한 우리와 마찬가지로 다양한 감정을 받아들이고 이해하여 상황에 맞게 표출할 수 있습니다. 정도와 순간의 차이만 있을 뿐이지요.

Q 단일성 정체감 장애 환자인 사람이 분명히 똑같은 말에
  다르게 반응하는 경우를 본 적이 있어요. 어떻게 이게 가능한
  거죠?

A 단일성 정체감 장애를 가졌다고 해서 똑같은 자극에 언제나
똑같이 반응하는 것은 아닙니다. 인격이란 것은 크고 복잡한 물
건입니다. 단순히 입력정보에 따른 값을 내놓는 전자 프로그램과
는 다른 것이지요. 오히려 어떤 면에서는 일반인보다도 더욱 넓
은 스펙트럼을 보이는 것이 단일성 정체감 장애 환자들의 감정입
니다. 때때로 그들이 전혀 다르거나 예측할 수 없는, 이를테면 충
동적인 행동을 보일 때도 있습니다만 그 또한 그들에게는 자연스
러운 기복의 범위입니다.

여러 겹의 밴드가 해야 할 일을 하나에 맡긴다면, 자연스레 그
폭이 가장 좁을 때와 가장 넓을 때의 차이가 클 수밖에 없겠죠.

Q 단일성 정체감 장애 환자와 친구가 되고 싶어요.
  그런데 섣불리 다가가면 뭔가 실수를 할까 두려워요.
  그렇다고 너무 신경 써주면 그것도 실례가 되겠죠?

A 가장 생색내기 좋고 성과가 있는 것처럼 '보이는' 방법은 이 책
을 비롯한 단일성 정체감 장애 관련 서적을 시험공부 하듯 달달
외워 정리하는 것입니다. 하지만 공감이란 마음에서부터 피어나
는 것이지 바깥에서 주워 간직하는 것이 아니라는 사실을 명심하
세요.

내 눈앞의 사람이 나와는 전혀 다른 곳에서 출발하여 다른 길
로 이 세상을 걷고 있음을 잊지 않는 것이 중요합니다. 우리는 때

때로 스스로의 마음에서 벗어나지 못한 채 그들을 대하는 실수를 저지르곤 하지요. 정보나 사실들은 결과가 아니라 수단입니다. 공감을 쌓기 위한 발판 이상의 의미를 그것들에 부여해선 안 됩니다.

마음과 마음이 잘 맞는다면 좋은 친구가 될 수 있는 것이 단일성 정체감 장애 환자입니다. 그들은 강한 자기중심적 경향만큼이나 애착도 강하기에 누군가와 깊은 관계를 맺을 수 있습니다. 자신을 이해해줄 사람을 만난 단일싱 정체감 장애 환자의 기쁨을 상상해보세요.

Q 단일성 정체감 장애 환자와 일반인의 결혼, 출산이 금지된 까닭은 무엇인가요?

A 일견 이해하기 어려울 수도 있습니다. 두 사람의 사랑이란 것은 아름다운 관계이며, 악의라고는 찾아볼 수 없는 순수한 동기로부터 시작되니까요. 그러나 법은 꼭 뭔가를 저지른 범죄자를 처벌하기 위함이 아니라, 공공의 이익을 보호하기 위해 있습니다. 그리고 공공의 이익을 훼손하는 현상이 명확한 악의에서만 발생한다고 믿는 것은 참으로 순진한 일이지요.

단일성 정체감 장애 환자들은 사랑과 결혼이라는 개념에 일반적인 경우보다 훨씬 많은 의미를 부여하며, 이는 '경향'과 같은 두루뭉술한 표현이 아니라 실제 기능적 자기공명영상 연구를 통하여 확인된 사실입니다. 그들에게 있어 사랑이란 호불호의 영역을 떠난 성스러운 감정이며 따라서 결혼은 법률 이상의 초월적인 관계를 함의합니다. 또한 대부분의 단일성 정체감 장애 환자들은 필연적으로 다인격 특성의 배우자와 갈등을 빚거나 하나의 주인격을 제외한 나머지를 거부하게 됩니다. 이는 종종 강한 통제와 비정상적인 집착으로 이어지곤 하지요. 이 관계의 결말을 상상하는 것은 그리 어려운 일이 아닙니다.

출산 및 육아와 관련된 문제는 더욱 심각합니다. 우선 단일성 정체감 장애 환자 집단은 유전정보의 열화를 막을 만큼 충분히 크지 않으므로, 그들의 자식이 유전 질환에 고통 받을 확률은 일반인의 그것에 비해 확연히 높습니다. 게다가 아기가 성장하기 시작하면 단일성 정체감 장애를 겪는 부모가 배우자에게 하듯이 자식의 다인격적 특성을 억압하려 드는 경우도 종종 보고됐습니다. 이는 때때로 국가보육을 부정하고 자신의 주관만으로 아이의 성장을 책임질 수 있다는, 일부 단일성 정체감 장애 환자의 아집으로 드러나기도 합니다.

우리 모두 한때 가족이라는 사회구성단위가 지금보다 훨씬 많은 역할을 했음을, 한때 국가가 모든 아이의 책임은 물론 표준화된 교육을 통한 시민 육성에 그다지 관심을 쏟지 않았다는 사실을 알고 있습니다. 그 흔적은 이제 별로 남아 있지 않지만, 안타깝게도 단일성 정체감 장애 환자 대다수의 기억은 아직도 그 시대에 멈춰 있습니다. 구세대에 대한 향수라기보다는, 가족 단위의 육아가 그들의 특성과 더욱 잘 맞아 떨어지기 때문이라고 보는 것이 옳겠지요.

네 번째 걸음 — 그 이후?

저자의 어머니는 단일성 정체감 장애를 앓았습니다. 어린 저를 무릎에 앉힌 채 이런저런 이야기를 해주던 모습이 지금도 가끔 떠오르곤 합니다. 하나의 인격으로 바라보는 세상, 아버지를 만난 일…. 물론 국가보육이 시작되며 저 또한 두 분의 곁을 잠시 떠나야만 했습니다. 보육이 끝나고, 희미한 추억과 함께 사회로 나온 저는 곧 혼자가 되었습니다. 어디에서도 생부와 생모의 기록을 찾을 수 없었습니다. 마치 원래부터 없던 것 같았죠.

당시에는 아직 일반인과 단일성 정체감 장애 환자와의 혼인 및 출산을 금지하는 법안이 없었습니다. 그러나 성문화된 법만 없을 뿐 지금보다도 훨씬 경직된 사회는 그들을 잘 받아들이지 못했지요. 저도 처음에는 그러한 연유로 두 분이 고초를 겪으셨겠거니, 그래서 하나 낳은 자식의 연까지 끊어가며 발버둥 치셨거니 생각하였습니다. 그러나 시간이 흐를수록 저는 조금 다른 방향으로 일을 바라보게 되었습니다. 무엇보다 기억은 오직 어머니 한 분에 대한 것뿐이었으니까요.

저는 제 아버지가 단일성 정체감 장애 환자가 아니었다고 확신하지 못합니다.

한때 단일성 정체감 장애가 특정 유전형질의 전이를 통해 발생한다는 믿음이 있었습니다. 그러나 현재 학계의 공식적인 입장은 그와는 정반대이지요. 이를 뒷받침하듯, 아주 희귀한 사례이지만 분명 일반 부부에게서 단일성 정체감 장애를 앓는 아기가 태어난 경우가 있습니다. 그렇다면 그 반대 또한 가능하다고 보는 것이 옳지 않을까요?

단일성 정체감 장애는 분명 여러 부정적인 특성을 갖추고 있습니다. 그러나 그것이 해당 질환을 앓는 사람들이 반드시 기피의 대상이 되어야 한다는 뜻은 아닙니다. 눈이 안 좋은 사람이 안경을 쓰듯, 단일성 정체감 장애 환자들에게도 적절한 기구가 필요할 뿐입니다. 그리고 그들에게 제일 필요한 기구는 바로 여러분들의 손길입니다.

　부디 이 책을 읽은 여러분의 손이 그들을 향해 내밀어지기를 바랍니다.

것들

● 초고 2019년 5월 14일

"고작 개밥그릇 하나에서 시작된 일이, 이렇게 세상을 바꿀 거라고 누가 예상이나 했겠습니까?"

출연자들이 일제히 동의했다. 스튜디오는 살짝 더웠다. 편안한 대화는 되지 못하겠지만 최소한 빠르게 촬영을 정리하는 데는 도움이 될 것 같았다. 대본을 정리하던 사회자가 고개를 들었다.

"X씨."

그는 가벼운 눈인사와 함께 첫 타자를 골랐다.

"원래대로라면 함께 오시기로 한 분이 있는데… 건강상 문제가 생겼다고요."

"네."

X씨로 호명된 이가 대답했다.

"아무래도 1세대 수술을, 그것도 세계 최초로 받다 보니 불편한 게 많으세요."

"1세대면 참 오랜만에 듣는 말이네요."

다른 출연자가 끼어들었다. 사회자는 여유롭게 고개를 끄덕였다.

"저는 그때, 참 생각하면 부끄러운 일이지만은, 그런 수술은 절대 안 받을 거고 받을 이유도 없는 줄 알았어요."

끼어든 출연자가 먼저 입을 연 X씨를 바라보았다.

"X씨 친구 같은 분들 덕에 저같이 멍청한 사람들도 수술이 얼마나 좋은 건지 알게 됐죠. 안부 전해드리고 싶습니다."

"Y씨가요? 수술 반대론자셨습니까?"

사회자가 눈을 동그랗게 떴다.

"그건 의외네요. 지금 보면 꽤 일찍 받으셨을 것 같았는데."

"무서운 것도 있었고요. 그냥 관습적으로 꺼려지기도 했고⋯. 여러분도 솔직히 어느 정도는 다 그랬잖아요."

Y가 동의를 구하듯 눈을 둘 곳을 찾았다.

"그렇죠?"

사회자가 과장되게 동의했다.

"당시의 관점으로 보자면⋯ 방송용으로 적절한 말은 아니지만, '자연의 섭리'를 무시하는 처사였죠."

대사를 자르고 붙이는 데 용이한 짧은 침묵.

"불로불사라는 관념 자체가."

"맞아요. 그때 상담실 찾아오시던 분들이 굉장히 많았는데요."

제3의 출연자였다.

"대부분은 종교인들이셨어요. 그분들이 이 수술에 대해 굉장히 스트레스를 이제 많이 받으셨는데, 제일 많이 하시던 말이 이제, 난 안 죽고 안 늙는 것보다 더 충격적인 게 있다."

어휘가 반복되고 말이 중언부언 늘어지는 것이 방송용으로 적합한 화법은 아니었다. 사회차는 참을성 있게 귀를 기울였다.

　"사람의 의식이라는 게 일종의 정전기라는 게 훨씬 더 충격적이다. 영혼은 아무 신성한 게 아니라 그냥 몸에 흐르는, 예전에 발견한 적 없는 전하의 순환이라는 게 믿기지가 않는다고들 하시더라고요."

　"확실히 그런 시선도 있었죠. 저도 이런 문구를 본 기억이 납니다."

　사회자가 눈앞의 인용문을 훑듯 손을 쳐들었다.

　"피와 뼈로 이루어진 기계, 살아 있다고 믿는 전기신호의 집합. 인간은 그것 이상이어야 한다. 단순히 사그라지지 않는 활동전위의 묶음이어선 안 된다."

　"하지만 인간이 전기신호의 집합이라고 해서 자포자기하는 게, 오히려 더 비인간적인 행위 아닙니까?"

　다른 출연자가 끼어들었다. 약간 화가 난 듯 격앙된 목소리였다.

　"전기신호의 집합에 불과함에도 지금까지의 문명과 역사를 이룩했음에 더 초점을 둬야죠."

　그 사람은 살면서 한 번도 목소리를 낮춰본 적 없을 것 같았다. 사회자에게는 양날의 검과 같은 출연자였다. 논쟁적인 의견을 줄기차게 주장하는 사람이 주도적으로 대화를 이끌게 두면 분량은 많아지지만, 방송사 게시판이 펄펄 끓어오를 수도 있었다.

　"우연에 우연이 또 겹쳐 그야말로 기적처럼 발견된 일이었죠."

　사회자는 슬슬 쇼의 본론으로 들어가야겠다고 생각했다.

　"사망한 애완견의 의식 신호가 금속 밥그릇에 담기고, 그걸 발견한 견주가 하필 또 관련 연구를 했다는 게."

"맞아요. 그때가 어제처럼 생생한데요."

출연자 중 한 명이 몸을 빼며 말했다.

"친구가 인공신경망 연구를 하던 때라 직업적으로도, 개인적으로도 더 흥미롭게 그 소식을 봤어요."

이번에 주도권을 넘겨받은 쪽은 앞선 격앙된 목소리와는 반대로 위험했다. 전문지식으로 무장한 지식인 타입.

"개밥그릇에서 관찰되는 전하방사의 파형이 생물의 종합적 인지기호 패턴과 의심의 여지없이 유사하다고…."

주도면밀하게 논리를 세운 채 이치에 어긋나지 않는 사실을 전달하는 데는 뛰어나지만 시청자들의 흥미를 끌어낼 만큼의 쇼맨십은 없다. 문어체적인 말투에 전문 용어의 남발까지 더해지자 카메라 렌즈 너머로 시청률 떨어지는 소리가 뚝뚝 들렸다.

사회자는 다른 출연자들을 위아래로 훑었다. 자기가 직접 나서서 주도권을 빼앗아올 수도 있지만 대중은 독불장군형 진행자를 좋아하지 않았다. 또 함부로 방송 노출의 우선순위를 정했다간 각 출연자의 열성 팬들이 패악질을 부릴 수도 있으니…. 머리칼이 다 근질거렸다.

"골자는 그런 거였죠."

역시! 출연자 중 한 명이 좀 더 넓은 시야로 방송을 이끌기로 마음먹은 모양이었다.

"우리 몸에는 지금까지 발견한 적 없는 새로운 순환계, '의식망'이 있다. 일정한 전기신호를 아주 약하게 순환시키는 계통인데, 그것을 조사하고 보니 소위 말하는 '영혼'이더라."

여전히 문어적이었지만 그나마 나았다. 무엇보다 연구 과정을 생략하고 그 결과부터 두괄식으로 나열하는 것이 마음에 들었다. 명제가 도출되기까지의 과정을 차근차근 밟아나가길 선호하는 창작자들은 곤두박질치는 종이책 판매량과 뒤엉켜 대중의 시야 너머로 빠르게 사라졌다.

"참 놀라운 발견이었죠."

다른 출연자가 말했다.

"얼마 안 가 사람들이 그렇게 물밀 듯이 진료실로 쳐들어왔죠. 그러면서 다들 물어보는 게, 피를 아무리 흘려도 그럼 그 전기신호가 흐르는 것만 유지하면 죽지 않을 수 있느냐?

출연자가 살짝 뜸을 들이며 그 질문이 함축하는 뜻을 강조했다.

"아무리 다치고, 죽을 것처럼 아파도?"

"좀비 같네요, 꼭 말씀하시는 게."

다른 출연자가 농을 건넸다. 장내 가벼운 웃음소리.

"아니, 꼭 그렇게 물어보시진 않았죠. 이런, 제가 말을 좀 잘못했네요."

잠시 오디오가 겹쳐지며 분위기가 이완되었다. 사회자도 웃음의 대열에 합류했다.

"물론 그 상태로 영원히 살고 싶은 분들은 없죠. 애초에 장기배양 기술이나 자가면역반응을 억제하는 기전이 충분히 개발된 상태였으니까요."

출연자가 말을 이었다.

"스스로의 몸을 아예 하드웨어와 소프트웨어로 완전히 이원화시켜 접근하던 게 당대에도 보편적이었죠."

보충 설명이 필요한 주제라고 사회자는 생각했다.

"소프트웨어인 의식만 유지한다면 소모품인 하드웨어를 제때

교체하면 된다는 거죠. 뇌, 간, 폐 따위를 주기적으로 갈아 끼우면 영원히 살 수 있을 거라고 생각한 겁니다."

다행히 출연자도 나름대로 감각이 있었다.

"그래서 의식망의 안정성만 극단적으로 강화하는 시술이 두각을 나타냈지요. 스텐트 수술처럼."

사회자는 혀를 찼다. 시청자 중 동맥에 쇳덩어리를 쑤셔 넣는 스텐트 시술이 뭔지 아는 이들이 얼마나 될까? 모두가 불로불사가 된 이래 기존 의학의 모든 분야는 피부과와 성형외과에 잡아먹혀 버린 지 오래였다. 요새 아이들은 페이스메이커라는 관용어의 뜻조차 모르는 게 일상다반사인데. 시대착오적인 비유를 듣자 머리칼이 또 간지러웠다.

사회자는 마음속으로 보이지 않는 손을 내뻗어 두피를 마구 쥐어뜯었다. 그러곤 두피에서 뽑혀 나온 검은 실낱들이 스튜디오 바닥에 오선지처럼 널브러지는 상상을 했다.

그래도 썼다.

"네, 그런 사회의 흐름을 타고 X씨 친구분께서 첫 수술을 받으셨죠."

사회자는 다시 주도권을 자신이 처음으로 선택한 X씨에게 넘겼다.

"맞아요. 정말 그때 생각하면 아찔하네요."

사회자도 공감하는 바였다.

"영혼을 인공적으로 강화하는 수술이 '불경하다'고 표현한 어느 테러단체 짓이었죠?"

그는 화면 밖으로도 감정이 잘 전달되도록 눈을 크게 뜨며 물었다.

"산소 공급관을 손댄 게."

"네. 분명 의료진들은 간단한 수술이라고 했거든요."

X가 대답했다.

"그런데 아무리 기다려도 안 깨어나는 거예요."

"걱정이 많으셨겠습니다. 친구의 일인데."

"네. 아 거기다가, 이건 여기서 처음 말하는 건데요."

X가 눈을 크게 뜨며 말했다.

"그때 심박이 아예 수평으로 누워버렸어요."

사회자가 눈과 함께 가지런한 치열을 빛냈다.

"그래서 수술 실패 선언까지 나왔고요."

방금 X의 '이건 여기서 처음 말하는 건데요' 부분은 분명 무수한 앵글로 개조되어 각종 예고편과 홍보 클립으로 제작될 것이었다. 행여나 거기 섞여서 나온 사회자의 모습이 성의 없어 보이면 이루 말할 수 없는 타격을 받을 것이다.

"그럼 X씨 친구분이 아예… 의학적으로 사망하신 상태였나요?"

사회자가 눈을 빛내며 물었다.

"수술 성공 오피셜이 나기 전부터?"

"최초로 수술 받은 사람이 그렇게 됐으니, 효과는 확실하게 검증됐죠."

"그건 그래요."

다른 출연자가 맞장구쳤다.

"당시에는 의학적 죽음에서 돌아오는 게 워낙 놀라운 일이라, 의료진 중에 실신하는 사람들도 있었어요."

X는 그날을 떠올리는 듯 비스듬히 눈길을 기울였다.

"그때는 심장이 안 뛰고 뇌가 죽어 있으면 거리낌 없이 묻히거나 태워지던 시대니까요."

"왜 수술 직후 그 사실을 공개하지 않았죠?"

사회자가 물었다.

"수술이 성공한 것뿐만 아니라 그게 정말로 불사 수술이었다는 것까지 공개했더라면 훨씬 파급력이 컸을 텐데요."

"글쎄요. 최초로 의식망 강화 수술을 받은 것도 그런데, 그 자리에서 바로 사망했다는 사실까지 공개하면 아무래도… 좀 혼란스럽잖아요."

사회자가 고개를 끄덕였다.

"한 번에 너무 많은 일이니까."

출연자들도 일제히 수긍했다.

"그, 친구분이 나중에 불로불사를 검증하려 하신 것도 대단했어요. 그때까지는 아무도 감히 상상도 못 했잖아요."

다른 출연자가 끼어들었다.

"저는 개인적으로 반대하는 쪽이었어요."

X가 혀를 내둘렀다.

"몸에서 피를 전부 빼낸 다음 그걸 유리병에 넣고 토크쇼에 출연한다니, 너무 쇼킹하잖아요. 아니 쇼킹을 넘어서 엽기적인데."

"그런 대담한 시도 덕분에 지금의 시대가 된 거죠."

사회자는 대화가 저 스스로 합을 맞추어 굴러가는 모습을 느긋하게 관조하였다.

"그냥 말로만 '죽지 않는다'가 아니라, 정말 무슨 짓을 하든 의식망만 유지되는 한 우리는 절대로 죽지 않는다! 가 만천하에 드러난 거니까."

"아직도 기억나네요. 참 시의적절하게 의료계가 미어터지던 때였죠."

출연자들이 꼬리에 꼬리를 물고 방송 분량을 확보해주는 그 아름다운 선순환이란!

"마침 불사 수술이라는 초특급 이슈가 생겨서, 특별 과정 이수만 하면 곧장 환자들이 돈 보따리 싸들고들 찾아왔으니까. 열기식을 때쯤 되면 다 벌 만큼 번 사람들만 남았고."

"수술 '열풍'은 식었죠. 그건 인정해야죠."

사회자가 촉각을 곤두세웠다. 이번에 입을 연 출연자는 왠지 약간 빈정거리고 있었다.

"한 번도 근데 '열기'가 식지는 않았죠. 안 그래요?"

나름 의표를 찌른답시고 한 말인 것 같은데, 안타깝게도 사회자를 포함한 스튜디오의 누구도 그 출연자가 원래 하려던 말을 짐작하지 못하고 있었다.

"수술 둘러싸고 이러쿵저러쿵 말 나오는 것 말입니다."

그가 한숨을 푹 쉬었다.

"열기는 식은 적이 없죠. 아직도!"

아, 그 이야기였나?

사회자가 입술을 깨물었다. 어차피 올 수밖에 없는 이야기였다.

"확실히 논란이 많긴 합니다."

민감한 소재에 대해서는 되도록 본인의 말을 아끼고 싶은 터였다. 그는 일부러 요란하게 목을 풀었다. 그것으로 주의를 환기시키고, 곳곳으로 흩어진 대화의 주도권을 되찾았다.

"오늘날까지 꽤 강경한 입장을 고수하는 분들이 많으니까요."

사회자는 방금 자신의 말투를 양측 각각에서 제 집단에 대한 은근한 조롱으로 받아들일 거라고 생각했다. 하지만 방송이 다 그렇고 편 가르기가 다 그렇지 않은가.

"육체와 자아의 단일화를 추구하는 것은 결국 인간의 본질을 따지는 문제죠. 이젠 상식으로 자리매김한 불사 수술과는 결이 다른 문제입니다."

사회자가 카메라를 바라보며 말을 이었다.

"아부쪼록 방송을 시청하시는 분들께서도 혹여 출연자의 의견과 본인의 의견이 다를지라도, 어디까지나 성숙한 시민으로서 바람직한 모습을 보여주시리라 믿습니다."

"차라리 이런 일이 아예 없었으면 또 어땠을까요?"

출연자 중 한 명이 덥석 다른 주제를 건넸다.

"불사의 비결이 아예 발견 안 됐으면요?"

"아뇨—"

사회자는 천천히 목깃을 정리했다. 등받이를 안락의자에 파묻었다. 내친김에 짧은 기지개까지 켰다. 그러면서 편집팀이 이 지점에 적정한 자료화면과 그래픽을 삽입할 것을 기대했다.

"—의식망 강화 수술이 예상치 못한 방향으로 안 나아갔으면요."

지금까지 스튜디오에서 오간 대화들, 가령 의식망의 발견이나 불사 수술의 대중화 같은 것들은 달리 불필요한 논란을 일으킬 까닭이 없었다. 전파를 탄 누군가의 신념이 필요 이상의 과격한 반응을 불러일으킬 리도 없었다. 바꿔 말하면 이제부터 전파를 탈 주제는 그런 일을 불러일으킬 수 있었다. 의식망 강화 수술의 소위 '부작용'을 공개적으로 언급하는 것만으로도 온갖 날조된 선전과 넘겨짚기와 프레이밍에 이어 최후에는 살이 터지고 뼈가 부러지는 소요 사태까지 일어나기 일쑤였다.

의식망 강화 수술의 목적은 당연히 그 안의 영혼을 오래오래 붙잡아두는 것이었다. 이는 극초기의 정육 가공에 가까운 시술에서부터 현대의 우아한 정신성형법에 이르기까지 변함없이 유지되는 기조였다. 그 해답으로 의료진은 의식망 속 전하의 흐름을 극단적으로 느리게 만드는 방법을 찾아냈다. 전도 과정에서 발생하는 필연적인 손실이나 파형의 변화를 막기 위한 조치였다. 비유하자면 원래 세차게 흐르던 물에 케첩을 부어 찐득거리게 만들어버리는 정도였다.

그렇게나 급격한 변화 탓에 강화 수술의 '부작용'은 실패한 경우보다 성공한 경우에 더 자주 그리고 강하게 일어났다. 느려진 의식은 미처 신체 전체를 순환하기 전 꽃피었다. 그렇게 신체 일부에 독립된 의식이 생겨나고, 그것이 그대로 새로운 자아를 갖게 되고, 새로운 자아가 들어앉게 된 신체 부위는 이윽고…. 어쨌든 기존의 담론으로는 포괄할 수도 없고 포괄해서도 안 될 만큼 급격한 변화였다.

그 때문에 불사 수술이 현실의 고려해볼 만한 옵션이 된 이래 많은 사건이 일어났다. 개중 몇은 대중을 너무나도 큰 공포에 몰아넣은 나머지 20세기 말엽에 나온 괴기영화의 이름까지 붙어 사람들 입에 오르내리곤 했다. 사회자는 한창 생각을 정리하던 와중 제작진의 메시지를 보았다.

"잠시 쉬었다 가겠습니다."
휴식 시간이었다.

"카메라 아웃됐으니 서로 반말 쓰셔도 됩니다."

출연자들이 기다렸다는 듯 자리에서 일어났다.

"화장실 아까 갔잖아?"

그러나 몇몇은 생각이 달랐다.

"그새 또 가려고?"

손목에 걸쳐 비스듬히 난 입이 씩씩대며 말했다.

"그러게 음료수 먹지 말자니까."

윗도리 안쪽이 들썩거렸다

"대기실 거덜 내려고 작정한 줄 알았어, 난."

긴 혓바닥의 윤곽이 옷감을 뚫고 보였다.

"어차피 먹으라고 주는 건데 뭐 어때?"

어깻죽지가 더듬이처럼 구부러지며 쏘아붙였다.

"꼬우면 너도 위장 공유하든가!"

겨드랑이가 경첩처럼 변형되며 열렸다. 어깨뼈 끝자락에 달린 눈알이 매서운 눈초리로 아랫배를 노려보았다.

"빨리 결정을 하든가. 가만히 서 있는 거 별로 재미없거든?"

신발이 찢어지며 기다란 송곳니가 튀어나왔다.

"화장실 가자니까 가타부타 말만 많아? 요소중독 한번 걸려볼래?"

세로로 벌어진 사타구니가 기세등등한 협박을 했다. 그 안에 박힌 갈고리처럼 길고 가느다란 이는 벌어진 틈을 제대로 닫을 수도 없을 지경으로 이리저리 구부러져 있었다.

사회자는 관자놀이를 지그시 누르며 눈을 돌렸다. 그러나 성당의 스테인드글라스처럼 무수한 시야를 모두 통제할 수는 없었다.

특히 분화가 빠른 머리카락의 경우 독립적인 감각 체계와 소화기관까지 형성된 뒤였다. 그는 이따금 스스로가 십만 개의 눈을 지닌 괴물이 된 것 같다고 생각했다. 어린아이를 훈계하듯 머릿결을 마구 헝크는데, 정수리에서 살짝 오른편에 돋은 성질 더러운 가닥이 대뜸 그의 손을 찔렀다.

새어 나온 핏방울이 새된 비명을 지르며 허겁지겁 도망쳤다. 살갗이 대수롭잖게 오그라들어 탈출을 시도한 혈액을 잡아먹었다. 사회자는 조용히 분을 삭이며 이 말 안 듣는 머리칼에 대한 처벌을 고민했다. 결론은 금세 내려졌다. 언제 날을 잡아 모근까지 뿌리째 제거해버리는 것이었다.

한편 출연자들은 어렵사리 합의한 끝에 걸음을 옮겼다. 스튜디오를 나가는 와중에도 쉴 새 없이 서로 지껄이고 공격하고 변명하고 헐뜯었다. 하나의 몸에 담긴 지엽적이면서도 유기적인 의식의 집합체. 개미의 군집과도 같은 그것이 이제는 인간의 새로운 형태였다.

공산주의자가 온다!

● 초고 2018년 7월 15일

1

마릴린 이브스는 벨몬트 초등학교에서 가장 인기가 많아요. 어쩌면 플레전츠 카운티 전체에서 그럴지도 모르죠. 다 해서 만 명도 안 되는 사람들밖에 안 사니까요. 외지인은 거의 안 오고, 와봤자 작년 겨울에 폭설 때문에 머물다 간 고속버스 승객 여섯이 다예요. 아니, 일곱이었던가요? 아무튼 사람들도 전부 착하고 조용해서, 보안관님이 신경 쓸 일이라곤 금요일 밤 음주 운전 적발하는 것 정도가 다죠.

참, 마릴린 이야길 하고 있었죠.

걔가 인기가 많다고 했죠. 예쁘냐고요? 글쎄요. 납작하고 뭉툭한 코에 자글자글 박힌 주근깨, 고장 난 우산처럼 펼쳐진 뻐드렁니는 개성적이긴 하지만 예쁘진 않죠. 아니면 성격이 발랄하냐고요? 글쎄요. 걔는 일단 조용해요. 꼭 텔레비전 리모컨 구석의 왜 있는지 모르는 알쏭달쏭한 버튼 같죠. 나서서 입을 여는 일이 별로 없고 아이들한테 가타부타 말을 붙이지 않아요. 그보다, 할 기회가 없죠. 아이들은 항상 걔를 몰아세우고 놀려 먹길 좋아하거든요.

아까 리모컨 이야기를 했는데, 왜 있는지 모를 버튼이라도 언젠가 눌러 기능을 확인해봐야 직성이 풀리잖아요? 다른 점이라면 한번 눌리면 그만인 게 버튼이고, 마릴린을 괴롭히는 애들은 그보단 많이 끈질기다는 거예요.

…뭐, 그것도 인기가 많다고 할 수 있겠죠, 안 그래요?

애들한테 둘러싸인 걔를 보면 절로 측은해져요. 깊숙이 가라앉아서 그렁그렁한 눈에, 입은 꼭 다물려서 하고 싶은 말을 두레박 따위로 길어 올려줘야 할 거 같거든요. 게다가 애가 몸집까지 작아서, 나쁜 말을 들으면 자꾸자꾸 작아지다가 바닥으로 뽕 꺼져버릴 것처럼 보여요. 가만히 보기만 한 내가 하긴 좀 그런 말이지만요.

애들이 마릴린을 놀리는 건 다 걔 아빠인 허먼 이브스 씨 때문이에요. 아저씨가… 확 돌아버려서 그런 거죠. 릴리 아줌마는 아저씨 돌봐주려고 직장까지 그만뒀어요. 그래 봤자 달라지는 건 없었지만요. 어차피 생계를 꾸리는 건 이브스 씨가 받는 연금이거든요.

어른한테 '돌아버렸다' 같은 말을 쓰면 안 된다고요? 왜요? 사실 마을 어른들도 말만 안 하지 다 그렇게 생각할걸요? 그러지 않고서야 왜 보안관님이 이브스 씨의 인사만 안 받아주겠어요? 왜 이웃끼리 바비큐 파티를 하면서도 이브스 씨네 집에는 초대장을 보내지 않겠어요? 마릴린은 학교에서 따돌림을 당하지만, 이브스 씨랑 그 가족들은 마을 전체에서 따돌림 당하는 거라고요. 이유요? 딱히 없다고 생각했어요.

내 말은, 왕따는 당하는 사람한테 그 이유가 있다니, 냉전 시대에도 안 나올 구린 말이잖아요. 마릴린은 물론이고 이브스 씨도 그렇게까지 심한 취급을 당할 이유는 없을 거라고 생각했어요. 사람이 좀 이상해봤자 얼마나 이상하려고요? 우리 역사 선생님, 월터 제임슨은 수업 시간에 자기가 남북전쟁 때 살았던 것처럼 이야기하더라니까요? 이브스 씨도 심해 봤자 그 정도일 거라고 생각했죠.

며칠 전까지는요.

그날 메이플 가의 전기가 나갔어요. 그냥 정전이 아니었죠. 훨씬 더한 거였어요. TV나 플레이스테이션뿐만 아니라 자동차도 시동이 안 걸리고, 건전지로 움직이는 기계도 전부 조용해졌어요. 꼭 전기가 흐르기를 거부하는 것 같았죠. 밤이 되어서도 가로등이 안 켜지고, 어른들은 거리에 모여 이런저런 논의를 했죠. 우리 엄마 아빠도 날 재워놓고 밖으로 나갔어요. 난 당연히 다락방으로 뛰어 올라가 그걸 엿보았고요. 고장 난 TV나 잡동사니만 가득 쌓인 곳이라 먼지가 풀풀 날렸죠. 손을 시커멓게 칠해가며 닦아낸 창으로 그때 처음 봤어요.

"이 멍청한 사람들아! 그들은 이미 와 있어!"

허먼 이브스 씨를.

"우리 아내, 아이들, 모두를 노리고 있어!"

어찌나 목소리가 큰지, 더러운 유리창에서 먼지가 우수수 떨어지더라고요. 게다가 왠지는 몰라도 아까 말한 제임슨 선생님이 떠오르는 목소리였어요.

"다음은 당신들이야! 당신이라고!"

네. 영문을 모르겠지만 진짜 그렇게 말했다니까요? 심지어 초점이 풀린 눈에, 매듭도 제대로 안 맨 가운 차림으로 털 슬리퍼를 신고 어깨에는 총까지 걸머진 채였죠. 근데 더 웃긴 게 뭔지 알아요? 보통 그런 상황이면 당연히 길고 묵직한 총이잖아요. 엽총이나 뭐 그런. 근데 이브스 씨는 권총을, 그것도 진짜 같지도 않은 걸 걸머지고 있더라고요. 꼭 별로 무겁지도 않은 물통을 갖고 나랑 당번인 애가 호들갑 떠는 것처럼요. 결국 대부분은 나 혼자 하긴 하는데….

나는 대머리수리를 직접 본 적이 없어요. 하지만 대신 허먼 이브스 씨를 봤죠. 그런 사람이에요 이브스 씨는.

목덜미에서 내 뱃살처럼 툭 튀어나온 뒤통수, 그대로 앞머리까지 컴퍼스를 대고 그린 것처럼 이어지는 둥글둥글한 머리통. 머리의 밑동과 구레나룻만 간신히 감싸는 빈약한 흰머리. 안 그래도 깡말랐는데 그걸 위로하듯 넉넉한 품으로 가운을 걸치고 다녀서 더 볼품없는 몸. 말라죽은 나뭇가지처럼 가느다란 다리, 그 끝에 상한 빵처럼 매달린 발.

아무튼 그런 꼴로 그런 말을 하며 사람들 사이에 뛰어드는데, 평소에 자기가 세상에서 가장 힘센 사람이라느니 떠들던 딩글 씨까지도 겁이 나 슬쩍 물러서는 게 보이더라고요. 사실 심각한 표정의 어른들을 보던 게 지루하던 참인데 덕분에 다시 집중할 수 있었죠.

"내가 뭐라고 했나! 전쟁은 언제까지고 계속될 수밖에 없어!"

다락방에 콕 박힌 나한테까지 술 냄새가 풀풀 풍길 몰골을 해서는, 이브스 씨는 다시 장광설을 늘어놓기 시작했어요.

"우리가 '이것'을 만들고 저들이 '그것'을 만들더라도 결국 전쟁은 올 거야! 언제나 그랬어!"

이브스 씨는 여기서부터 정신없이 손가락을 휘둘렀죠.

"공산주의자들이 이 사달을 만들었어! 전파와 인공위성과 모든 신호에 그들의 메시지가 있어!"

마을 어른들을 지휘하고 싶은 건지 아니면 그 앞에서 휘핑크림을 만들고 싶은 건지 알 수가 없었어요.

"혹 얼마 안 가 최후의 날이 오더라도 후회하지 말게! 구운 돼지 다리나 더 넓은 냉장고를 위해 미래를 팔아치운 자네들이 치러야 할 대가니까!"

별로 듣기 좋은 말은 아니죠. 안 그래요? 몇몇 어른들이 불편한 기색을 내보였어요.

"공습경보가 울리고 비상 방송이 시작되면 자네들은 뭘 할 테지? 응? 쉘터도 단파 라디오도 준비해놓지 않은 자네들이 할 수 있는 게 뭐야? 대답해봐, 할로위. 와이스!"

이브스 씨는 꼭 술 취한 하우디 두디*처럼 비틀거리면서도 할 말은 다 하더군요. 그때 난 다른 걸 쳐다보고 있었지만, 소리는 어쨌든 들리니까요.

"손에 잡히는 대로 통조림과 생수를 챙겨 지하실로 도망칠 텐가? 아니면 급한 대로 앞마당에 토굴이라도 파 내려갈 텐가? 혹시 내게 인정을 호소할 생각은 아니겠지? 웃기는 소리!"

그런 말을 하는 이브스 아저씨는 하지만 전혀 웃고 있지 않았어요.

* Howdy Doody, 1947년부터 1960년까지 방영된 어린이 프로그램 〈The Howdy Doody Show〉의 등장인물

"내 쉘터를 두른 18인치짜리 특수강과 6인치짜리 납으로 막을 수 있는 게 전리방사선뿐인 것 같나? 천만의 말씀!"

뭐, 적어도 그렇게 들렸다는 거예요. 난 다른 걸 보고 있었다고 말했잖아요.

"자네들이 제아무리 절박한 광기를 몰고 오더라도, 내 맹세컨대, 이름에 이브스가 들어가지 않은 사람이 그 안에 들어올 일은 결코"

네. 말이 중간에 끊겼어요. 저도 무슨 일인가 봤더니, 헐레벌떡 뛰어와 사태를 수습하던 보안관님이 사람들을 말리는 데 실패했더라고요. 핀칠리 씨는 평소부터 손버릇이 나쁘기로 소문났어요. 툭하면 주먹으로 기계를 때려 고장 내기 십상인데, 그게 턱에 정통으로 꽂혔으니 별수 있겠어요? 윌킨스에게 한 대 얻어맞은 윗킨스*처럼 나가떨어질 수밖에요.

그 뒤로도 아수라장은 하지만 끝나지 않고 오히려 이브스 씨 혼자 떠들 때보다 난장판이 되었죠. 하긴 누구나 그런 말을 들으면 독하게 한 대 쏴붙여주고 싶어질 거예요. 내가 듣는 걸 엄마 아빠가 별로 좋아하지 않을 말만 잔뜩 흘러나와서 나는 귀를 막고 화면이나 들여다봤어요.

검게 물들어 있던 텔레비전 화면.

그날부터, 아무래도 이브스 씨가 그냥 '돌았다고' 말하는 건 너무 편안한 거짓말이라는 걸 깨달았어요. 마릴린이 아무 이유 없이 괴롭힘 당하는 것도 아니었죠. 이브스 씨는 '확' 돌았고, 마릴

---

* 1950년대 방영된 광고. 윌킨스 커피를 좋아하는 윌킨스 인형이 고집불통 윗킨스 인형을 혼쭐내는 내용이다.

린도 그래서 놀림거리가 된 거예요. 전기가 끊기면 총을 쥐고 나와 공산주의자들의 침공을 경고하는 아빠를 뒀다는 이유 때문에요. 학교에서 걔를 가만히 지켜보는 날이 늘어났죠. 그건 아마… 내가 마릴린이랑 어느 정도는 닮았기 때문이기도 할 거예요.

외모 말고요. 아이들이 우리를 대하는 방식 말이에요. 나도 조금… 인기가 많거든요. 알죠? 무슨 말 하는지….

하지만 난 이유가 없어요. 내 말은, 쟤네들이 몇 개씩 갖다 붙이긴 하지만 다 반박할 수 있다고요. 내가 코를 쿵쿵거리는 건 집안 내력이고, 스크린에서 테스트 패턴*이 나올 때까지 TV만 보는 건 같이 놀 애들이 없어서고, 매사 굼뜬 건 뚱뚱하기 때문이고… 뚱뚱한 건 우리 엄마, 미리암 웰치 여사께서 카운티 전체에서 가장 맛있는 아이스크림선디를 만들기 때문이에요. 진짜예요. 다들 한번 먹어봐야 돼요. 저번에는 웬 커플이 엄마 가게에서 1페니짜리 운수 뽑기 기계가 빵빵해질 때까지 있다 간 거 있죠. 이게 다 달콤하고 쫄깃한 아이스크림선디의 위력이죠. 과소평가해선 안 되는 건 수프뿐이 아니에요.**

아무튼… 그래요. 이렇게 말하지만 애들은 나랑 마릴린을 한 묶음으로 보고 놀리죠. 그래서 둘이 친하게 지냈느냐고요? 그건 아니에요. 데면데면했어요. 저쪽은 어떻게 생각했는지 모르지만.

왜냐면 우리가 서로 뭉치면, 그건 다른 애들이 생각하는 대로의 우리가 되는 거잖아요? 괴짜라서 서로가 아니면 어울리지 못

---

* 텔레비전 송수신기 조정을 위해 송출하는 특정한 도형과 색 등을 담은 이미지
** 미국의 식품 기업 Campbell Soup Company의 홍보문구 'Never Underestimate the Power of Soup'.

한다는 걸 증명해주는 거나 다름없죠. 그래서 난 마릴린을 멀리 했어요. 틀림없이 걔도 그럴 거라고 생각하면서요.

하지만 알고 보니, 음, 이브스 씨는 진짜 홱 돌아버린 사람이 었고, 마릴린도 그걸 알았죠…. 그 애는 할 말을 참은 게 아니라 정말 할 말이 없던 거였어요. 아이들이 왜 자길 놀리는지 알고, 그게 다 맞는 것도 아니까. 어쩔 수 없이 가만히 있던 거죠. 그 건… 그건 너무 불쌍하잖아요.

안 그래요?

다 보는 앞에서 걔한테 말을 걸 순 없어요. 애들이 달려들어서 놀릴 테니까요. 그래서 점심시간에 몰래 쪽지를 줬죠. 학교가 끝 나고 같이 돌아가자고요. 어차피 스쿨버스에 타봤자 피차 고통의 시간을 늘리는 것밖에 더 되나요. 차라리 둘이서 빠져나오는 게 낫죠. 마릴린도 같은 생각을 했는지 단박에 승낙하더라고요. 그 러고는 마지막 수업 내내 이쪽을 쳐다보며 웃는데, 참 민망했어 요. 누가 보면 어쩌려고 그러는지 모르겠어요 걔는. 하지만 그렇 게 말해준 사람이 나밖에 없었을 테니, 그럴 만도 하죠.

걔가 웃는 걸 보니까, 사람은 웃을 때 가장 예쁘다는 말이 무 슨 뜻인지 알겠더라고요.

난 걔가 교정기를 꼈을 거라고 생각했어요. 왜냐면… 그냥요. 그냥 왠지 주근깨가 가득하고 코는 낮은 소녀, 마릴린 이브스라 면 입안에 철도 정도는 깔아놨을 거라고 생각했어요. 근데 그게 아니더라고요. 걔가 웃으니까 그렇게 삐뚤지만도 않은 삐드렁니 들이 환하게 빛났죠. 꼭 작은 사탕이 줄줄이 늘어선 것 같았어요. 아마 학교의 누구도 그걸 본 적도, 궁금해한 적도 없을 거예요. 따지고 보면 우리 둘만의 비밀이 생긴 셈이죠. 그렇게 밝게 웃는 아이가 이브스 씨 밑에서 어떻게 태어났는지 참.

"아, 이렇게 같이 걸으니까 너무 좋다!"

마릴린이 재잘거렸어요.

"난 집에 가면 할 일이 없거든. 통조림 따개나 자가발전 라디오 돌리는 것 아니면 아빠가 보여주는 이상한 영상만 온종일 봐야 해. 너 '엎드려서 감싸!'* 봤어?"

이렇게 수다스러운 애가 대체 학교에선 어떻게 버텼는지 모르겠어요. 다른 애들이 스쿨버스를 타고 사라질 때부터 거리로 나와 캐슬 할아버지가 운영하는 전당포 앞을 지나칠 때까지, 정말 쉬지 않고 입을 여닫는 모습이 존경스러울 정도였죠.

"난 우리 아빠가 정말 싫어! 맨날 툭하면 공산주의자가 어떻고 음모가 어떻고…. 너 휴대폰에서 세뇌전파가 나온다는 얘기 들어봤어?"

마릴린이 고개를 내저으며 말했죠.

"웃기지 정말… 에디 좀 봐. 참, 걘 내 남동생이야."

남동생이 있다는 건 몰랐네요. 아마 오늘 그녀에 대해 모르던 많은 것들을 알게 될 것 같아요.

"걔는 다른 집 애들이라면 보이스카우트나 들어갈 나이에, 자기가 무슨 군인 아저씨라도 되는 것처럼 군단 말이야. 이게 다 아빠 때문이야."

글쎄요. 난 굳이 마릴린이랑 같이 이브스 씨 얘기를, 구체적으로 뒤에서 흉을 보고 싶진 않았는데, 적어도 사람이 별로 없는 곳

---

* 냉전 시대 미국의 유사시 대처 교육을 대표하는 경구. 엎드려서(Duck) 머리를 감싸라(Cover)!

으로 가기 전까지는 말이에요. 누가 보면 뭐라고 생각하겠어요?

근데 걔는 그런 것도 신경 안 쓰이는지 아니면 평소에 담아둔 게 너무 많아서 그런지 정말 막힘없이 떠들더라고요. 그러다가 우리 둘은 메이플 가 어귀에 도착했어요.

즉 헤어질 시간이 되었다는 거죠.

마릴린은 입을 다물곤 물끄러미 고개만 내밀었죠. 저만치 떨어진, 쇠 울타리에 이름 모를 덩굴이 칭칭 감긴 게 걔네 집이에요. 뭘 하는지 여기까지도 흐릿한 고함이 들려오네요. 아마 또 모의훈련이나 뭔가를 하겠죠. 우리 집은 그보다 좀 더 가야 해요.

난 걔의 우수에 찬 눈동자를 무시하려 애쓰며 손을 흔들었죠. 조금 더 용기를 냈으면 안녕, 내일 봐. 같은 말도 해줬겠죠. 우리 옆으로는 누구를 막 내려주고 가는 길인지 택시 한 대가 부리나케 지나갔죠. 그런데 그 애가 갑자기 내 손을 잡는 거예요.

다시 생각해보니 그 감촉이 마치 축축한 고무 같았지만, 여자애랑 손을 잡아본 게 처음이라 그땐 아무 생각도 안 났어요. 그리고 여자애가 우리 집으로 따라와도 되느냐고 말한 것도 처음이었죠. 그 뒤에 수줍은 구두점처럼 단순히 자기 집이 싫기 때문이라고 덧붙이긴 했지만, 어쨌든 처음은 처음이잖아요.

솔직히 처음부터 그런 생각을 아주 안 했다면 거짓말이지만요.

난 고장 난 엔진처럼 쿵쾅거리는 가슴을 붙잡고 간신히 집까지 왔어요. 손은 계속 잡고 있었죠. 마릴린은 평범한 날이면 자기 집 밖을 이리저리 돌아다녀요. 그리고 이브스 씨 가족에게 평범한 날은 결코 찾아오지 않는단 걸 카운티 사람 모두가 알죠.

평소에 동네에서 잘 안 보이던 애, 게다가 그 누구도 아닌 마릴린 이브스가 나랑 같이 돌아다니니까 마주치는 사람마다 좀 놀라더라고요. 하지만 어쩌겠어요? 그때 난 그런 걸 생각하기엔 너무 바빴어요. 더 중요한 일이 있었으니까.

마을 어른들은 잘 모르고 알아도 믿지 않겠지만, 사실 이브스 씨는 예전에 '이것'을 만든 연구원 중 한 명이거든요.

메이플 가의 전기가 나간 날, 말했다시피 난 다락방으로 올라가서 바깥을 보고 있었어요. 그런데 오래되어 고장 난 TV에 갑자기 불이 들어오는 거예요. 난 깜짝 놀랐죠. 정전이 끝났거나, 아니면 적어도 우리 집은 고쳐진 줄 알았어요. 엄마 아빠를 소리쳐 부르려는데 이브스 씨가 튀어나왔죠. 그걸 지켜보고 있었는데 이번에는 내 폰에 전원이 들어오는 거 있죠.

하지만 아무것도 할 수 없었어요.

화면은 쳐다보면 쳐다볼수록 도망치듯 멀어졌죠. 난 그걸 붙잡아야 했어요. 그래서 계속 쳐다봤죠. 어딘가로 내가 자꾸자꾸 옮겨지는 기분이었어요. 내 마음을 뜯어 묶고 던지고 다시 조립해 칠하듯이, 당연히 생각하던 것들이 뒤집히고 작아져 새로운 상식을 만들었어요.

그날부터 난 방송이 모두 끝나면 나오는 테스트 패턴을 유심히 보게 되었어요. 그런데 그곳뿐만이 아니었죠. 그들은 어디에나 있었어요. 시끄러운 소음에서부터 부드러운 속삭임까지, 가로에서부터 세로까지, 부옇고 흐린 화면에서부터 수정처럼 깨끗한 화면까지. 그리고 나는 그런 모든 곳들에서 내가 더 이상 나 자신이 아니게 되는 방법들을 배웠어요. 그렇게 마침내 지금의 내가 되었죠.

그래요, 어쩌면 이브스 씨가 맞았어요. 공산주의자들은 방송전파와 인공위성 신호를 이용해 음모를 꾸미고 있었죠. 하지만 진짜로 중요한 건 그게 아니에요.

이브스 씨의 연금은 합중국 정부에서 나오고 있어요. 심지어 집 바닥에 어마어마한 쉘터를 짓고도 남을 만큼 많죠. 그건 이브스 씨가 그냥 일개 연구원이 아니었기 때문이에요. 그는 '이것'을 만듦으로써 합중국을 전복시키기 위한 계획에 가장 큰 걸림돌이 되었죠. 우리나라의 '그것'은 '이것'보다 가볍고 민첩하지만, 그만큼 방어력이 약해 정면으로 붙었다간 승패를 장담할 수 없다고 과학자들은 예측했어요. 난 이브스 씨에게 물어야 해요. '이것'의 약점을 알아내야 해요.

그래서 마릴린 이브스를 집으로 불렀어요.

부모님은 가게를 꾸리느라 밤늦게 들어오세요. 맛좋은 아이스크림선디는 그냥 만들어지는 게 아니니까요. 혼자 남은 나는 평소라면 바싹 익힌 팝 타르트*나 먹겠지만, 오늘은 더 중요한 일이 있죠.

난 마릴린을 데리고 다락방으로 올라갔어요. 그 애는 아무런 의심도 하지 않았죠. 부모님이 아시면 이브스 씨네 아이랑 논다고 화낼 거라고 하니 순순히 따르더군요. 내 손을 놓지 않은 채 제 발로 들어와 문까지 닫았어요. 다락방엔 이런저런 잡동사니가 많죠. 뾰족하거나, 단단하거나, 무겁거나… 마릴린이 부디 제 아비를 싫어하는 만큼이나 그에 대해 많이 알았으면 좋겠어요.

준비한 게 다 떨어지기 전까지, 심문 대상의 몸에서 마지막 생명 한 방울이 빠져나가기 전까지 서기장 동지께서 만족하실 대답

---

* 미국의 불량식품

을 얻어내고 싶거든요.

2

"정말 괜찮을까?"

"괜찮다니까, 그보다 먼저 인사드리자고 한 건 자기잖아."

여자가 환하게 웃으며 답했다.

"자기 아버님이 좋아할 거라면서."

"그것도 이제 와선 잘 모르겠어…."

남자가 답답한 듯 목깃을 어루만졌다.

"아마 나라 지키는 일 한다고 좋아하시거나, 아니면 거기 숨어든 공산주의자가 몇이나 있는지 아냐고… 근데 자기 하는 일이 정확히 뭐라고?"

"회사가 국방성 일감 받는 게 좀 있거든."

여자가 말했다.

"그거로 먹고 사는 데야."

"그리고 또, 오빠가 군인이라고 했었나?"

"응. 장군이야. 되게 높은 사람."

여자가 고개를 끄덕였다.

"지금 아마 원정군…."

"그래. 그 정도면 충분할 거야."

자기 자신을 북돋기 위한 말은 그러나 별로 효과가 없었다.

"그럴 것 같…, 아."

남자의 안색이 금세 흙빛에 가깝게 변했다.

"우리 그냥, 없던 일로 하자, 응? 저기 웰치네 가게 보이지?"

여자는 남자가 가리키는 곳을 보았다. 과장된 화풍으로 자기 자신을 먹어치우는 소프트아이스크림 간판이 보였다.

"저기 아이스크림선디가 그렇게 맛있어. 군것질이나 좀 하고 피츠버그로 돌아가…."

여자는 고개를 돌렸다. 그리고 가벼운 입맞춤으로 남자의 말을 끊었다.

"괜찮대도."

혼란에 빠진 남자의 눈길이 반대로 자신감이 넘치는 여자의 눈길과 맞닿았다.

"자기 가족 만나는 건데 뭐가 문제야? 좀 이상한 분들이라도 상관없어."

"'좀 이상한' 게 아닌데…. 아, 예 여기서 내려주세요."

남자의 말을 들은 택시가 운행을 멈추었다.

"감사합니다."

기사가 여자를 도와 트렁크에서 여행 가방을 내리는 동안 남자는 복잡한 표정으로 저만치 떨어진 집을 응시했다. 이름 모를 덩굴이 울타리를 감싼 그곳은 세상의 언저리에 마지못해 달라붙은 얼룩처럼 어색하고 껄끄러웠다.

"이용해주셔서 고맙습니다!"

늙은 택시 기사가 활기찬 인사를 건넸다.

"이 동네는 제가 잘 아는데, 혹시 어느 집에 들르시나요?"

"이브…."

"이블린. 이블린이요."

여자친구가 미처 말을 끝맺기도 전 남자가 말을 끊었다.

"이블린이요? 이상하군요."

택시 기사가 눈살을 찌푸렸다.

"이블린은…."

"하하, 이블린이 아니면, 뭐 어떤가요! 대린이든, 다윈이든, 더 그우드든…."

남자는 허겁지겁 기사에게 지폐를 건넸다.

"거스름돈은 됐어요."

기사는 잠자코 그를 바라보다가 차에 탔다. 그리곤 고개를 내저었다.

"맙소사…."

남자의 수상쩍은 행동을 곱씹다가 깨달은 것이다. 둘이 내린 메이플 가에 있는 집 중에서 '이브'로 시작할 만한 가족이 누구인지.

룸미러 속 작아지는 커플에게 기사는 느리게 성호를 그었다.

"방금 뭐야?"

여자, 사만다 힐리어드는 의뭉스러운 표정으로 물었다.

"넌 잘 모르겠지만, 우리 가족은… 아, 이걸 어떻게 설명한다!"

이브스 가의 장남, 페스터 이브스가 몸을 떨었다.

"별로 말해봤자 좋은 게 없어."

그런 격렬한 반응이야말로 어찌 보면 어떤 말보다도 효과적인 설명이었다.

"이 마을 사람들은 이브스라면 치를 떤단 말이야. 나도 그게 너무 싫어서 고등학교 진학하자마자 도시로 뜬 거고."

"그래도 그렇지, 우리가 어디 가는지도 못 말해?"

페스터는 어깨를 으쓱했다.

"이제 보면 알 거야."

그 말을 들은 사만다가 입술을 삐죽였다. 대뜸 이 자리에서 아픈 가족사를 미주알고주알 털어놓을 거라고 생각하진 않았지만, 그에게는 생각보다 더 예민한 문제 같았다. 한편 메이플 가를 걷는 그들의 귀에 흐릿한 고함이 들려왔다. 모의훈련처럼 들리는 소란은 저만치 떨어진 이브스 저택에서 나오고 있었다.

걷는 내내, 사만다는 체구에 맞지 않게 크고 무거운 여행 가방을 낑낑대며 옮겼다. 페스터가 그 모습을 두고 본 까닭은 무심한 남자라서가 아니라 온갖 사소한 일마다 굳이 나서서 돕는 것을 그녀가 좋아하지 않기 때문이었다. 둘은 그 정도로 서로를 알았다.

"얼마 만에 오는 거야?"

"꽤 됐지… 독립하고 나서 처음이니까."

그런 이야기를 할 무렵 페스터 이브스의 머릿속을 들쑤시는 것들이란 일이 생각대로 되지 않을 법한 수천수만 가지 실패의 가능성이었다. 꼭 만남이 어떻게 끝나야만 실패가 확정되는 것은 아니었다. 아예 시작조차 되지 못하고 끝나버릴 수도 있다. 페스터는 어린 시절 봐 왔던 아버지의 갖가지 기행을 곱씹으며 마음을 방비하였다. 그런 애인의 마음을 모르는 사만다는 무슨 생각을 하는지 천하태평한 표정으로 소리 없는 콧노래까지 불렀다.

그리고 도착했다. 아무리 내키지 않는 걸음걸이로도 더 이상 지체할 수가 없었다. 이름 모를 덩굴로 감싸인 울타리였다.

페스터가 주먹을 꽉 쥐었다. 극적으로 과장된 카메라워킹과 배경음을 입힌 영화의 연출처럼, 바깥의 모든 소음과 조명이 저물고 마주한 이브스 저택의 갓돌과 기둥과 쇠문과 불투명한 유리와

처마가 그들의 시야를 가득 채웠다. 앞장선 사만다의 손길이 초인종으로 향하는 순간, 발치에서 기름 튀는 소리가 났다.

"으악!"

페스터가 외쳤다. 폭발은 위해는 없을지언정 누군가를 깜짝 놀라게 하기엔 충분했다.

"정지!"

목소리는 변성기는커녕 의무교육의 첫발이나 막 내디뎠을까 싶은 어린 소년의 것이었다. 눈치가 빠른 사람이라면 그 목소리의 주인이 곧 페스터를 제외하곤 이브스 가의 유일한 자손이 될 에디 이브스라는 걸 능히 알아채고도 남았다.

"신분을 밝혀라!"

에디는 망루에 선 채 호령했다. 아직 한 주먹 그득 남은 스냅-앤-팝*을 위협적으로 흔들며.

"에디! 뭐 하는 짓이야!"

맹랑한 경비병을 보며 즐거워 견딜 수 없다는 듯 웃는 사만다를 대신해서, 이브스 가의 장남이 화를 냈다.

"페스터 형?"

에디의 크고 순진한 눈망울이 비로소 나이에 걸맞게 휘둥그레졌다.

"여긴 웬일이야?"

"웬일은 빌어먹을! 우리 집도 못 와?"

"옆은 누구야? 여자친구?"

* 콩알탄

에디는 대수롭지 않게 물어봤지만, 페스터는 왠지 민망한 기분이 들었다. 저보다 어린 형제자매에게 연인을 소개하는 것은 언제나 그랬다.

"응. 맞아."

사만다가 흔쾌하게 대답했다.

"너희 형 여자친구야."

에디는 이제 둘의 '신분'을 확인해서 그런지 거리낌 없이 망루를 내려왔다. 봉을 붙들고 군더더기 없이 정확한 동작과 속도로 착지하는 모습은 언제나 출동을 기다리는 소방관처럼 능숙했다.

"아버지는 안에 계세요. 엄마는 잠깐 나갔고요."

페스터는 복잡한 표정으로 동생을 내려다보았다. 허리춤에는 스냅-앤-팝을 담은 주머니가 덜렁거리고, 홀스터에는 그것도 무기랍시고 스코프에 소음기까지 단 에어건이 들어 있었다. 가볍고 활동이 편한 아동복 대신 손수 염색한 아기자기한 위장 패턴의 군복을 입은 채였다. 무엇 하나 잘못되지 않은 것이 없었다.

"도시 가서 예쁜 누나랑도 사귀고, 좋았겠다, 형!"

그러거나 말거나 머잖아 대문이 열렸다.

"좀 더 자주 오지 그랬어?"

에디는 짧은 팔다리를 퍼덕거리며 다가왔다. 페스터는 쓴웃음을 지으며 그 손을 잡았다. 동생은 그만큼의 시간이 흘렀는데도 스스럼없이 형의 손을 잡고 안으로 이끌었다. 그 뒤로 마당 곳곳에 숨겨진 부비트랩을 돌파하는 것을 빼곤, 특이한 일은 더 일어나지 않았다.

"잘 왔어, 오늘 마침 맥도날드의 날이거든!"

에디는 둘을 이끄는 내내 입을 가만두지 않았다.

"맥도날드 음식을 먹는 날이니?"

에디는 형의 질문에 환하게 웃으며 고개를 끄덕였다.

"원래 패스트푸드에 공산주의자들이 불임약을 섞는다고 아빠가 그랬는데, 그래도 이제 2주에 한 번 정도는 먹어도 된대. 아, 형 사는 데는 어때?"

에디가 진지한 표정으로 물었다.

"벌레 많아?"

"벌레? 그건 잘 모르겠고, 사람이 많지."

페스터가 높이 손짓하며 말했다.

"여기보다 큰 건물도 많고."

"진짜? 급수탑보다 커?"

둘은 그 뒤로도 두서없이 이런저런 이야기를 나누었다. 구김살이라곤 없는 순수한 표정으로 제 또래들이 할 법한 이야기에 즐거워하는 에디를 보며 페스터는 점차 마음이 편안해졌다. 비록 겉모습은 제 아비의 공산주의자 타령에 물들었지만, 동생에게는 제아무리 위대한 대의명분을 들이대더라도 침범할 수 없는 어린아이만의 영역이 있었다. 나이에 맞지 않게 손수 만든 군복을 입은 채 망루에서 외부인을 감시하더라도 에디는 에디였다. 어쩌면 이 만남이 그리 나쁘게 끝나지 않을지 모르겠다고 페스터는 생각했다.

"자, 형. 팔 벌리고 뒤로 돌아."

"뭐?"

"몸수색해야지."

에디는 오히려 무슨 당연한 걸 묻느냐는 듯 표정을 찡그렸다.

"아버지께서 그러셨어."

"지금 네 형 몸수색을 하겠다고?"

"응."

페스터의 머릿속에서 가까스로 떠오르던 희망의 빛이 금세 저물었다.

"그냥 좀 넘어가자."

그는 차갑게 식은 감정을 동생에게까지 드러내지 않으려 노력했다.

"마릴린은 어디 갔어?"

"몰라. 아직 안 왔어."

"난 괜찮아, 에디."

페스터는 뒤를 돌아보았다. 사만다는 양팔을 브이(V) 자로 모아 여행 가방을 쥐고 있었다. 그런데 뭐가 괜찮다는 거지? 몸수색? 에디와 페스터의 눈길이 비스듬히 마주쳤다.

"꿈도 꾸지 마."

에디가 억울하단 듯 뭔갈 말하려 하는데, 목소리가 들렸다.

「밖에 누구냐?」

목소리는 노인의 것이었다. 그리고 문 안에서 들렸는데도 고함을 지르는 것처럼 우렁찼다. 페스터는 저도 모르게 몸을 떨었다. 에디도 눈에 띄지 않을 만큼은 그랬다. 사만다는 오히려 흥미가 동하는 모양인지 표정을 우스꽝스럽게 찡그렸다.

"에디예요, 아버지."

「나머지는?」

"형이 왔어요, 그리고…."

"안녕하세요."

306

사만다는 한 마디 한 마디를 또박또박 끊어서 말했다.

"페스터 여자친구, 사만다 힐리어드입니다. 인사드리려고 왔어요."

잠깐 정적이 흘렀다. 그러나 생각만큼 길진 않았다. *들어오라고 해라.* 페스터는 아버지의 그런 목소리가 들린 듯한 기분이 들었다. 그리고 문이 활짝 열렸다. 실상 문고리를 당겨 젖힌 것은 에디였지만, 왠지 허먼 이브스의 허락이 떨어지기 전까지 문은 그 자리에서 영영 움직이지 않았을 것 같았다.

집 안에서 가장 먼저 그들을 마중 나온 것은 시멘트 냄새였다. 사만다는 몰라도 페스터는 그 시점에서 이미 피츠버그로 돌아가고 싶었다. 거대한 후버댐 깊숙한 곳에 아직 굳지 않은 콘크리트가 남아 있다는 도시 전설이 왠지 떠올랐다. 그게 담는 물이 수백억 톤이라고 했던가. 그러나 그의 아버지는 필요하다면 후버댐을 담는 댐을 담는 댐이라도 어떻게든 짓고야 말 인간이었다. 공산주의에 맞서기 위해서라면 그러고도 남았다.

복도는 좁고 길었다. 허전해서라도 갖다놓을 법한 깔개 한 장, 문갑 한 짝 찾아볼 수 없었다. 벽지도 없이 멀거니 생 시멘트를 드러낸 벽은 두드리면 소리가 그대로 튕겨 나왔다. 못 하나 박겠다고 망치질을 하면 장도리가 먼저 부러질 것 같았다. 한편으로는 그 살풍경한 시멘트 냄새와 섞여 은은하게, 명백히 가족의 필요 이상으로 전기를 만들고 소모하는 소리가 들려왔다. 몇 겹이나 있을지 모르는 벽과 천장을 뚫고 집이 조금씩 진동했다. 아마 쉘터의 공기정화장치니 자가발전기니 하는 것일 거라고 페스터는 생각했다.

「…여기 제 손에 205명의 리스트가 있습니다….」

셋은 걸음을 옮겼다. 작게 TV 소리가 들렸다.

「공산당의 일원으로 확인되었지만 여전히 국무부를 위해 일하고 정책을 만드는 이들의 리스트입니다….」

음색이 유달리 지글거렸다. 아마 브라운관, 그것도 화면과 스피커가 일체화된 뚱뚱한 모델일 거라고 페스터는 생각했다. 제대로 된 화면보다 회백색의 무질서한 노이즈를 내보내는 편이 더 자연스러운 그런 기계 말이다. 하지만 그런 설익은 상상도 잠시, 방에 발을 들여놓으며 그는 자신이 너무 순진했다는 것을 깨달았다. 방에는 아무도 없었다.

그보다, 방이라고 할 게 없었다.

방의 정체성을 해치는 것은 너무 크거나 작은 가구가 아니다. 설령 말도 안 되게 커다란, 혹은 조그마한 세간을 들이더라도, 그것이 그 공간에 머무는 사람의 동선과 조화롭게 어우러진다면 방의 정체성은 손상되지 않는다. 물론 그 정체성은 방의 비례와 인간의 필요를 적절하게 조율하고 그 균형을 맞춤으로써 이루는 것이고, 허먼 이브스에게는 그런 게 없었다. 그에게는 균형이랄 게 없었다.

선반들은 열대우림처럼 빽빽하게 자라났다. 그 사이로 사람 한 명이 게걸음으로 간신히 지나갈 틈이 생색내듯 있었다. 선반마다 통조림, 배터리, 식수, 탄약, 의약품, 연료 등이 바늘 하나 꽂을 틈도 없이 들어차 있었다. 그것들 모두가 칸막이와 꼬리표를 따라 정확하고 균일하게 배열되어, 언제 어디를 보더라도 똑같은 순서와 차례로 방의 모습은 확산하고 수렴하였다. 현기증이 나는 풍경이지만 목소리가 들려온 곳이 여기라면 정작 집주인은, 그리고

TV는 어디 있단 말인가? 의문은 곧 풀렸다.

선반 사이로 들여다 보이는 벽면에 은행 금고의 문을 연상케 하는 거대한 쇳덩어리가 잠들어 있었다. 도색조차 사치라는 듯 최소한의 부식방지 처리만 끝낸 붉은빛의 문은 꼭 집을 관통한 화물선이 턱 끝만 내민 것처럼 보였다. 여는 방법을 토의하는 데 만 한참이 걸릴 만큼 잠금장치를 주렁주렁 달아놔서 그 문짝이 옆으로 밀리는지 밖으로 열리는지 안쪽으로 당겨지는지조차 알 수 없었다.

사만다의 눈이 점점 더 호기심과 경이로 차오르는 것을 무시하며, 페스터는 자신들을 줄곧 훑는 한 쌍의 폐쇄회로카메라를 눈치챘다. 금고문 너머의 TV 소리가 멎었다. 누군가 자리에서 일어나 발을 옮기고 있었다. 페스터는 벽 너머에서 아버지가 움직이는 모습을 상상했다.

그리고 문이 열릴 것이라고 상상했지만, 역시 그는 순진했다.

「에디.」

스피커는 방 안의 모든 소리를 고스란히 중계했다. 덕분에 목소리는 바로 옆에서 말하는 것 같았다.

「네 누이는 어디 있냐?」

"학교 복귀를 보고하지 않았습니다!"

동생은 경례까지 붙이며 말했다. 허먼이 잠시 침묵을 지켰다.

「공산주의자들은 언제나 선생과 학교부터 노리지….」

페스터가 들리지 않게 신음했다.

「세뇌 교육이 이루어지고 있을지도 모른다. 공산주의자들이란…. 에디.」

허먼이 목소리를 낮추고 물었다.

「우리가 달에 간 적이 있느냐?」

"네, 1969년입니다!"

「네 말이 맞다.」

페스터는 고개를 끄덕이는 아버지의 모습을 상상했다.

「하지만 그것도 다 공산주의자들의 음모였지. 놈들은 우리와 깃발 꽂기 놀이를 하는 대신 훨씬 실용적인 데 예산을 투자했어.」

스피커에서 혀를 차는 소리가 나왔다.

「레이저 무기나, 세뇌 같은 것 말이다. …우리가 24만 마일 떨어진 돌덩이에 발자국을 찍은 게 큰 자랑이라도 되는 것처럼 웃고 있을 때 말이다!」

사만다는 마치 이 모든 일이 너무 재미있어 견딜 수 없다는 듯 몸을 배배 꼬았다.

「웨스트버지니아 교육위원회에 이걸 알 만큼 똑똑한 놈들은 아무도 없어.」

페스터는 그녀가 남자친구의 수치심과 절망의 절댓값만큼 힘을 얻는 것은 아닌지 생각했다.

「또 단단히 일러둬야겠군.」

페스터의 인내심이 바닥난 것은 아버지가 수화기를 집어 든 직후였다.

「마릴린의 머릿속이 허섭스레기 같은 것들로 오염되기 전에….」

이동통신 세대가 휴대폰 '통화' 아이콘의 수화기가 뭔지도 모르는 시대였다. 그러나 이브스 저택에는 여전히 끝이 뭉툭한 초승달 모양의 수화기를 단 전화기가 있었다. 더 슬픈 것은 스피커를 통해 전해지는 얇은 회전음이었다. 흉흉하게도 그 소리는 다이얼 전화기의 번호를 연결하는 것이었다. 웨스트버지니아 지역 코드를 거쳐 다시 교육위원회의 전화번호로 허먼의 손길이 이어지는 동안, 원판이 회전과 복귀를 반복하는 시대착오적인 메아리가 줄곧 울려 퍼졌다.

"아버지, 아직도 그걸 쓰세요?"

「그럼 뭘 쓰란 말이냐?」

조금도 감정에 젖거나 머뭇거리는 일 없이, 그렇게 몇 년 만인지 모를 부자의 첫 대화가 물꼬를 텄다.

「인터넷? 전자통신? **휴대전화(cellphone)**?」

허먼은 마치 그 말이 '세루폰' 따위 타락천사의 이름을 가리키는 것처럼 낯설게 발음했다.

「그런 건 다 환상이고 족쇄다. 스스로를 가두며 희희낙락하는 꼴이란. 공산주의자들의… 여보시오?」

「교육위원회입니다. 용건을 말씀해주세요.」

그 한마디뿐인데도 페스터는 알았다. 그건 잘못된 응대 방식이었다.

「교육위원회'?」

허먼은 마치 쓰나미가 닥치기 직전의 해안처럼 짧게 침묵했다.

「빌어먹을 '**웨스트버지니아**'는 어디 갔어?」

페스터는 더 참을 수가 없어 눈을 질끈 감았다.

「이 대륙에 교육위원회라곤 자네들뿐이야? 그렇게 자존감이 비대해서 의자에는 어떻게 들어맞나 모르겠군!」

「네, 이브스 씨로군요.」

「보나 마나 그 의자도 나 같은 납세자의 고혈을 짜내어 마련했겠지!」

「용건이 어떻게 되시나요?」

저쪽에서는 그런 허무맹랑한 모욕을 들으면서도 전혀 동요하지 않았다. 페스터는 아마 교육위원회 직원들끼리 귀신 다리 게임* 따위를 해서 그날 이브스 가로부터 들어오는 회선을 전담하지 않을까 생각했다. 그런 이곳에서 사람들이 이브스라는 이름을 입에 담으며 무슨 생각을 할지 상상했다.

「용건이야 많지!」

그 생각만으로도 울적해지기엔 충분했다.

「이 땅에 공산주의자가 한 명이라도 더 발을 들여놓는다면, 우리는 아틀란티스 옆에 살게 될 거야!」

전화기가 놓인 책상을 후려치는 소리가 들렸다.

「그런데 자네들은 온갖 쓸데없는 일에만 공력을 쏟으면서 정작 아이들에게 뭘 가르치는지는 관심이 없어! 공산주의자들이 지금 이 순간에도…!」

"아버지!"

페스터는 양손을 나팔 모양으로 하고 소리쳤다. 더 이상 참지 못하고 나섰다.

"저한테 뭐 할 말 없어요?"

「나 귀 안 먹었다, 페스터.」

허먼은 퉁명스럽게 대답했다. 자신의 통화를 방해받지 않는 것이 오랜 세월 보지 못한 장남과의 깊은 대화보다 중요하다는 것

---

* Ghost Leg, 사다리타기

을, 그는 그 대답으로 명확히 했다.

"나도 알아요, 아버지! 하지만 통화는 언제든지 할 수 있지 않나요?"

「하실 말씀 더 있으신가요?」

수화기 너머 상대의 목소리에 활기가 되살아나는 것 같았다. 허먼이 신음했다.

"지금 이 자리에 찾아온 아들로서 말하겠는데, 나한테 뭐 할 말 없냐고요?"

「할 말? 그래, 원한다면 해주마!」

허먼이 신경질적으로 수화기를 내려놓았다. 다이얼이 괴롭게 덜걱거리는 소리가 들렸다.

「대관절 뭐하러 온 거냐?」

"아버지!"

「넌 언제나 이곳을 싫어했지. 내가 하는 일에는 뭐든지 사사건건 트집을 잡았어!」

트집을 잡을 만한 일밖에 하지 않았다는 변명도 가능하겠지만, 지금은 어쨌든 허먼이 계속해서 입을 열 차례였다.

「나서서 뭘 배우려고도, 스스로 더 나아지려는 노력도 안 했지. 배움은 중요한 거야. 공산주의자들의 송곳니가 호시탐탐 우리를 노릴 때는 더더욱! 그런데 넌 어느 것도 깨닫지 못하고 스스로를 허비했어.」

그가 씨근덕거리며 말을 이었다.

「다른 집 아이들이 거북이 버트*를 보거나 간이 식수 정화 장치

---

* 1952년 제작된 교육영화 〈Duck and Cover〉의 주인공

를 만들 시간에 넌 멍청한 TV 쇼에 편지를 보내거나 팝(pop) 따위를 들었지. 다리 사이에 털이 날 즈음에는 몰래 휴대전화를 개통했고, 그대로 벌레들이 우글거리는 동네로 도망쳤어!」

"아버지, 혹시…"

페스터가 고개를 갸웃거렸다.

"'버그'로 끝나는 동네에 벌레가 많다는 생각을 에디가 아버지한테 배운 건가요?"

사실 그것은 말도 안 되는 트집이자 누명이었다. 대체 알파벳의 'bug'와 도시 이름의 'burgh'가 어떻게 혼동될 수 있단 말인가? 그러나 그런 트집이라도 잡지 않으면 페스터는 도무지 견딜 수가 없을 지경이었으니.

「아, 또 사소한 걸 물고 늘어지는군 그래.」

허먼이 진저리치는 기색이 역력했다.

「벌레는 어디에 살 수도 있고 살지 않을 수도 있지. 너희가 먹는 바나나가 나 때와는 다른 것처럼 말이야. 하지만 공산주의는 실제야!」

스피커를 통해 회초리처럼 날카로운 불호령이 떨어졌다.

「넌 지금 카운티 바깥의 큰 도시에 살면서, 이름난 대학을 다니고 비싼 옷을 입고 누구나 이름만 대면 아는 신문을 보면서 너스스로가 똑똑하다고 생각하겠지. 하지만 아니야! 한 꺼풀만 벗기면 그 모든 게 거짓이다!」

페스터는 더는 참을 수 없었다. 어느 쪽이건 참을 수 없었다. 참을 수 없다는 사실을 참을 수 없었다.

「공산주의자들은 어디에나 있어! 화면이 끊긴 TV에도, 통신

탑의 전파에도, 수돗물의 불소에도 공산주의자들이 있어!」

남은 것은 일탈이었다. 논리와 이성으로부터, 예의범절로부터의 일탈이었다. 자리를 박차고 나가건 광인처럼 금고실 문을 두들기며 울부짖건 반드시 지금까지의 흐름에서 엇나간 행동을 저질러버릴 거라고 페스터는 생각했다.

"안녕하세요, 이브스 씨."

그 순간 사만다가 끼어들지만 않았더라면 말이다.

"다시 인사드릴게요. 사만다 힐리어드입니다."

「아가씨는, 인사는 방금 받았잖아.」

"알아요. 하지만 서로 얼굴을 보는 건 처음이니까요."

사만다는 나긋하게 말했다.

"제 말은, 아까 전엔 이브스 씨께서 제 얼굴을 볼 수 없었잖아요."

한 쌍의 카메라는 육식성 괴물의 촉각처럼 일제히 사만다의 얼굴을 향해 초점을 맞춘 채 움직이지 않았다. 그래, 네가 내 아들의 여자친구라고? 라고 누구도 말하지 않았지만 그런 분위기가 흘렀다. 세상에서 제일 두꺼운 벽과 문으로도 막지 못하는 연결이 인간과 인간의 마음에는 있었다. 그 모든 것이 불과 몇 주 뒤 완전한 무로 돌아갈 것이라고 누가 감히 예측했을까? '공허한 인간'의 작가인 T. S. 엘리엇의 승리이자 인류문명의 패배였다.

「아가씨는 페스터 같은 놈하고는 접점이 별로 없어 보이는군.」

"그러니까요. 저 같은 도시 촌놈이 어떻게 이런 싹싹한 애를."

사만다는 본인이 더 싹싹하게 대답했다.

"완전 말도 안 되죠."

「자네도 피츠버그 출신인가?」

"뉴욕이요. 피츠버그에서 만났죠."

허먼이 불편하다는 듯 헛기침을 했다.

「오줌 냄새나는 지하철이 다니는 동네에서 웨스트버지니아 깡촌까지 올 정도면 목적이 있을 테지. 아하.」

페스터가 신음했다. 그 뒤에 무슨 말이 올진 몰라도 도무지 듣고 싶지가 않았다.

「아가씨가 페스터를 부추겼군? 유산이라노 넘겨 받으라고?」

페스터가 재차 신음했다. 어린 동생까지 있는 곳에서 대체 이게 무슨 추태인지!

「어림도 없어. 내 유언장은 적어도 다음 세기까지 기밀 해제되지 않으니까.」

"그런 게 아니에요. 그냥 한번 뵙고 싶었어요."

사만다가 손사래 쳤다.

"평소에 이야기 많이 들었거든요."

「좋은 말은 없었겠지.」

페스터는 물론, 이브스 가는 물론이고 아버지에 대해서는 더더욱 사만다에게 일언반구 한 기억이 없었다. 어쨌든 사만다가 나서준 것은 고마운 일이었다.

자칫하면 자신의 분노 때문에 기껏 집까지 와놓고 일을 망칠 뻔했으니까.

"그렇다기보다는… 진솔한 말을 많이 들었죠."

사만다는 여전히 브이 자로 모은 팔로 무거운 여행 가방을 버티고 있었다.

「페스터. 거기 멀거니 서 있지 마라.」

허먼이 말을 이었다.

「래시*가 너보다 낫겠구나.」

말할 때마다 진자처럼 흔들리는 그 중량을 허먼 또한 눈치챈
듯 카메라들이 살짝 고개를 숙였다.

「짐이나 손님방까지 옮겨드려.」

"괜찮아요. 잘 들고 왔는걸요."

사만다는 씩씩하게 자세를 가다듬었다.

"그리고 제 짐인데 굳이 수고롭게 하고 싶지 않아요."

이쯤 해서 페스터는, 방문 자체에 대해서는 아직 모르지만 적
어도 사만다를 데려온 것은 잘못되지 않았다고 생각했다. 그녀는
좋은 사람이었고 동반자였다. 아버지의 경계를 누그러뜨리는 데
이보다 더 좋은 방법이 있을까!

한편 벽 너머의 허먼은 침묵을 지켰다. 그는 목을 가다듬고 물
을 마시더니 이리저리 어수선하게 움직이기 시작했다.

…그럴싸한 옷에, 저런 여자까지.

말소리는 작았다. 거의 들리지도 않았다. 제대로 된 문장도 아
니었다. 그래서 페스터는 잠깐이지만 당황했다. 어쩌면 아버지
허먼 이브스의 계산적이지 않은 진심이 그 말에 담겨 있을지도
모른다고 느낀 까닭이었다. 불현듯 그는 아버지의 얼굴을 떠올렸
다. 그런데 잘 그려낼 수가 없었다.

집을 떠난 이후로 줄곧 머릿속 어딘가의 막연한 자동 색인에
머무르던 얼굴은 군데군데가 흐릿하게 쏠아 먹히고 없었다. 건물

---

* 1954년부터 1974년까지 방영된 TV 시리즈 〈Lassie〉의 주인공. 개다.

의 외양을 훑듯 큰 골조와 인상만 떠오를 뿐 작고 분명한 부분에서 자꾸 머릿속이 헛돌았다. 이를테면 입가의 주름, 웃을 때 드러나는 이, 귓바퀴의 모양.

스피커가 조용해졌다. 허먼이 말을 더 하지 않았다는 게 아니라, 방 안의 소리를 고스란히 중계하며 뱉던 백색소음까지 쥐 죽은 듯 사라졌다는 뜻이다. 그리고 셋 모두가 기대했는지 꺼렸는지 알 수 없는 순간이 왔다. 문이 열리기 시작했다. 여전히 어떻게 열리는지는 알 수 없었다. 분명 눈앞에서 열리고 있었지만 마치 원근이 무너진 시야처럼 그 문이 멀어지는지 가까워지는지조차 알 수 없었다.

아무튼 문이 열렸다. 활짝 열렸다.

과연 방금 예측한 대로 뚱뚱한 브라운관 텔레비전과 고색창연한 태피스트리, 벽난로 따위의 물건들이 눈에 들어왔다. 벽난로엔 하얗게 탄 재와 아직 불똥을 튀기는 장작, 그을음이 잔뜩 진 쇠꼬챙이, 게다가 유사시 신속하게 불을 끄기 위한 모래 양동이까지 생활의 흔적이 역력했다. 마치 타임머신을 탄 듯했지만 더 중요한 것이, 아들 페스터 이브스의 아버지 허먼 이브스가 거기 있었다. 매듭도 제대로 짓지 않은 가운에 털 슬리퍼를 신은 채로.

그 순간 페스터가 떠올리던, 아버지 허먼의 얼굴 속 맞지 않는 조각들이 단번에 메워졌다.

적어도 목 위로는 예전과 똑같았다. 부리부리한 눈 하며 마터호른*처럼 날카롭게 솟은 코. 작고 얇지만 빗장을 지른 것처럼 완

---

* 스위스와 이탈리아 국경을 가로지르는 높고 험한 산봉우리

고한 입술…. 하지만 모든 것이 기억과 들어맞을 수는 없었다. 페스터는 천천히 시선을 내렸다.

가운이 여미지 못한 부분마다 닳고 쇠약해진 맨몸이 드러났다. 늘어지고 창백해진 피부는 뼈에 간신히 씌운 살구색 천처럼 보였다. 툭 불거진 관절에 감도는 불그스름한 기운은 신선한 피가 아니라 죽어가는 연골의 비명이었다.

페스터는 다시 시선을 올렸다. 형형한 안광이 그를 잡아먹을 듯 쇄도했다. 기묘한 위화감이 느껴졌다. 분명 얼굴은 어릴 적 기억하던 아버지인데, 몸은 그보다 훨씬 빨리 늙었다. 흡사 세월의 흐름이 목 위만 비껴간 모양새였다. 어쩌면 그건 신념이었다, 계속해서 허먼 이브스의 영혼을 환기하고 뇌를 자극하여 몸의 반쪽이나마 노화를 늦춘 것은. 아니, 집착이었다. 공산주의에 대한 비이성적인 집착이 몸의 소모를 부채질하는 대신 정신만은 또렷하게 유지할 수 있게 만든 것이다.

어리석고 안타까운 일이었다.

페스터가 그렇게 생각하는 것이 이상한 일은 아니었다. 그렇게 생각할 수밖에 없었다. 바로 조금 전 아버지의 혼잣말을 들어버리지 않았다면 말이다. 아버지의 목소리는 단순히 집착만으론 할 수 없는 생각을 담고 있었다. 단순히 현실과 동떨어진 신념이 아니라 좀 더 근본적인 부분에까지 고집을 부리게끔 만드는 감정이 그 안에 있었다.

허먼 이브스는 단순히 공산주의에 대한 공포로 이루어진 자동기계가 아니었다. 그는 결혼하여 자식을 낳고 그들을 기른 아버지였다. 허먼의 시대착오적인 머릿속에는 젊은 시절의 세계와 자신이, 그리고 마찬가지로 그때의 페스터가 있었다. 입안이 시큰

해질 정도로 방사선에 노출된 고환이 더 이상 정자를 만들 수 없게 되기 전, 형제자매를 만들어주려 마릴린과 에디를 입양하기 전 낳아 기른 장남 페스터 이브스에 대한 기억이 있었다.

그러나 별로 중요한 것은 아니었다. 페스터는 안주머니에서 자동권총을 꺼냈다. 인중을 한 대 후려쳐 에디의 총명한 눈동자를 꺼뜨리고 싶었지만 내버려두었다. 그는 대신에 총을 장전하며 금고실로 들어갔다. 뭔가 일이 이상하게 돌아가고 있다는 것을 감지한 그 자리의 소년과 처자가 눈을 크게 뜰 즈음, 페스터의 손은 이미 문의 폐쇄 버튼을 누르고 있었다.

문이 닫히고 바깥에서 아우성치는 둘의 목소리가 차단될 무렵, 페스터의 손에 들린 권총은 허먼의 심장을 똑바로 겨누었다.

"안 놀라요?"

허먼의 부리부리한 눈길은 조금도 약해지지 않았다. 깡마른 양팔을 엮어 낀 팔짱과 얕은 콧방귀. 도리어 막상 때를 마주하자 감정이 격해진 쪽, 화들짝 놀란 쪽은 페스터였다. 이 지경이 되어서까지 평정심을 잃지 않는, 자신이 예상한 대로 움직여주지 않는 아버지에 대한 혐오가 치솟았다.

"놀라기엔 너무 늦었다."

허먼이 웃었다.

"그렇게 속고도 믿어버린 내 잘못이니까."

그 말에서 풍기는 실망의 냄새가 거듭 페스터의 심기를 건드렸지만, 아직은 방아쇠를 당길 때가 아니었다. 아직은.

"네놈은 어릴 때부터 그랬어. 항상 뻔하고 순진한 데다가 그걸 결점이 아닌 장점이라고 믿었지. 굳이 공산주의자가 아니라 고양이 찰리*라도 널 꾀어 잡아먹었을 게다."

허먼이 지긋지긋하다는 듯 한숨을 쉬었다.

"이 크고 넓은 세상의 도대체 어디에 널 마음대로 하지 못할 만큼 연약한 게 있을지 모르겠구나."

페스터는 무언가 잊기라도 한 것처럼 재차 팔을 바짝 추어올렸다. 그렇게 이미 아버지의 심장에서 빗나갈 수 없게 된 총구를 한층 더 빗나가기 힘든 모양으로 겨누었다.

그 상태로 그리고 잠시 시간이 흘렀다.

"그래서?"

허먼이 말했다. 눈썹을 일그러뜨리면서.

"그래서라뇨?"

페스터가 물었다. 손바닥에 휘감기는 권총의 요철을 느끼면서.

"여기 '그래서'랄게 뭐가 있죠?"

"반대로 '그래서' 말고 또 뭐가 있느냐?"

그는 아버지가 지친 말처럼 허탈하게 웃는 모습을 바라보았다.

"네가 무슨 징징거릴 이유로 이 지경까지 왔는지 본론으로 들어가던가, 아니면ㅡ"

가운에 잡아먹히다시피 감싸인 팔이 빼빼 마른 천칭처럼 벌어졌다. 소맷자락에선 낡은 종이 같은 냄새가 풍겼다.

"ㅡ그대로 거기 서서, 눈을 찡긋거리고 입가나 씰룩여라. 혹시 아느냐?"

페스터는 자신도 모르게 그런 것을 하지 않는 자기 자신을 상상하려 했고 결과적으로 그래서 둘 다 하게 되었다. 그 쓸데없고

---

* 1970~80년대 영국에서 방영된 공익광고 'Charley Says'의 주인공. 고양이다.

유치한 심리전에 분개하기도 잠시…

"네 녀석이 무슨 마법이라도 부릴지."

마법이라니 그게 무슨 소리일까. 페스터는 자신의 손가락이 언제든 가장 간단한 동작만으로도 방아쇠를 당길 수 있음을 확실히 해둔 뒤 생각에 잠겼다. 수수께끼라도 되는 걸까. 아버지 허먼의 말과 호응할 수 있는, 떠올릴 수 있는 모종의 가능성이란 어쩌면.

푸하핫. 그런 소리로 페스터가 돌연 웃음을 참지 못했다.

"그러니까, 그런 걸 보긴 봤군?"

사과는 제가 매달린 곳으로부터 먼 곳에 떨어지지 못한다던가.

"멍청한 시트콤들* 말야."

페스터의 입가에 남은 미소의 자취는 제 아버지의 그것과 무섭도록 닮아 있었다.

"지니랑, 마녀들이 나오는…."

"그것들이 시트콤이라고 누가 그러더냐?"

그리고 둘 모두의 얼굴에서 미소가 사라지는 속도란 무섭도록 빨랐다.

"그것들은 알레고리다. 풍자극이지—"

그 뒤로 어떤 단어가 올지 어째서인지 페스터는 이미 알고 있었다.

"—공산주의자에 대한!"

빙고.

"요정이니, 마법이니… 공산주의자들은 언제나 그따위 허황된

---

* 1960년대 방영된 판타지 시트콤 〈I Dream of Jeannie〉와 〈Bewitched〉 속 인물들은 각각 눈을 찡긋거리고 입술을 실룩이는 것으로 마법을 쓴다.

약속들을 늘어놓지."

허먼이 치를 떨며 말을 이었다.

"네 녀석처럼 줏대 없는 놈일수록 그런 사탕발림에 넘어가, 주인공들 같은 꼭두각시가 되는 거다."

이번에도 분명 그랬겠지. 같은 험악하면서도 싸늘한 뜻을 소리가 아닌 표정으로 허먼은 전했다.

"그래, 도시까지 올라가서 마약에라도 빠졌느냐?"

분명한 말로 전해지는 뜻이라고 딱히 사근사근하지도 않았지만.

"그걸 사려고, 아니면 갚으려고 그놈들한테 손을 벌렸어?"

"글쎄요."

페스터가 대답했다.

"분명 오랜만에 만난 아버지에게 다짜고짜 총부터 겨누는 건 비정상이죠."

그가 으르렁거리며 총의 공이치기를 젖혔다.

"하지만 굳이 메스를 하지 않아도 그게 정상이 될 때도 있어요."*

허먼 이브스는 아무 대꾸를 하지 않았다.

"참. 이걸 알 리가 없죠. 요즘 방송은 보지도 않을 테니."

페스터가 너털웃음을 터뜨렸다.

"제일 마지막으로 극장에서 본 영화가 뭐예요? 〈해변에서〉**?"

"허구한 날 질질 짜기 좋아하는 감상주의자들이나 보는 것을."

허먼이 내뱉었다.

---

* 공익광고 시리즈 '몬태나 메스 프로젝트'의 문구. '~는 비정상이지만, 메스를 하면 그렇지 않습니다.'
** 〈On the Beach〉, 1959년 개봉. 핵전쟁의 여파로 인류멸망을 앞둔 사람들의 모습을 그린 영화

"〈공황력 0년〉*이 훨씬 낫지."

"당신 인스타그램이 뭔지는…."

"하잘것없는 소리는 그만하고."

허먼이 떡 버티고 섰다.

"원하는 게 뭐냐?"

그건 지금까지 그가 보인 비협조적인 자세 중 그나마 건질 만한 것이었다. 이야기를 빨리 진행하면 페스터에게도 나쁘지 않았다. 어차피 끝은 내야 했으니까. 그래서 그는 대답했다.

집 문턱을 밟으며, 아니 택시에서 내리며 메이플 가의 정경을 바라보던 순간부터 계속하던 생각을 입 밖으로 꺼내놓았다. 그리고 아들의 말이 끝나기가 무섭게, 아버지 허먼의 그 부리부리한 눈동자가 순수한 경악으로 물들었다. 잠식당했다.

"그건 안 돼!"

벌어진 입으로 신음이 흘러나왔다.

"그건 안 된다! '이것'도 '그것'도!"

"영감. 어차피 이쪽 아니면 저쪽이라고. 마지막에 남는 건 그게 다야. 당신도 알잖아?"

페스터가 히죽거렸다.

"동맹국들에서 만든 괴수들은 전부 죽었어."

허먼의 앙상한 몸이 분노로 떨렸다.

"아직 그 나라들이 남아 있을까도 의문이지만. 아무튼 남은 진영에서 누군가는 이겨야지. 안 그래?"

* 〈Panic in Year Zero〉, 1962년 개봉. LA에 사는 4인 가족이 핵폭발 이후의 삶을 꾸려나가는 모습을 그린 영화

빙글거리는 제 아들의 뻔뻔한 낯짝을 허먼은 활활 타오르는 눈길로 노려보았다.

"그러니 어서. '이것'의 약점을 내놔."

"멍청한 놈! 고작 그런 것 때문에 합중국을 배신한 거냐?"

"무슨 소리야, 난 지금 누구보다 합중국스럽게 행동하고 있어."

페스터가 말했다.

"자신의 최대 이익을 좇아 자유롭게 시장을 선택하라. 이게 우리 모토 맞잖아?"

그가 총을 쥐지 않은 팔을 벌렸다.

"덕분에 혈혈단신으로 출가한 젊은이가 이렇게나 금의환향했지 뭐야!"

허먼은 씨근덕거렸다. 낡은 커튼처럼 다 해진 콧구멍이 가늘게 떨리며 불그스름한 숨을 들이쉬고 뱉었다. 페스터는 그러나 동요하지 않고 총구를 더욱 가까이 겨눌 뿐이었다.

"당장 '이것'의 약점을 내놔. 안 그러면⋯."

"이해를 못 하는군."

허먼이 혐오스럽다는 듯 몸을 떨었다.

"내가 지금 괴물 한 마리 죽는 것이 두려워 이러는 것 같으냐?"

페스터가 눈알을 되록되록 굴렸다. 방 안은 장작이 타들어 가는 소리와 TV 진공관이 식어가며 내뿜는 뜨거운 냄새로 가득 찼다.

"두 '것'을 만나게 해선 안 돼."

허먼이 말했다.

"그렇게 되면 누구도 이길 수 없다."

페스터는 그러나 생각할 가치도 없단 듯 고개를 내저었다.

"영감, 뜬구름 잡는 소리는 그 정도 하지."

"뜬구름 잡는 소리가 아니야!"

허먼이 고함쳤다.

"공산주의 쪽에서도 똑같은 생각을…."

등 뒤에서 벌레의 날갯짓 비슷한 소리가 났다. 붕, 붕 하는 소음에 페스터는 눈살을 찌푸렸다. 소리는 그런데 점점 더 커졌다. 총구를 겨눈 채 마지못해 조심스레 고개를 돌리자, 금고실 정문이 주룩주룩 녹아내리고 있었다.

새어 나오는 열기는 까무러칠 만큼 강력했다. 문과 가까운 곳에 놓인 물건들이 하나둘 거수하듯 화염에 휩싸였다. 말갛게 달아오른 쇠가 이 비현실적인 풍경의 디테일을 마지막으로 더했다.

"이브스 씨! 괜찮으세요?"

사만다의 목소리였다. 문이 통째로 폭발했고 페스터는 눈을 가렸다. 연기는 얼마 지나지 않아 걷혔다. 거기엔 어리둥절한 에디와, 활짝 열린 여행 가방을 이쪽으로 들이민 사만다가 서 있었다. 그런데 가방 안에는 속옷이나 로션, 수건 따위가 아니라 커다란 전구 같은 것들이 바짝 독이 올라 서 있었다.

한 알 한 알이 잘 익은 호박만 했다. 그것들을 휩싼 자줏빛 불똥이 용트림할 때마다 딱, 딱 하고 공기가 폭발하는 소리가 났다. 페스터는 내부로 이어지는 그 구조를 얼핏 셈했다. 카메라와 같은 광학계의 특징이 드러났지만 일반적인 광학계가 사물의 상을 맺는 것과는 달리 사만다의 것은 빛을 수없이 중첩시켜 발사하는 데 중점을 둔 물건이었다. 그 위력은 그리고 허먼이 있던 방을 정면으로 뚫고 들어온 것만으로도 입증되었다. 그런 무시무시한 힘이 지금 그녀의 손끝에 매달려 있었다.

한편 에디는 방금 처음 만난 누나가 집을 녹여버린 것에 놀라야 할지, 오랜만에 본 형이 아버지에게 총을 겨누고 있던 것에 놀라야 할지 갈피를 잡지 못했다.

"너도 딱히 평범한 목적으로 온 건 아니었군."

페스터는 총구를 그녀에게로 돌렸다.

"실례합니다, 자기 아빠한테 무기를 들이대던 패륜아가 여기 있는 거로 아는데요."

사만다가 지지 않고 응수했다. 에디는 달리 할 말이 없었다. 허먼도 마찬가지였다.

그래서 대화는 다시 둘이서 주고받는 모양새로 이어졌다.

"오늘은 참 놀랄 일이 많군."

"나도 그래."

사만다는 피식 웃었다. 그게 단순히 페스터에게 맞장구를 치기 위해서인지, 아니면 처음부터 페스터가 스파이란 걸 알고 접근했다는 뜻인지는 알 수 없었다.

"그래서 자기가 어디서 일한다고 했지?"

"국방고등연구계획국*이라고, 나름 알짜배기야."

"아, 그렇군. 진작 말을 하지 그랬어."

페스터가 이죽거렸다.

"허먼보다 먼저 당신한테서 얻을 것도 많았을 텐데."

페스터가 총구를 휘저었다. 사만다는 여행 가방을 더욱 단단히 끌어안았지만, 자세도 엉거주춤했고 무엇보다 무거웠다. 페스터

---

* DARPA: Defense Advanced Research Projects Agency. 인터넷의 원형을 개발한 곳.

가 번개같이 몸의 빈 곳을 맞히는 순간 순식간에 대치 상태가 깨질 것이었다.

"움직이지 마. 이거 안 보여?"

사만다 또한 자신이 불리한 점을 알기에 먼저 위협을 가했다.

"잘 보여."

그러나 페스터도 그다지 조급해할 이유는 없었다. 그는 일부러 천천히, 그리고 확실하게 고개를 끄덕였다.

"그리고 당신이 그걸 나한테 겨눈 채로 오래 못 버틴다는 것도 잘 보여."

"웃기는 소리. 이건 내 몸보다 손에 익은 무기야."

자신만만한 말과는 달리 사만다의 얼굴에는 허를 찔린 표정이 떠올랐다. 이럴 거였으면 차라리 발목 같은 곳에 매는 작은 호신용 권총이나 들고 올 걸 그랬다는 생각을 그녀는 했다.

한편 낑낑대는 자신의 여자친구, 아니면 여자친구라고 생각하게끔 행동한 여자를 바라보는 페스터의 입술이 심술궂게 일그러졌다. 모로 보나 누워서 보나 상황은 자신에게 유리했다. 그리고 이미 확정된 승리를 권총은 원했다. 그것은 짜릿한 자극을 원했다.

탄환이 격발되어 총신이 떨리고, 연기가 모락모락 나는 탄피가 떨어지는 것보다도 빨리 날아간 총탄이 젊은 여자의 싱싱한 육체를 헤집고 짓뭉개는 그런 종류의 자극을! 하지만 둘이 서로의 대치 상황에 너무나 촘촘히 골몰하는 탓에 미처 신경 쓰지 못한 것이 하나 있었다.

집주인의 존재였다.

그들은 지금 폰데로사나 버지니아 시티의 여느 결투장에 선 것이 아니었다. 그들은 지금 안전을 위해서라면 집을 통째로 전투지휘소로 개조하더라도 개의치 않을 남자, 허먼 이브스의 집에 들어와 있었다. 그리고 에디는 제 아비가 손짓하는 것을 놓치지 않았다. 반사적으로 튀어나올 만큼 반복한 수신호였다. 에디는 즉각 홀스터에서 에어건을 꺼냈다. 그리고 서부 시대의 보안관처럼 방아쇠울에 손가락을 걸고 돌리기 시작했다.

그렇게 채 2차 성징조차 나타나지 않은 고사리손이 페스터에게 총을 겨눌 때까지, 누구도 아이를 저지하지 않았다.

"꼬맹아, 아니 에디. 그러지 마라."

페스터가 지친다는 듯 느리게 말했다.

"지금도 충분히 잘 사는데, 육친 살해 보너스까지 굳이…"

총의 위력을 묘사할 때 초당 60발이라고 쓰면 될 것을 굳이 분당 3,600발이라고 쓰는 것과 비슷한 현학적 허세가 있다. 그런 허세는 그리고 에디가 방아쇠를 당기는 순간 모두 끝장났다.

티라노사우루스 열두 마리라도 이 하나 빠지지 않은 채 관통하고, 그 뒤에 있던 윌리엄 텔과 아들내미의 목숨을 차례로 앗아갈 위력의 탄환이 오직 평범한 체격의 백인 남성, 페스터 이브스를 온전히 노리고 발사되었다. 그렇게 두피와 신발 밑창 약간만을 남겨두고 그는 이 세상에서 사라졌다.

"으악! 괜히 들고 왔네!"

사만다가 레이저포를 집어 던지며 외쳤다. 위험이 사라지자마자 팔 근육이 경련을 일으켰고, 그렇게 국방성 최고의 기술력을 집약한 무기는 녹은 쇠 위를 뒹구는 누더기가 되었다.

"으악! 괜히 내려놨네!"

뒤늦게 자신이 무슨 짓을 했는지 깨닫고 절망하는 그녀를 내

버려 둔 채, 훌륭한 아들이자 살인자인 에디는 아버지에게 달려갔
다. 얼마 안 가 찐한 포옹이 오갔다. 에디는 제 아비의 손길이 저
를 쓰다듬는 것을 느끼며 행복하게 얼굴을 비볐다.

"어차피 상관없겠지. 이제 다 상관없겠지."

허먼은 에디를, 그리고 이미 엎질러진 물을 두고 야단법석을
떠는 사만다를 번갈아 보았다.

"전부 다 끝날 테니까. 암, 모든 게 끝날 거야."

어지간히 소란스럽지 않고 상당히 소란스러운 닌리에 이웃들
이 온통 몰려들었다. 다양한 직업과 성별, 나잇대의 사람들이 골
고루 있었다. 그들 한 명 한 명의 평범한 일상이 모여 합중국의 하
루와 그들이 궁극적으로 가리키는 시대정신과 미래의 계획을 일
구었다.

그리고 조금만 지나면 그 모든 게 영영 사라질 것이었다.

이곳은 죽음의 땅이요

허먼 이브스의 입술이 천천히 움직였다. 유명한 시의 첫 구절
이었다.

이곳은 선인장의 땅이요
여기에 돌의 형상들은
일어나 마주한다
망자의 손으로부터 건네진 탄원을
저무는 별의 반짝임 아래에서

그곳 또한 같은가
죽음의 또 다른 왕국에서도
홀로 일어나
우리가 두려움에 떨 시간에
입 맞추는 입술들이
기도자를 깨어진 돌로 변하게 하리니
...

3

한때 천만 명에 육박하는 시민들의 보금자리가 되었던 도시는 더 이상 없었다. 3분의 1이 괴수의 배 속으로 사라졌고, 다른 3분의 1은 디저트로 남아 있었고, 다른 3분의 1은 소화 과정을 졸업한 후 인류 역사상 두 번째로 거대한 똥 무더기가 되어 있었다.

눈은 이곳에 없다

식후 입가심으로 강 한 줄기를 거덜 내고 국회의사당 시계탑의 첨단부로 이를 쑤시는 괴물을 바라보며, 병사는 나지막이 시구를 읊조렸다.

이곳에 눈들은 없다
이 죽어가는 별들의 계곡에는
이 공허한 계곡에는

우리의 이 잃어버린 왕국들의 부서진 턱뼈만이

이 마지막 만남의 장소에서
우리는 서로를 더듬어 찾으나
입을 열기를 피한다
부어오른 강변에 모인 채로

볼 수 없을지라도
눈들은 다시 나타나고
영원한 별과
적멸의 황혼 왕국에 피는
겹겹의 장미가 그러하듯
공허한 인간들의
마지막 희망을….

"뭐 해?"

계급에 작대기를 하나 더 단 군인이 다가왔다. 우수에 젖은 눈동자로 다음 낭송을 준비하던 병사는 재빨리 합중국의 언어를 노래하는 시집을 감추었다.

"그냥, 구경하고 있었어."

"싱겁긴."

다행히 들키진 않은 것 같았다. 둘은 길게 숨을 토하며 펼쳐진 지옥도를 내려다보았다.

"이게 마지막 도시인가?"

"그렇지 뭐."

둘은 그 나라 군대의 마지막 남은 찌꺼기가 괴물에게 처절한 발목잡기를 시도하는 모습을 지켜보았다. 피난하는 민간인 무리와 채 백 미터도 떨어지지 않은 곳에서 전차포가 발작하듯 불을 뿜고 있었다. 괴물은 그러나 정오의 그림자만으로 고층빌딩을 압도했다. 그런 거체에 대항하여 소총이나 휴대용 대전차미사일 한 정 덜렁 쥔 채 투입된 병사들은 아장거리며 엄폐물을 찾아 몸을 숨겼다. 괴물은 이 상황이 마음에 들지 않았다. 120밀리 강선포와 대전차미사일 따위로는 놈의 가죽을 뚫지 못했다. 가죽들을 뚫지 못했다.

수천, 수만의 시신이 놈의 몸을 이루었다. 한때 사람의 눈이었으나 이제는 알 수 없는 집합의식의 기관으로 변한 무수한 눈동자가 저에게 가해지는 폭력의 궤적을 좇았다. 놈의 공격은 단순했다. 시신이 뭉쳐진 몸을 늘리고 줄이며 마음껏 휘두르고 내리찍었다. 그것만으로도 땅이 내려앉고 건물이 무너졌다. 총탄도 대포도 곧이곧대로 들어오는 대로 맞아주었다. 이미 죽은 살덩이가 조금 파이고 썩은 체액이 흘러나올 뿐이었다.

놈은 희고 차진 점착성 액체로 이루어져 있었다. 그리고 그 액체를 이따금 홀씨 형태로 분사하여 흡수할 시신을 찾거나 직접 만들었다. 본체인 거대한 '덩어리'는 열과 충격에 극도로 저항력이 높았고 무력화되더라도 충분한 질량만 회복하면 다시금 지성을 획득했다. 그런 것에 대항하여 군인들은 싸워야 했다. 그러나 싸운다는 것도 놈에게 저항하는 사람들에게나 그런 것이었다. 놈에게는 모든 것이 그저 안개 속에서 허우적대는 것처럼 시시하기 그지없었다.

"언제 봐도 정말 적응이 안 돼."

"나도 그래."

둘은 물끄러미 괴물을 바라보며 말했다. 지나간 자리마다 희디 흰 점액이 남았다.

"저거 아무리 봐도 정액 같지 않냐?"

"젠장, 자꾸 전투식량 먹을 때마다 생각나서 죽겠어."

병사는 그리고 쓸데없이 자세한 몸짓까지 해가며 보충설명을 했다.

"알지 그거 파운드케이크 들어 있는…."

"토할 것 같네. 그 정도 해라."

한편 포병의 지원사격이 도착했다. 매섭게 내리꽂히는 탄두 대부분은 재래식 고폭탄이 아니라 화학탄이었다. 발화성이 높아 산 것에 달라붙으면 순식간에 뼈까지 녹아내리는 위력을 자랑했다. 놈도 고통 비슷한 것을 일단은 느끼는지 일단 물러섰다. 전체 생물로서의 입뿐만 아니라 아직 흡수가 끝나지 않은 자잘한 입들까지 일제히 비명을 내질렀다. 그러나 어디까지나 두려움이 아니라 분노의 그것이었다.

"한가히 잡담이나 하는군."

두 병사가 움찔 몸을 떨었다. 고개를 돌리자 둘보다 한참 높은 상관이, 구체적으로는 총사령관이 다가오고 있었다.

"작업은 다 끝났나? 제출할 서류는 제대로 작성했고?"

"무, 물론입니다!"

둘은 일단 제대로 보고할 사항을 떠올리기 전 두괄식으로 시간을 벌었다.

"처리할 수 있는 건 다 끝냈습니다. 남은 건 본국 승인만 받으면 됩니다."

"잘됐군."

사령관이 그리 흔쾌하지는 않게 고개를 끄덕였다.

"그럼 수고하게."

다른 일이 없다면 거기에서 대화가 끝나야 했다. 그런데 그렇지 않았다. 사령관은 몰라도 둘은 그것을 원하지 않았다. 둘은 서로의 눈치를 보았다. 사령관이 그 낌새를 알아챌 수 있도록 일부러 서툴고 느리게.

"할 말이라도 있나 보지?"

"내일 우리 '이것'을 '그것'과 싸움 붙인다는 게 사실입니까?"

호시탐탐 입술 밖으로 뛰쳐나올 기회만 노리던 것처럼, 질문은 그렇게 던져졌다. 사령관은 그러면 그렇지, 라는 표정으로 코웃음 쳤다.

"제군들…."

그가 돌연 말을 끊고 손짓했다. 그러고는 재빨리 귀마개를 꼈다. 병사들도 허겁지겁 그를 따라 귀마개를 꼈다. 셋은 일제히 엎드려 보호 자세를 취했다. 관찰 진지는 모래주머니나 철책보다는 튼튼한 것으로 만들어졌지만, 음속을 농락하는 충격파를 완전히 막아줄 순 없었다.

괴물은 멀리 떨어진 포병대가 날려대는 비겁하고 인의 없는 공격에 분노했다. 그래서 넓게 부채처럼 펼친 기관을 휘둘렀다. 충격파는 거기에서 나왔다. 지대지미사일이나 155밀리 포탄 따위는 그 앞에서 바람을 타는 낙엽처럼 흩날렸다.

"공식 성명은 아직 없다. 하지만 상식적으로 그러리라 보는 게 타당하겠지."

고개를 든 사령관이 좀 전의 질문에 대해 답했다.

"어느 진영이나 서로의 동맹국을 모두 잃은 뒤 다시 평상시로 돌아가리라 믿을 순 없으니."

"이 모든 도시들이, 한 나라가 이렇게 사라지다니. 믿을 수가 없네요."

병사 한 명이 안타깝다는 듯 한숨 쉬었다.

"일이 이렇게 되기 전에는 참 멋진 곳이었다고 하던데."

대화에 참여하지 못하는 것은 시집을 읽던 병사였다. 그는 슬그머니 뒤로 물러났다. 그러다가 조심성 없게도 자기가 대충 쌓아둔 잡동사니를 건드렸다. 우르르 무너지는 무더기 사이로 합중국 시인의 책이 굴러 나왔다. 게다가 제본마저 싸구려라 방금까지 읽던 페이지가 활짝 펼쳐져 버렸다. 병사는 당황하여 큰 소리를 냈다.

"너, 너 이게 뭐야?"

동료가 화들짝 놀라 물었다.

"아, 아냐! 이건…."

병사는 땀을 뻘뻘 흘렸다. 그리고 얼마 안 가 둘 모두가 사색이 되어 상관의 눈치를 보고 있었다. 그는 벌어지는 일에도 미동 하나 없이 빤히 책을 바라보았다. 굳게 닫힌 입술 너머로는 천불이 활활 타올랐다.

그 순간 무전기가 서럽도록 울었다.

「사령관님.」

"무슨 일인가?"

「통신이 들어왔습니다. 적성국의 총리입니다.」

지직거리는 노이즈는 교회의 종이 마지막으로 뎅그렁거리는 소리처럼 들렸다.

「무조건 항복을 선언할 테니 최고사령관과 연결해달라고 애원합니다.」

"말도 안 되는 소리!"

사령관이 차갑게 선언했다.

"당장."

그러나 통신병의 실수일까, 사령관의 의중과 무관계하게 연락은 이어졌다.

「사령관. 총리요. 듣고 있소?」

"…잭 힐리어드."

그가 혐오스럽다는 듯 씹어 뱉었다.

"원정군 총사령관이오."

「힐리어드. 제발 부탁이오. 이 공격을 멈춰주시오.」

총리는 울먹이며 말을 이었다.

「맹세컨대 우리는 공산주의자와 내통한 적도, 그들과 함께 자유 진영에 대한 공격 음모를 꾸민 적도 없소. 이 시간부로 모든 적대 행위를 중단하고 무조건 항복하겠소.」

사령관은 무전기로부터 고개를 떼고 극적으로 과장된 혐오감을 내비쳤다.

「그러니 제발 멈춰주시오, 제발!」

병사들은 그 얼굴을 보기만 해도 세상에서 가장 고약한 냄새를 상상할 수 있었다.

"지금 합중국이 틀렸다는 말이오?"

사령관이 일갈했다.

"합중국이 확인할 수 없는 무기에 대한 첩보만으로 한 나라를 침공하고, 있지도 않은 음모를 찾아 그 나라 시민들의 일상을 파괴하고, 나아가 오직 전장에서의 효율성만을 따진 군사작전으로 향후 쌍방 모두를 수령과도 같은 전후처리에 옭아맬 짓을 저지르고 있다는 거요?"

「그런 뜻이 아니오, 말하려고 하는 것은….」

"겁생이처럼 싱싱거리지 말고, 냉큼 튀어나와 마땅한 징벌을 받으시오, 총리!"

힐리어드가 우렁차게 일갈했다.

「오해요, 오해란 말입니다!」

총리가 울부짖었다.

「관저 도청한 것을 확인해보면 되지 않소? 부디…!」

그의 읍소가 비통한 짐승 같은 흐느낌으로 이어지려던 찰나 무전이 끊겼다. 사령관은 수화기를 내려놓으며 씨근덕거렸다. 자기도 모르게 둘의 대화에 집중하던 병사들은 다시 눈앞에 당면한, 근무 중 시집을 읽는 태만한 행위를 어떻게 처벌할 것인가에 대한 문제로 시선을 옮길 수밖에 없었다. 사령관이 책을 집어들었다. 책을 읽던 병사는 주체할 수 없이 몸을 떨고 있었다.

잭 힐리어드는 가벼운 손짓으로 페이지를 훌훌 넘겼다. 한 예술가의 인생을 짜 넣은 활자는 깃털 한 올보다도 가벼웠다. 당연히 선택권이 있을 때 칼을 두고 펜을 고를 사람은 아무도 없었고 산만 한 믿음으로도 겨자씨 하나를 옮길 수 없었다. 더욱이 광기에 휩싸인 시대와 그 전쟁의 함성을 막으리라는 것은 어불성설이었다.

"병사."

"예! 사령관님."

"합중국에서는 지금 이 순간에도 세계 최고의 두뇌들이 공산주의의 박멸을 위해 불철주야 노력하고 있다."

사령관이 노기를 띤 채 말했다.

"그런데 현장에서 '이것'을 직접 보살피는 관측병이 책이나 읽으며 시간을 보낸다면, 나는 그에 대해 어떻게 반응해야 하는가?"

"죄송합니다. 다시는 이런 일 없도록 하겠습니다!"

잘못을 저지른 장본인뿐만 아니라 같이 근무하던 동료 병사도 허리를 곧추세운 채 바들바들 떨었다. 그 모습이 사뭇 우스웠다. 얼마 떨어지지 않은 곳에서 잘못을 저질렀건 저지르지 않았건 괴물의 먹잇감이 될 수천수만 명의 단말마가 울려 퍼지고 있음을 고려하면 더욱 그랬다.

사령관은 책을 병사의 가슴에 밀어주었다. 병사는 엉겁결에 그것을 받아들었다.

"기강이 해이해진 건 분명 문제지만, 어찌 보면 합중국의 전선이 순조롭다는 증거겠지."

사령관은 느긋하게 고개를 틀었다.

"접전에 대해서도 너무 걱정하지 말도록."

그리고 행복하게 도시의 나머지 3분의 1을 포식하는 '이것'의 모습을 바라보았다.

"국방성 분석 결과, 우리의 것이 승리할 확률이…."

"50퍼센트라네."

사령관은 서기장 직인이 찍힌 문서에서 눈을 떼고 휘하의 장교들을 둘러보았다. 50퍼센트! 반반이라니! 얼마나 희망적인 일인가. 이를 증명이라도 하듯 막사의 분위기는 제법 고무되었다. 특히 그들은 최전선에서 '그것'을 직접 보살피는 역할을 맡고 있었다. 전쟁이 끝난다면 민족의 제일가는 영웅이 될 이들이었기에 그만큼 기쁠 수밖에 없었다.

"자유 진영 놈들의 전산 결과는 어떻습니까?"

"그쪽에서도 비슷한 결과가 나왔다는 첩보가 들어왔소. 일단은."

'일단'이라는 단서가 붙은 것은, 절대로 첩보를 첩보 그 자체로 첩보하지 말라는 첩보부의 뿌리 깊은 첩보 때문이었다. 첩보를 확인하기 위한 첩보와 그 첩보를 의심하기 위한 첩보와 다시 그것들의 진위를 보증하는 첩보들이 몇 벌씩 더 달라붙은 첩보는 이따금 암호화를 거치지 않은 평문으로 전송되더라도 유유히 적의 정보 저인망을 뚫고 지나갔다.

"지금 '그것'의 상태는 어떻소?"

"어제 인민공화국을 섭취하고, 지금은 우리에서 휴식을 취하고 있습니다."

자기가 직접 맞장구라도 치듯 막사 바깥에서 흐릿한 울음소리가 들려왔다. 부관이 말을 이었다.

"체력 소모가 심해 근처의 집단농장을 징발하였으며, 회복은 순조롭습니다."

"전투 분석은?"

"역시 순조롭습니다."

부관은 기밀 인장이 찍힌 자료들을 척척 내놓으며 말했다.

"최근의 전투에서 일시적으로 극초음속에 육박하는 기동력을 선보였습니다. 자유주의 진영의 '이것'은 죽었다 깨어나도 달성하지 못할 성과입니다."

신기하게도 원래 좋았던 분위기가 말이 나오면 나올수록 더 좋아졌다. 조금만 더 구슬리면 군사 작전이고 뭐고 그대로 앉은 자리에서 파티도 치를 수 있을 것 같았다.

"좋아, 아주 좋아."

사령관도 희희낙락한 표정으로 그래서 마지막, 아주 작고 필수적이라서 한 번 짚고 넘어갈 수밖에 없는 자질구레한 질문을 던졌다. 싱글벙글 누가 보더라도 행복해 견딜 수 없다는 듯이.

"자유주의 놈들의 핵 공격에 대한 대비는?"

그 한마디가 던져지는 순간 그들을 묶어주던 공통의 마법이 깨졌다. 부관들은 망설였다. 찰나의 순간 서로 눈길을 주고받는 모습의 점과 선을 잘 관찰하면 계급에 따라, 그리고 심지어는 같은 계급에서도 미묘한 파벌에 따라 그들 사이의 알력 다툼이 있다는 사실을 발견할 수 있었다.

"왜 말이 없소?"

사령관이 눈살을 찌푸리며 재차 물었다.

"핵 공격에 대한 대비는?"

"사령관 동지."

입을 연 부관이 침을 삼켰다.

"핵 공격 대비는… 충분하지 않습니다."

"그렇지만 이제 시간이 없습니다."

첫 삽을 뜬 위대한 부관을 기리며 다른 부관들도 속속들이 끼어들었다.

"이제 부족한 부분이 아니라 '그것'의 장점을 극대화하도록 준비해야 합니다."

사령관은 아무 말도 하지 않았다. 막사 안이 쥐 죽은 듯 조용해졌다. 그대로 사령관은 섣불리 입을 여는 대신 그 분위기를 그대로 안고 가길 택했다. 그가 한 손을 천천히 들었다. 손은 분노인지 뭔지 모를 감정으로 부들부들 떨리고 있었다. 사령관은 쓰고 있던 안경을 벗었다. 안경다리와 렌즈의 테가 책상을 두드리는 소리가 약실에 총알을 거는 소리처럼 들렸다. 부관들이 숨을 삼켰다.

"나와 함께 서기장 동지께 직접 명령받은 사람만 남고 해산하도록."

누군가에게는 절망의 순간이 누군가에게는 희망이 되었다. 대상이 아닌 부관들은 잽싸게 막사를 빠져나갔다. 의자를 제자리에 집어넣는 것을 잊은 이들도 있었지만 아무도 신경 쓰지 않았다. 나갈 수 없는 이들이나 사령관이나 그러기에는 너무 절박했다. 남은 부관들은 사색이 되었다. 사령관이 고개를 들었다.

"그건 명령이었어!"

부관들이 질끈 눈을 감았다.

"서기장 동지께서 내린 명령이었다고!"

사령관은 단순히 격노한 것이 아니었다. 그냥 언성을 높이는 것도 아니었다. 그 자리에 사령관은 없었다. 피와 살을 갖춘 인간이라고는 찾아볼 수 없었다. 대신 끓어오르는 분노를 참지 못하는 원색적인 의지만이, 하나의 유령처럼 막사를 배회하고 있었다.

"그런데 그걸 못 해? 불가능하다고? 서기장 동지께서 직접 내리신 칙령을?"

자리를 떴지만 차마 근무지로 돌아가지 못한 다른 부관들이 막사 주위에 모여 그 소리를 엿듣고 있었다.

"이 쓸모없는 것들, 죄다 제 한 몸 지키느라 바쁜 머저리들이야!"

"사령관 동지. 그 말엔 동의하기 어렵습니다."

부관 한 명이 사태를 수습하고자 나섰다.

"저희는 '그것'의 상태를 최고조로 유지하기 위해…."

"듣기 싫다!"

사령관의 의자가 뒤로 확 젖혀졌다.

"죄다 자유주의의 돼지들과 다를 게 없어!"

그는 허리춤의 권총을 책상에 집어 던졌다. 우당탕 나뒹굴던 총은 바닥으로 떨어질 듯 아슬아슬한 곳에서 멈추었다. 은도금 된 손잡이가 막사의 조명에 맞서 눈부시게 빛났다.

"너희는 당의 찌꺼기야! 부끄러운 줄도 모르는 놈들!"

일방적인 분노는 반동이 없었다. 그래서 사령관은 지칠 줄 모르고 계속 언성을 높였다.

"당장 내일 격전이 벌어질 텐데, 서기장 동지께서 '그것'이 '이 것'에게 졌다는 소식을 받으면 우리는 익사 당할 거야! 수천만 인 민들의 원망이 우리를 집어삼킬 거라고! 그런데 할 수 없다는 게 말이나 돼!"

사령관이 눈이 벌게진 채로 으르렁거렸다.

"제 분수도 처지도 모르는 처량한 가축들 같으니라고…!"

막사 바깥에서는 이제 일의 전말을 아는 부관들뿐만 아니라 근처를 지나던 사람들까지 전부 모여 있었다. 개중에는 인근의 집단농장에서 조국의 승리를 위해 징발된 이들도 있었다. 평생 어머니 아버지를 도와 농사를 지어온 젊은 청년, 이반도 개중 하나였다. 그는 '그것'을 관리하는 부대 최고사령관의 노호를 듣고, 조국에 대한 걱정에 저도 모르게 눈물을 글썽였다.

"괜찮아."

같이 끌려온 마을 처녀, 스타니슬라프가 이반을 위로했다.

"우린 조금 있으면 죽을 거야."

그 말을 듣고 정신을 차린 병사들은 헐벗은 한 무리의 남녀를 이끌고 '그것'의 우리로 향했다. 놈은 찢어지는 울음소리로 공복을 호소하고 있었다.

"…이렇게 화를 내서 어쩐단 말이냐."

한편 폭풍처럼 몰아친 사령관의 분노는 날이 개듯 순식간에 사라졌다.

"어차피 격전은 내일인데."

그의 평퍼짐한 궁둥짝이 조금 전 그렇게나 매몰차게 떨치고 일어났던 의자에 내려앉았다.

"어차피 이제 할 수 있는 게 없는데…."

사령관의 분노가 마무리될 참이었지만 부관들은 안심할 수 없었다. 그것은 사령관이 쏟아낼 것을 다 배출한 뒤라서가 아니라, 여전히 분노가 남은 상태로 조금씩 식어가고 있는 까닭이었다. 사령관도 자신이 하고자 한다면 내일까지 계속 그들을 붙잡아둔 채 일장연설을 할 수 있음을 알았다.

그래서 그는 고개를 폭 숙였다. 그것으로 암묵적인 해산, 이라기보다는 그 자기 보신에만 급급한 낯짝을 매단 부하들에게 내 눈앞에서 당장 꺼져줄 것을 명했다. 부관들은 먼지구름을 꽁무니에 단 채 부리나케 막사를 떠났다.

바깥은 추웠다. 안에서 사람이 우르르 나오자 둘러 서 있던 이들은 못 할 짓이라도 한 것처럼 빠르게 흩어졌다. 그들은 또 각자의 일상에 종사할 것이었다. 서류작업을 하고 총기를 손질하고 병사들의 사기를 점검할 것이었다. 마치 괴물이 한창 식사를 즐기는 것처럼.

뼈를 씹는 축축한 소리가 울려 퍼지는 가운데 스타니슬라프는 이반의 손을 붙잡고 죽었다.

처음에는 전반적으로 합중국의 '이것'이 우세를 띠었다.

그도 그럴 것이 한쪽은 시차 적응도 채 하지 못한 상태였다. 서기장은 격전에 앞서 합중국 측에게 잔디 상태에 대한 불평을 전했으나 받아들여지지 않았다. 어차피 잔디 같은 건 큰 문제가 아니었다.

두 괴물이 격돌하며 그 일대는 혐기성 초호열균 극히 일부를 제외하고는 아무도 살아남을 수 없는 죽음의 땅이 되었다. 그런 식으로 화려한 스타트를 끊은 싸움은 그러나 명성에 걸맞지 않게 몇 날 며칠을 질질 끌었다. 주로 공산주의 연맹의 괴물이 날렵한 선공을 먹이면, 자유주의 합중국의 괴물이 상처를 회복하는 동시에 묵직하게 한 방 되돌리는 식이었다. 이를 반복하면 두 괴물 모두 아주 조금, 산맥을 바늘귀로 깎아내는 것과 비슷한 손해를 보았다. 지루한 소모전이었다. 적어도 한동안은, 특히 양쪽의 인간들에겐 그랬다.

그러나 '것'들에게는 달랐다.

합중국의 것이 그러하였듯, 연맹의 것도 그러하였다. 인간의 무기로는 웬만해서 그들을 상처 입힐 수 없었다. 그렇게 이따금 찾아오는 찰나의 고통과 그 사이사이를 잇는 영겁의 권태만이 그 두 '것'들을 감싸 안았다. 하루하루 그저 주는 밥을 먹고 주어진 목표를 섬멸하는 나날만이 반복되었다. 이들에게도 자아실현은 필요했다. 그리고 그들은 서로에게서 그것을 찾았다.

50대 50의 치열한 전투는 점차 잠들어 있던 호승심을, 있는지도 몰랐던 삶의 즐거움을 되찾아주었다. 홀로 추는 춤처럼 따분하기 짝이 없던 세월은 이제 지나갔다.

지켜보던 인간들이 슬슬 피로를 호소할 즈음 그들은 즐거워서 싸웠다. 처음으로 단번에 제압할 수 없는 상대를 만나 자신의 모든 것을 쏟아부어야 했다. 이런저런 전략을 쓰고, 상대의 움직임과 의중을 한발 앞서 파악해야 했다. 단순히 내가 할 수 있는 것이 아니라 상대가 나에게 할 수 있는 것을, 그리고 그를 위해 다시 자신이 할 수 있는 것을 알기 위해 그들은 골몰했다.

그것은 이미 둘이 함께 추는 춤이었다. 서로를 향한 구애였다.

합중국과 연맹 둘 다 야전으로부터의 보고를 믿지 않았다. 가당치도 않은 소리였다. 그래서 합중국에서는 정보요원을, 연맹에서는 정치장교를 더 보냈다. 그들이 현장에 도착했을 때는 이미 한 쌍의 민달팽이처럼 농익은 교미가 몇 번이고 치러진 뒤였다. 죽음의 땅에 옹송그리고 앉은 두 괴수가 둘만의 음란한 안무로 세상을 더럽히매 그야말로 지옥의 러브호텔이 따로 없었다.

일단은 서로의 괴물을 물리기로 대통령과 서기장은 합의했다. 그러나 모든 제어장치가 먹히지 않았다. '것'들은 서로를 부둥켜안은 채 한 발짝도 움직이지 않았다. 그리고 사람들이 아무리 바보라도 통제할 수 없는 괴물보다는 차라리 재래식 총포로 합을 겨루는 것이 낫다는 사실 정도는 알았다. 이로 인해 다급해진 양측은 곧 서로의 약점을 까는 데까지 이야기를 진행시켰다.

합중국의 괴물은 열과 충격에 강했다. 하지만 생화학전에 취약하였다. 연맹의 괴물은 그 반대였다. 그것은 최악의 경우 각자 보유한 괴물을 재래식 전력으로 제거하기 위해 설계단계에서부터 고려된 일종의 백도어였다. 그렇게 정보를 공유한 두 진영이 힘을 합쳤다.

막대한 양의 핵(Atomic)과 가장 극악하고 잔혹한 생물화학 무기(BioChemical)들이 투입되었다. 흙이 녹아 유리가 된 곳에 섭씨 1억 도의 폭격이 또 떨어지고 또 떨어졌다. 꼼꼼하고 섬세한 손길로 두 나라는 파괴의 흔적을 덧씌웠다. 지도에는 한때 무언가 있긴 있던 것 같지만 자세한 건 알 수 없는, 세상에서 가장 깨끗한 호수가 생겼다. 연이은 핵 찜질에 그 일대는 세균마저 다 없어져 시체가 썩지 않았다. 이처럼 ABC의 뒤를 이을 것은 파괴(Destruction)뿐이었다. 아니면 말살(Extermination).

그도 아니면 좆됨(Fucked up).

사람들이 위기를 느낀 것은 탐사팀이 호수 바닥을 훑은 뒤였다. 두 '것'들의 잔해에서 알 무더기가 발견되었다. 좋든 싫든, F 뒤에는 G가 있었고 이는 대학살(Genocide)과 대응하였다.

4

합중국의 시민은 창밖을 바라보았다. 블라인드 틈을 통해 바라본 세상은 빨리 잊고 싶을 정도로 아름다웠다.

임박한 멸망을 흔히 묘사하는 경찰의 사이렌, 약탈과 방화의 표적이 되어 불타오르는 집, 은은한 포성 같은 것들은 일절 없었다. 인간이나 그런 것들을 썼고, 남자가 알기로 인간은 더 이상 없었다. 집이나 빌딩이 좀 부서진 것을 제외하면 제아무리 처절한 사투가 펼쳐진 현장이더라도 일단은 깨끗했다. 2세대 괴물들은 먹을 것을, 설령 그것이 바닥에 고인 핏방울이나 갈가리 찢어진 옷가지라 해도 남기지 않았다.

알은 제 부모로부터 가장 강력하고 효율적인 특질만 물려받았다. 열과 충격에 강했고 생화학적으로도 완벽에 가깝게 보호받았다. 합중국 동부 연안의 전력을 모조리 끌어모으면 알 대여섯 개를 제거할 수 있었지만 발견된 것은 알 무더기였다. 바나나 나무처럼 생겼지만 그것보다 스무 배쯤 큰 산란 기둥이 합중국의 손에만도 여섯 개쯤 있었다.

한편, 연맹 영구동토 보안 시설에서 최초의 부화가 보고되었다. 괴물이 내뱉은 탄생의 울음이 기지의 모든 전자회로를 태워버렸다. 연맹은 두께 수백 미터의 암반으로 놈을 짓눌렀지만 놈은 여전히 살아있었다.

자연 생식을 통해 태어난 괴물들에게는 그 의사를 만든 이들의 뜻대로 좌지우지할 제어장치가 없었다. 텅 빈 놈들의 소프트웨어를 생명의 기본원리가 대신했다. 포식과 공격, 그리고 제 부모의 우월한 하드웨어를 그대로 물려받은 이들은 머지않아 최악의 재앙으로 성장하였다. 그들의 부화도 생장도 그렇게 닥쳐온 멸망도 인간들은 막을 수 없었다. 합중국의 평범한 시민에서 지구의 마지막 남자가 되어 이 땅에 남은 그는 블라인드를 닫았다.

그가 이 땅의 마지막 '남자'인 까닭은, 요람에 누운 채 새근새근 숨을 뱉는 아기의 이름이 제시카이기 때문이었다.

"쉬, 아가. 괜찮아. 다 괜찮을 거야."

잠자리가 불편한지 아기가 칭얼댔다.

"아빠가 지켜줄게."

요람을 흔들자 아기가 칭얼거리던 것을 그쳤다. 여전히 눈은 뜨지 않았지만 숨소리가 더 깊고 고르게 변했다. 남자는 자장가로 불러줄 것을 떠올렸지만 머리가 잘 돌아가지 않았다. 그런 시대였다.

우리는 선인장의 주위를 돈다
선인장아 선인장아
우리는 선인장의 주위를 돈다
아침의 다섯 시 정각에

급한 대로 그는 최근 읽었던 시를 떠올렸다.

이상과
현실의 틈에서
움직임과
행동의 틈에서
그림자가 내리고

왕국은 그대의 것이다

관념과
창조의 틈에서
감정과
반응의 틈에서
그림자가 내리고
삶이란 너무나도 길다

욕망과
충동의 틈에서
의지와
실존의 틈에서
본질과
계통의 틈에서
그림자가 내리고
왕국은 그대의 것이다

그대의
삶이란
그대의 것
…

읊다 보니 자장가로 불러주기에는 최악의 가사라는 것을 인정
할 수밖에 없었다. 특히 시의 마지막은 너무 우울해서 말을 모르

는 아기도 싫어할 것 같았다.

그리고 대부분의 피식자들이 포식자의 존재를 눈치챈 뒤 벌인 장렬한 추격전 끝에 잡히는 것이 아니라는 사실을, 몇 발짝 앞의 굶주린 포식자에 대해서는 전연 알지 못한 채 물을 마시다가, 또는 새끼를 돌보다가 봉변을 당한다는 사실을 남자는 알지 못했다.

괴물은 벽을 부수며 들이닥쳤다. 신축성 있는 턱이 길게 늘어나며 지옥의 마지막 개찰구를 열었다. 아기는 파편을 맞고 죽었다.

괴물은 턱을 우물거리며 이 세상 마지막으로 남은 인간을 맛보았다. 거리에서는 그보다 먼저 태어난 형제자매가 길고양이를 쫓아 긴 촉수를 뻗고 있었다. 그것의 덩치에 비하자면 한 입 거리는커녕 이에 낄 것도 없었다. 싱거운 사냥이 끝나고 고양이는 곧장 그것의 목구멍으로 넘어갔다. 두 괴물의 눈이 마주쳤다. 둘은 머쓱하여 고개를 돌렸다. 마지막 인간을 먹은 괴물은 계속 턱을 움직였다. 축축한 비린내. 이 행성의 마지막 남은 맛이었다.

문득 눈물이 흘러내렸다.

지구는 무적의 괴물군단을 지탱하기에 너무 좁았다. 야생동물을 잡아먹고 토양과 바다의 유기물을 흡수한다더라도, 결국에는 빠른 시일 내에 자신과 앞서거니 뒤서거니 태어난 형제자매만 득실거리는 세상이 될 것이었다. 모두가 똑같이 강하고 모두가 똑같이 굶주린 세상. 동족상잔의 비극을 저질러 일부가 어찌 살아남더라도, 소용돌이처럼 점점 잦아드는 미래만이 그들을 맞이하였다. 천 마리 중 백 마리, 백 마리 중 열 마리, 열 마리 중 한 마리… 제 살을 뜯어 먹으며 버티던 최후의 그것이 눈을 감는 순간, 행성 지구는 고요한 돌덩이가 되어 모성을 공전할 것이었다.

이런저런 생각을 하던 중 괴물은 그만 입안에 든 것을 꿀꺽 삼켜버렸다. 찰나의 포만감은 금세 헤아릴 수 없는 후회로 덧씌워졌다. 방금 자신이 목구멍 너머로 넘긴 것은 단순히 한때 마지막 인간이었던 고깃덩이가 아니었다. 그것은 그들 종의 미래였으며 언젠가 닥쳐올 파멸의 예고편이자, 볼 수 없는 부모와 마찬가지로 그들을 이끌어줄 지도자의 부재에 대한 애끓는 욕망이었다. 괴물은 흐느끼며 다른 음식을 찾기 위해, 채울 수 없는 굶주림으로부터 잠시나마 눈을 돌리기 위해 그곳을 떠났다. 놈이 선반에 부딪히자 책이 떨어졌다. 마지막 인간이 미처 읽지 못한 부분이 펼쳐졌다.

　　이렇게 세상은 끝나는구나
　　이렇게 세상은 끝나는구나
　　이렇게 세상은 끝나는구나
　　쾅 소리가 아닌 훌쩍임으로.

　다가오는 종말을 느끼고, 괴물은 구슬프게 우짖었다.

〈끝〉

작가의 말

이 책에 실린 이야기들 대부분은 지금(글이 쓰인 지금이 아니라 읽히고 있는 지금)은 너무 당연하거나 상식이 된 것들이 미처 우리 모두에게 소개되기도 전에, 혹은 이름 붙여지거나 이름이 붙여져야 한다는 공감대가 형성되기도 전에 쓰였습니다. 그런 면에서 보면, SF가 지녀야 할 상상력이란 무언가를 따라잡으려 노력하기보다는 일찌감치 그 무언가의 도착점에 이미 다다라 있는 그런 종류의 것이 되어야겠습니다. 물론 그 둘 중 무엇 하나라도 확실히 잘 할 수 있는 사람이 되는 것이 먼저겠습니다.

〈불꽃의 이름〉

19년 여름의 글입니다. 내가 생각하는 나, 내가 생각하는 남, 내가 생각하는 남이 생각하는 나, 내가 생각하는 남에게 보이는 나, 거기에 나와 남의 두 항을 벗어나는 수많은 남과 그들이 각각 속했거나 속했지 않거나 그랬다고 믿어주길 바라는 등속의 무수한 단체와 조직, 경향, 기풍, 관계, 사상, 이름들이 끼어드는 순간 직관만으로 그려내는 그림이란 제아무리 폭넓은 자유를 허락받았더라도 서투른 스케치밖에 될 수 없을지도 모릅니다.

〈빵이 있으라〉

19년 여름의 글입니다. 도움을 준 단어는 크림치즈, 욕심, 유성 매직입니다. 이 세 개의 단어들 중 두 개씩을 순서 상관없이 묶어 만들어진 세 개의 관계쌍들(크림치즈—욕심, 크림치즈—유성 매직, 욕심—유성 매직)이 다시 지금의 글을 이루는 세 덩어리의 이야기로 각각 뻗어나갔습니다. 두 개보다 많은 팔이나 눈을 가지고 그에 기반한 생각을 할 수 있다면 그런 방식으로 잘게 의미를 나누지 않고도 온전한 이야기를 뽑아낼 수 있을지도 모릅니다. 그런 경지는 의식적으로 노리기보다는 그러나 언젠가 깨닫고 보니 되어있는 것에 가까울 것 같습니다.

〈시곗바늘〉

21년 겨울의 글입니다. 질문을 던지고 그에 따른 올바른 대답을 제시하는 것과, 질문을 잔뜩 던져놓고 그에 따른 대답을 고민하지 않아도 되는 것 중 어느 쪽이 더 즐거울까요? 책과 동봉된 고무공을 이용하여 자택의 가장 좁은 방에 서서 답해주세요. 과자는 출판사에서 보내드립니다.

〈아무아〉

19년 봄의 글입니다. 도움을 준 단어는 번역기, 채식, 화장입니다. 여기서 화장은 얼굴에 분을 바르는 것이 아니라 시신을 태우는 장례법입니다. 글을 위한 소재를 짜낼 때 동음이의어의 사용을 긍정하게 될 때도 있고 부정하게 될 때도 있을 것 같습니다. 긍정하게 될 때는 생각의 초점이 너무 넓게 퍼져 하나의 주제로 잘 응집되질 않고, 부정하게 될 때는 초점이 너무 좁게 벼려져 단어들 사이의 연결고리를 끊어버립니다. 단점뿐입니다.

〈미궁의 아이〉

20년 봄의 글입니다. 원제는 〈일방통행〉이었습니다. 이름값을 너무 잘한 나머지 일방적으로 이해된다고 믿을 뿐인 제목이라 지금의 이름으로 바뀌었습니다. 하루는 86,400초입니다. 일 년은 31,536,000초입니다. 이십만 년은 6,307,200,000,000초입니다. 사람이 이 계산을 손으로 직접 하면 75초 정도가 걸립니다. 똑같은 계산을 840억하고도 9599만 9999번 더 해야 합니다. 오죽 심심했을까요.

〈35억 년 레시피〉

18년 여름의 글입니다. 도움을 준 단어는 왕새우, 빨래, 혈청입니다. 이 단어들을 보고 다시 글을 읽으면 마땅히 나와야 할 것이 나왔다는 느낌을 받습니다. 정작 글의 내용은 빨랫감 속에서 마땅히 나오지 말아야 할 무언가가 나왔다는 사실이 아이러니합니다. 이렇듯 단어들을 보고 마땅히 떠오르는 무언가를 하나의 글로 어르고 달래려거든 그래서 그 안에는 반드시 마땅하지 않은 요소가 하나 이상 있어야 합니다. 이는 사실 마땅히 떠오르지 않는 발상의 경우에도 똑같습니다. 즉 어느 쪽이건 마땅합니다.

〈내 뒤편의 북소리〉

20년 겨울의 글입니다. 하늘을 겨누고 쏜 화살은 결국 땅으로 내려옵니다. 화살 스스로가 그러나 자신이 어디로도 가지 못한 것을 깨달으려거든 시간이 좀 필요하겠습니다. 1959년에 방영된 어느 텔레비전 쇼에서 나온 발상입니다. 그렇다고 해서 그 쇼의 각본가가 처음으로 한 생각도 아닐 것 같습니다. 그와 마찬가지로 각광 받는 클리셰들과 온갖 익숙한 기성의 화소들이 이 글에는 꿰여 있습니다. 구슬이 서 말이라도 꿰어야 보배라면, 다시 서 말이나 쌓아 올려진 구슬꿰미들은 그네들 중 진정으로 같은 모양을 한 것은 없기를 희망합니다.

〈스포일러〉

20년 봄의 글입니다. 도움을 준 단어는 콘칩, 탄산, 슬리퍼입니다. 콘칩과 슬리퍼는 직접적으로 명시가 되는데, 탄산은 쓰면서 다 빠져버렸나 봅니다. 체온보다 살짝 높아지도록 방치된 한 잔의 콜라를 입 안에 머금을 때 느껴지는 부연 무력감. 이산화탄소 방울들의 부산스러운 반주 없이 그저 질식할 정도로 단조로운 메인보컬의 단맛만이 끈적끈적 이와 혀의 표면에 달라붙는 그 형편없는 순간. 결말에서 묘사되는 작중 화자의 기분이 그와 크게 다르지 않을 테니 어쩌면 탄산의 부재야말로 진정 탄산을 빛나게 해주는 건지도 모르겠습니다.

〈완벽한 여자〉

16년 여름의 글입니다. 도움을 준 단어는 감기, '탈진하여 쓰러지는 인물이 나올 것'입니다. 두 번째 것은 물론 단어가 아닙니다. 영화 〈스타워즈〉 시리즈의 저작권자였던 조지 루카스는 자신의 영화를 두고 "우주 공간에서는 소리가 날 수 없어요."라고 지적하는 사람들에게 "내 우주에서는 날 수 있어요."라고 대답했다고 합니다. 그래서 글을 쓰기 위해 생각을 다듬을 때는, 때로 단어가 아닌 것도 단어가 될 수 있습니다. 단지 그 단어 아닌 단어에만 눈을 빼앗겨서 다른 단어가 소외되지 않도록 조심만 한다면요.

〈단일성 정체감 장애와 그들을 이해하는 방법〉

17년 봄의 글입니다. 보고서 형식을 채택함으로써 실로 글감에 안성맞춤인 연출을 고른 척 궁색한 문장력을 감추어 보려던 의도가 읽힙니다. 글 초반의 〈지킬 박사〉라는 제목은 합평 모임에서도, 출판사와의 교정·교열 작업에서도 무수한 줄표와 함께 〈지킬 박사와 하이드 씨〉가 맞다는 평가의 대상이 되었습니다. 다중인격이 정상인 세상에서는 하지만 〈지킬 박사와 하이드 씨〉는 그냥 일반인입니다. 〈지킬 박사〉여야만 사건이 생깁니다.

〈것들〉

19년 봄의 글입니다. 도움을 준 단어는 개밥그릇, 정전기, 기계입니다. 19년 봄의 글이지만 그렇다고 작중에 언급되는 한 괴기영화를 꼭 그때 본 건 아닐 것 같습니다. 소재가 될 만한 것들은 알맞은 순간을 기다리며 잠들어 있습니다. 알맞은 순간이라는 것은 하지만 만들 수 있는 것이 20퍼센트, 나머지는 복합적인 외인적 요소로 '점지받는' 것이 80퍼센트 정도는 되겠습니다. 개밥그릇이 아니라 그냥 그릇이었다면, 정전기가 아니라 번개였다면 전혀 다른 글이 되었을 수도 있겠습니다.

〈공산주의자가 온다!〉

18년 여름의 글입니다. 도움을 준 단어는 치킨, 괴물, 오타쿠입니다. "당신의 글에는 너무 어려운 단어와 표현들이 많다. 이곳은 서로의 의견과 생각을 교환하는 자리이지 지식 자랑을 하는 곳이 아니다. 평이한 말을 쓸 수 없다면 확실히 각주를 달아 읽기 쉬운 글을 지향해달라."라는 소원을 누군가가 빌었습니다. 원숭이 손이 그 소원을 들었습니다. 원숭이 손이 무엇인지에 대한 각주는 달지 않습니다.

이신주

공산주의자가 온다!

초판 1쇄 발행 2023년 8월 10일

지은이 이신주
펴낸이 박은주
디자인 김선예, 이수정
마케팅 박동준

발행처 (주)아작
등록 2015년 9월 9일 (제2023-000057호)
주소 07236 서울특별시 영등포구 의사당대로 38 102동 1309호
전화 02.324.3945-6   **팩스** 02.324.3947
이메일 arzaklivres@gmail.com
홈페이지 www.arzak.co.kr

ISBN 979-11-6668-738-9 04810
  979-11-6668-736-5 04810 (세트)

이 도서는 춘천문화재단의 후원으로 발간되었습니다.